新しい
韓国の
文学

07

どきどき 僕の人生

キム・エラン著

きむ ふな＝訳

もくじ

First published in Korea by Changbi Publishers, Inc.
This Japanese edition is published by arrangement with Changbi Publishers, Inc.
through KL Management

プロローグ

父と母は十七歳で僕を授かった。
今年、僕は十七歳になった。
僕が十八歳になれるのか十九歳になれるのか、知るすべはない。
そうしたことは、僕たちが決められるものではない。
僕たちが知っているのは、残された時間が多くはないということだけだ。

子どもたちはすくすくと育っていく。
そして僕はすくすくと老いていく。
だれかの一時間が僕には一日と同じで、
だれかの一ヶ月が僕には一年ぐらいだ。
僕はもう父より老いてしまった。

父は自分が八十歳になったときの顔を、僕を通して見る。
僕は自分が三十四歳になったときの顔を、父を通して見る。

訪れない未来と経験できなかった過去とが見つめ合う。
そして互いに尋ねる。
十七歳は親になるのにふさわしい年齢かどうか。
三十四歳は子どもを亡くすのにふさわしい年齢かどうかを。

父が問う。
生まれ変わったら何になりたい?
僕は大きな声で答える。
父さん、僕は父さんになりたい。
父が尋ねる。
もっとマシなものはいくらでもあるのに、なぜ自分なのかと。
僕ははにかみながら小さな声で答える。
父さん、僕は父さんに生まれて、僕を産んで、
父さんの気持ちを知りたい。

父《ちち》泣《な》く。

これは最も幼い親と最も老いた子どもの物語である。

第一章

1

風が吹くと、僕のなかにある単語カードが小さな渦を巻く。長く海風に干した魚のように、自分の体積を減らすことで外の体積を広げた言葉だ。幼い頃、初めて口に出したものの名前を頭に描いてみる。これは雪、あれは夜、向こうに木、足もとには土、あなたはあなた……まず音を覚えて、何度も綴りを書き写した僕の周りのすべてのもの。今でも僕は、ときどき自分がそれらの名を知っていることに驚きを覚える。

幼いとき、僕は一日じゅう言葉を拾って回った。ママ、これはなに？　あれはなに？と呟きながら、あたりを散らかして回った。それぞれの名前は透明で軽くて、そのものになかなかくっついてくれなかった。昨日も聞いて、一昨日も教えてもらったことを、僕は初めて聞くみたいに尋ねた。何かを指すと、家族の口から馴染みのない音をもつ言葉がぽたぽたと落ちてくる。風鈴が風に揺れるように、僕の質問が何かを動かす。だから僕は「これはなに?」という言葉が好きだった。彼らが教えてくれるものの名前よりも好きだった。

雨は雨、昼は昼、夏は夏……生きている間、たくさんの言葉を学んだ。しょっちゅう使う言葉もあれば、そうでもない言葉もあった。この地にどっしり根を下ろしている言葉もあれば、種子のようにふわふわと広がっていく言葉もあった。夏を夏と呼べば、僕はそれを手にすることができそうな気がした。そう信じて、何度も何度も問いかけた。土だなんて、木だなんて、そしてあなただなんて……口のなかの風によって重なり、共振する、これ、あれ、それ。僕が「それ」と発したときに、「それ……」と同心円状に広がっていく、その広がり。ときにはそれが、僕の世界の広さのように思われた。

もう僕も、生きていくうえで必要な言葉のほとんどを知っている。重要なのは、その言葉が自らの体積を削りながら生み出した、言葉の外側の広さを想像することだろう。風という言葉を口にするとき、東西南北だけではない千の風向きを思い浮かべること。裏切りと言うとき、太陽が沈むにつれて長く伸びていく、十字架の影を追いかけてみること。あなたと呼ぶとき、雪に覆われたクレバスのように、深さを秘めたそのなだらかな表面を推し量ること。しかし、それは世界で一番難しいことの一つだろう。風は絶えず吹くし、生まれてこのかた、僕は一度も若かったことがないから。言葉もやはり同じだろうから。

僕が世界と初めて言葉を交わした場所は、山深く水清い農村だった。川の流れがいくつかに分かれてはまた一つになるその場所で、僕は自分の名前を覚え、あんよを始めた。片言から始まって単純なフレーズを作るようになるまでの三年間――両親が母の実家で世話になっていた期間だ。町の人たちは、必要なものがあれば、そのほとんどを自分たちで飼ったり作ったりしていた。だから、僕が耳にした言葉は、そうした暮らしに根づいた鮮やかなものだったろう。毎日テレビばかり見て育った僕の従弟は、生まれて初めて口にした言葉が「ＬＧ」だったとか……。僕はしゃべりだすのが遅くて、両親の気を揉ませた。母は僕に何か問題があるのではないかと心配し、周りの大人たちに意見を求めた。父は、子どもっていうのはまだしゃべれないときが一番かわいいんだよ、と仕事に出かけていった。ちょうど、近隣に建つ予定のテホ観光団地のために敷地を均《なら》す工事があって、父もそこで働いていたのだ。抜け目のない母方の祖父は、他所《よそ》から流れてきた労働者のために、菜園の前にアパートを建てた。コンクリートの壁にスレートの屋根を載せただけの、隙間風のひどい家だった。小さな一文字型のアパートには部屋が四つあって、その一つに僕の家族は住んでいた。まだ大人になりきっていない十代の夫婦と赤ちゃんの三人家族だった。台所も狭く、三人で住むには狭い部屋だったが、家賃も生活費も出せなかったので、がたがた言うことなどできなかったのだ。

母方の祖母は子どもをたくさん産んだ。息子が五人に娘が一人の六人だ。いつだったか、僕は母に尋ねたことがある。「おばあさんとおじいさんはずっと仲がよくなかったのに、どうしてあんなに子どもが多いの？」と。母は「でしょ？　私も不思議で、おばあちゃんに聞いたことがあるのよ。そうしたら……あれを、本当に稀にしかしないのに、そのたびに子どもができちゃったんだって」と恥ずかしそうに答えた。母はその六人兄弟の六番目で、子どもの頃のあだ名は「クソ姫」だったそうだ。口汚い男兄弟のなかで育ち、かわいい顔には似合わない言葉をしょっちゅう口にしたからだ。小さい女の子が町じゅうを歩きまわって、ませた口をきく姿を想像すると、かわいくてなんだか笑ってしまう。今でも気の強いところがあるが、母の言葉づかいがしおらしくなったのは、世の中には、悪態をつくだけでは解決できないことがあることに気づいてからのようだ。高校生の身で身ごもったことで学校から退学処分を受けたときや、僕の父が五人の兄から殴り殺されそうになったとき、レストランで自分より若い女の子たちの苦情や言いがかりを受け入れなければならなかったとき、いくら頭をひねってもまったく答えが見つからない病院の請求書を、穴があくほど見つめるときなどに。

母方の祖父は、最初から僕の父のことが気に入らなかった。一番の理由は、ケツの青いガキがケツの青い本物の子どもを作ってしまったことだ。そして二番目の理由は、一家の大黒柱になるというのに、まったく生活力がないということだったが、十七歳の高校生にお金を稼ぐ能力がないのは当然のことだった。この二人が初めて会ったとき、祖父はいきなり父に向かってぶっきらぼうに質問をぶつけた。

「そうだな……君は何が得意なんだ?」

母の妊娠のせいで巻き起こった、家じゅうのあらゆる涙や言い争いの暴風雨がいったん収まったあとのことだった。父は正座をして、おどおどと答えた。

「お義父さん、僕はテコンドーが得意です」

祖父は不満そうに、うーんと呻いた。父がテコンドーの特待生として道内で一番有名な体育高校に入ったのは事実だが、そうした特技は生活にはあまり役に立たない。そんなことも知らない父は、祖父の沈黙に焦るあまりに付けくわえた。

「お見せしましょうか?」

ぐっと拳を握ったその姿は、はたから見れば義父に殴りかかろうとしていると誤解されそうな光景だった。祖父は思わずギョッとなったが、平静を取り戻して話を続けた。

「その拳からは米が出てくるようだな」

「それは、卒業すれば小さな道場でも……」

学校に戻れる見込みなどないのを知っていながら、父は答えた。もっともらしい返事など期待していなかった祖父だが、もう一度聞いてやるといったふうに尋ねた。

「それから、他に何かあるんだ?」

父の頭のなかにさまざまな考えがよぎった。

――僕はストリートファイターが得意なんだけど……。

しかし、そんなことを口にしたら、義父にビンタを喰らわせられるかもしれない。

――先生にたてをつくことも得意なんだけど……。

しかし、それも義父が望むような返事ではない。

「じゃ……おまえが本当にできることは、なんだ?」

頭を抱えて考え込んだ父はついに、自分の顔を穴があくほど睨んでいる義父に向かって答えた。

「よく分かりません、お義父さん」

そして気づいた。

――そうか、僕は諦めることが得意なんだ。

父が帰っていくと、祖父は呆れたように皮肉った。

「早くから種をまくことしか能のない奴だな」

年を取ってからは、夫にあまり気をつかわなくなった祖母が小さく呟いた。

「ま、それも才能といえば才能でしょう」

母は当時流行《はや》っていた、前髪を額にぺちゃっとくっつけたスタイルで、澄ました顔で座っていた。祖父は娘の行動よりも、男の見る目のなさにさらにがっかりしたというように遠くの山を眺めた。

「男たるもの、金がないならないで、虚勢ぐらいは張らんと。あれは世間知らずにもほどがある……」

しかしそれは、まだ父のことをよく知らない頃の話だ。父が世間知らずなのは合っているが、無謀で冒険心の強い世間知らず、つまり世の中で一番危険な世間知らずだったのだ。そうでなかったら、結婚式で仲人の胸ぐらをつかんで喧嘩したり、友だちと遊ぶのに夢中になって、妻を『ジルマジェ神話』の花嫁[*1]のように放っておいたりはしなかっただろう。だから、友だちの話を信じていろいろな仕事に手を出しては失敗してきたにもかかわらず、「我が家の家訓」という宿題を持ってきた僕に、平然と「朋友信あり」という言葉を聞かせたのだろう。友と友の間には信頼があるべきだという意味で、我が家では表具にまでして掛けてある言葉だ。その額は、父が友人たちと仏国寺《ブルグクサ》に遊びに行ったときの記念として、みやげものなどを売っている店の前で老人に書いてもらったものだ。母はときどき、額のなかの言葉を「朋信《ブンシン》（＝バカ）」と二文字に略して皮肉った。他の人が見れば、夫をないがしろにしていると舌打ちするかもしれないが、「父子有親《プジャユチン》」という言葉を、金持《プジャ》ちの友人とは親しくしたほうがいい、という意味だと理解している女の態度としては、自然なことだった。

母方の祖父は父に、とりあえず学校は卒業するようにと言った。体育高校は当然退学になるだろうから、近くの定員割れの高校にでも入り直して卒業するようにと。校長には自分の方からよく話してみると。けれども、すぐに噂が回る狭い町内には、父を受け入れる学校などどこにもなかった。そんな生徒を受け入れたら、学校の規律と品格が乱れると言われたのだ。それとなく町内の名士だと自負してきた祖父のプライドは、一瞬にして崩れてしまった。祖父はしかたなく婿を建設現場に押し込んだ。男はなんと言っても働きに出なければならないと。これを機に一家の主《あるじ》としての責任を持って、世間がどれほど大変なところなのか身をもって経験するようにと。真剣な提案というよりは、自分の娘にやらかした罪に対し、数ヶ月間こらしめてやろうという魂胆によるものだった。祖父は父に対して、高校の卒業検定試験の準備をするように、昼耕夜読するようにと、口を出すことも忘れなかった。実家に経済的な余裕がなかった父は、義父の意に沿って、母の実家で世話になっていた。地方自治が進むなか、この郡では「行楽都市テホ」というスローガンのもと、町じゅうを遊園地化する試みが進められていた。なかでも一番の要《かなめ》は、水路を広げて遊覧船を運航する事業計画だった。将来的には、両親の故郷を含むいくつかの町が合併される予定にもなっていた。父は隣部屋の流れ者の男たちと一緒に工事現場に出かけた。工事現場で父は「ハン旦那《ソバン》」と呼ばれ、冷やかされながらも可愛いがられていた。「やっちまった旦那」という意味ではなく、苗字がハンだったのだ。町の大人たちは、父の肩をポンポンと叩きながら「大丈夫、大丈夫。この町では妻をめとれば、それでもう一人前《ハン》だ」と励まし、「チェ家はタダで婿をもらったな」と言ってはクックッと笑った。父も最初は工事現場の仕事に満足していた。威勢のいい大人の男たちも、その味のあるしゃべり方も新鮮だったし、妻の家族に対してもメンツが立ったし、思春期特有の有り余ったエネルギーを落ち着かせるのにも都合がよかったのだ。テコンドーなんか、いつも殴られてばかりで辞めたいと思っていたこともあり、ちょうどよかったとさえ思った。荒野に出て大人と一緒に仕事をしていると、野山に登って胸をはだけさせて「これが本物の世界だ！」と吼えたくなることもあった。しかし、肉体労働がどれほど大変な仕事なのか、特に食べていくための労働がどれほど至難なものかに気づくまでに、わずか三日もかからなかった。

父は、母が妊娠したという話を町の喫茶店で聞かされた。中高生が主な客層の、ターミナル駅近くの喫茶店だった。かつて母は、そこで何度か合コンをしたことがあった。そこで出会った農業高校の暴走族が、バイクで母の学校に乗り込んでグラウンドを五周も走り回ったせいで、大変な目にあったことも。そいつはバイクの前輪をパッと持ち上げて「ミラ！　愛してるぜ！」と三回叫んだかと思うと、大きな土埃を巻き起こし、ブルンブルンと音を立てて消えていった。そのあと、キム・ミラ、パク・ミラ、チェ・ミラほか、学校じゅうの「ミラ」が職員室に呼ばれたのは言うまでもない。喫茶店の次はカラオケボックスへと流れるのが、合コンのお決まりのコースだった。母は、喫茶店ではもじもじして一言もしゃべらなかった男子が、カラオケで豹変する姿を興味深く眺めたものだった。突然テーブルを片側に押しやって、ソ・テジやデュースの歌に合わせて激しいダンスを披露した、農業高校や工業高校の生徒もいた。薄暗く、独特な臭いが蔓延する部屋に、「時間《とき》は決して止まってくれたりしない、Ｙｏ！」「僕はもう勇気を出さなきゃ、君を手に入れるためなら」といった歌詞が流れた。一方女子は、甘ったるいデュエット曲を選んで、歌の前半部分を歌うと、さりげなくテーブルの上にマイクを置く。すると、その女子が気になる男子は素早くマイクを取って、続けて後半部を歌うのだ。男子たちはまず母の顔に惚れて、さらにその歌声に惚れた。母がマイクを置くと、いくつもの手がいっせいにマイクを奪い取ろうとすることも少なくなかった。実業学校、進学校を含め、全部で五つの高校があった故郷の町で、母の心を捉えた男は多くはなかった。母から見て、農業高校や工業高校の男たちは、進学校の生徒よりも活発で気前がよかった。けれども、進学校の生徒のよく分からないプライドもそれなりに魅力的に映った。母が体育高校の生徒に会ったのは、父が初めてだった。それも合コンや友人の紹介ではない思いがけない場所で、唐突に。とにかく母から見て父は、なんというか、これら両校の生徒の特徴が半分ずつ混ざり合っているようなところがあった。小さい才能ながらも、一度でも認められたことのある人特有のプライド、そしてその才能がスポーツであることへの微妙な劣等感、それに素朴なところが。

喫茶店のなかは閑散としていた。母と父は制服から私服に着がえていた。父は、母がさっきからどうして大きな顔をしているのか気になっていた。この前のように、また別れ話を持ち出すのではないかと、ハラハラしてきた。しかも父は、喫茶店という場所がどうにも落ち着かなかった。女たちはなぜ喫茶店みたいなところで、一杯の飲み物を二時間もかけて飲むのか、まるで理解できなかった。父はその落ち着かない雰囲気に耐えながら、母を見つめた。久しぶりに会った母は、めっきり大人っぽくなっていた。母がレモネードを飲みながら唇をなめるたびに、父も一緒に乾いた唇をなめた。母がようやく覚悟を決めたように口を開いた。

「テス、ちょっと耳を貸して」

「なんで？」

「いいから貸してってば」

父は上半身をぐっと母の方に傾けた。母が片手を口に添えて父に耳打ちした。父の耳介に生えている産毛がビシッと立ち上がった。父は母の話にはうわの空で、そのやわらかな吐息にニヤニヤしていた。しかし、まもなくその顔は真っ青になった。

「なんでそんなことを今になって言うんだよ！」

店内にいた人がいっせいに父の方を見た。

「バカ、なんで大きな声を出すの！　わたしは大声を出す人が世界で一番きらいよ」

母は父よりも大きな声で怒りだした。数ヶ月前、適性テストに「趣味…妥協、特技…妥協」と書いたことで職員室に呼ばれ、とことん絞られた父は、今回もすぐに母に謝った。

「ご、ごめん」

それから二人は十七歳の頭を突き合わせ、今後の対策について熱心に話し合った。しかし、そもそも対策などあるわけがない。二人の周りでは、数人の未成年が思い上がったような顔をしてタバコを吸いつづけていた。父はパフェの飾りの小さな傘をいじりながら、伏し目がちに呟いた。

「ミラ、俺には……」

突然、父は自分がどれほどみっともない人間かということを並べたてはじめた。自分は絶対にいい父親になれないだの、あまりにも金がないだの、人を失望させるのが怖いだの、そう言えば癌家系でもあるようだ、といった理屈もまとまりもない話だった。母は黙って父の話に耳を傾けた。そしてようやく口を開いたかと思うと、やさしく言い返した。

「テス」

「うん?」

「鳥に捕まらないように、鳥の糞になりすます昆虫がいるんだって」

「で?」

「まるであんたみたい」

町の景気は、高価な栄養剤を打たれた患者のように、一時的な活気を帯びていた。息が詰まるほど静かだった田舎町に、掘削機やらバックホウ、生コン車、トラックなどが土埃を巻き起こしながら、休むことなく行き交った。その頃、母の学校では、クラスごとに学用品セットが配られた。こざっぱりしたポリ袋に入った文房具類で、建設会社から全校生徒に無料で配布されたのだ。ボールペンや修正液、色とりどりの付箋やシャープペンシルには、H建設のロゴがこぢんまりと刻まれていた。父と母の故郷の町をはじめ、観光団地に影響が及びそうなすべての地域の学校に配布されたもののようだった。大人たちには、洗剤や台所用品が配られた。しかし、世の中のすべてのタダのものがそうであるように、こういう取引にはどこかすっきりしないところがあった。

ある日、友人が母のもとにやって来て、顔色をうかがいながら尋ねた。

「ミラ、最近なんかあったの?」

名前はハン・スミ、母とは長年の仲良しだ。

「うん?　なによ?」

「ううん。最近、よく机につっ伏しているし、夜間自律学習[*2]の時間も静かだし」

学級委員のスミは、夜間自律学習の時間に騒がしかった生徒の名簿を作成しなければならないのだ。それで助かったというのかどうか、曖昧な笑みを浮かべていた。

「そう？　別に何もないけど」

母が視線を逸らした。目ざといスミは、やさしく顔を近づけてきた。

「いい加減、白状したら？」

母が制服のベストに両手を突っ込んで、上体をうしろに反らした。

「ミラったら、どうしたの？　そんなに隠したいなら、私に気づかれないようにしたら？」

「わたしがなんだっていうのよ」

「ひどい！　私はいつも悩みごとを隠さずに打ち明けているのに」

母が鼻で笑った。

「なに？　一番だったのが三番になって悔しいって悩み？　そんなすごい秘密を打ち明けてくれて、ありがとうね」

スミは寂しそうに下唇を噛んだ。

「ミラ、あなたに三番の孤独が分かる？」

母が皮肉を言うときの、例のやわらかな声で言った。

「スミ」
「うん？」
「失せて」

母はそう言い捨てたけれど、二人は父とその友人らに負けない「朋友信あり」の仲だった。同じ小中学校を卒業し、お弁当も一緒に食べて、一緒に合コンにも出かける仲。初体験のあと、母はすべてをスミに告白しようとした。いくら平静を装ってみても、一晩で足元が十センチほど浮いてしまったみたいで、あまりにも現実感がなかった。母は教室の一番後ろの席に座って、癖である貧乏ゆすりをしながらクラスメイトを眺めた。みんな机の上に頭《こうべ》を垂れて問題集を解いている。ふと、母の頭に突拍子もない言葉がよぎった。

「あの子たちは、わたしが男と寝たことを知ってるのかしら……」

水面に浮かんでいる絵の具のように、罪悪感と優越感とが絡み合って、胸のなかに不思議な模様を作った。何かすごいものを失《な》くしてしまったのに、逆に鼻たかだかな気持ち。あるいはこの教室のなかで、自分一人だけが違う時間を生きているような、落ち着かない感じ。数日後、母は学校のゴミ焼却所あたりにスミを呼び出した。だれかに心をすっきり打ち明けたかったし、スミとは秘密を分かち合うのが道理だと思ったのだ。ところが、やっとの思いで母が父の名前を言おうとしたまさにそのとき、スミが突然泣き出してしまった。そして「さっき、成績表見た？」「最近、すごくつらい」「こんな成績では生きていたくない」といった話を延々としはじめた。スミがどれほど長く同じことで悩みつづけているのかを知っている母としては、口を閉じるしかなかった。数年前からH建設の人たちが大量に町へ流れ込んできたことで、教室内にも変化が起きていた。そのなかで一番目立ったのは、成績順位の変動だった。建設会社の幹部や職員、そしてその家族が引っ越してきたことで、町には転入生が増えた。そのなかには小さな頃から先行学習をしている生徒もたくさんいた。学校側としては、平均レベルが上がるので歓迎ムードだったが、それまで田舎で一位だった生徒は一瞬にして三位になり、田舎の十位は十五位へと押し下げられた。もちろん田舎のビリは相変わらずビリだったが、気分がよくないのは彼らも同じだった。四十五人中のビリと五十人中のビリとでは印象が違うからだ。それまで一度も一位を逃したことのなかったスミのプライドは、深く傷つけられた。都会に出て行った田舎の秀才の悲劇は、ドラマなどでもよく見る。けれども、故郷の町でおとなしくしているのに、突然屈辱を味わった秀才の不運は、さすがにやりきれないものがある。彼らが都会に出て行ったのでなく、都会が彼らに浸食してきたのだ。母は憂鬱そうな親友のことを少し気にかけていた。口にはしなかったが、そばにスミのような友人がいることが母には誇らしかった。一位の座を奪われたスミは、さらに熱心に勉強に励んだ。しかし点数が上がっても順位は変わらないという、おかしな現象が繰り返された。努力しては失望して、ふたたび最善を尽くしてまた落ち込むこと数回。中学を卒業し、二人は町に一つしかない女子進学校に入学した。入学式では首席をとった生徒による「代表宣言」があった。無数の普通の生徒たちに混じったスミは頭を垂れ、右足でグラウンドの土をこすっていた。そして態度不良という理由で、初対面の先生に怒られた。他所から来た生徒が代表宣言をするのは、四十年の開校以来、初めてのことだと大人たちは口々に言った。

「ミラ」

「まだ、なにかあるの?」

「そんなに言いたくなければ……」

「うん？」

「言わなくていいのよ」

「……」

「その代わり、悩みがあるときに私がよくやる方法を一つ教えてあげる」

母が険しい顔で釘を刺した。

「この前みたいに、どんなことにも最善を尽くせばいいと言ったら、ただじゃおかないからね、分かった？」

「ミラったら、そんなことじゃない。私ね、最善についてならよく知ってるわ。この時代に最善にダメにされたサンプルなのよ、私は。知ってるでしょう？」

母は少し声を和らげた。

「それでも、スミは続けるんでしょう？　それ」

スミが射撃部の部員たちをこっそり顎《あご》で指した。

「あの子たち、タバコが体にいいから吸ってると思う？」

母は何度も目をしばたたかせてから、思わずうなずいた。
「とにかく私は難しい問題が起こると、ノートを半分に分けて図にするの。そしてその問題の長所と短所を一つずつ書いていくわけ。そうすると、不思議なことに一目で答えが見えてくるときがあるわ。辛かったら、ミラも一度やってみて」

父は真っ昼間から自分の部屋で、大の字になっていた。天井には黄ばんだ世界地図が貼ってあった。小学校に入学したとき、夢を大きく持つようにと祖父が貼ってくれたものだ。喫茶店で母の告白を聞いてから、父はまだいかなる答えも出せずにいた。産もうと言える自信もなければ、堕ろそうと言える勇気もない。何が正しい選択なのかも分からない。これからの自分の人生は、そして、お腹の子どもの運命はどうなるのか、想像すらできなかった。ただ漠然と、これから背負うことになる人生の重さは途方もないものになるだろうという直感だけがあった。正直なところ、父はすべてのことを母が決めてくれることを願っていた。そうすれば「僕も同じ考えだったんだ」と言って、彼女を抱きしめてあげられるのに。そうすれば一生聞かされるであろう、どんな非難からも解放されるのにと。とにかく現時点で緊急を要するのは金だった。子どもを諦めようが諦めまいが、近々金が必要になるだろう。しかし、その金をどこで工面できるというのか。

——新聞配達でもやってみようか。でなければ中華屋さんの配達か？

どんな仕事を始めても先払いでもらわない限り、金が手に入るのは一ヶ月先だ。それに父はバイクの免許を持っていない。最も現実的な方法は、だれかに金を借りることだ。しかし、父にはそんな大金を持っている友人など一人もいない。同じクラスにただ一人、カルバン・クラインのパンツをはいている奴がいるが、彼は学校でも有名なケチだ。父は暗澹《あんたん》たる気持ちになった。何一つ頼れるところのないこの状況に。あのとき、もう少し我慢すればよかった、という後悔の念のために。近い将来、町じゅうに広まるであろうスキャンダルのために。そして、自分は自分が思うほどいい男ではないのではないかという疑念のために……。父はぼんやりと天井を眺めた。そして湿気のせいでシワが寄ってしまった世界地図を見つめた。五大洋、六大陸、六十億……詰め込み教育で覚えた情報が、頭のなかをとりとめなく流れていった。父は改めて六十億の人口の起源について思いを馳せた。すると自ずと六十億人のデート、六十億人の性欲、六十億人のセックスが頭に浮かかんだ。ほどなくして、自分の意志とは関係なく下半身が膨らんできた。少しずつ大きくなってきたそれは、今にもはちきれんばかりに張っていた。父は泣きたくなった。こんな最中《さなか》にも遠慮なく頭をもたげる欲求のために。もしかしたら、一生この欲求の奴隷かもしれないという予感のために。そして、どうせこんなややこしい状況下なら、もう一回やってもいいいんじゃないかという気持ちが全くなくもないという事実のために。

ちょうどその頃、母はノートを広げたまま、部屋でうつ伏せになっていた。ボールペンを口にくわえ、しばらく噛んでいたが、ついに心を決めてページの真ん中に長い線を引いた。左側には出産の短所を、右側には長所を書くことにした。まずは左側から。

1. 父と母にひどく怒られる。
2. 学校を退学させられる。
3. 人に後ろ指を差される。
4. お金がない。

5. お金を稼ぐ能力もない。
6. 太って醜くなる。
7. 妊娠中、他の病気にかかったり死んだりする危険性もある。
8. 数年間は、赤ちゃんの世話のために何もできない。
9. テスの心が分からない。
10. わたしの人生だけでなく、テスの前途をも妨げることになる。
11. 幸せになれないかもしれない。
12. わたしが太ったら、テスが浮気をする。

……

行数はどんどん増えていった。しかもますます否定的で極端な方向へ。母の頭にはいつしか、貧しくて殺風景な家とアルコール中毒の夫、反抗的な息子、泣き疲れた自分の姿が思い浮かんだ。もう結論が出たようなものだ。しかし母は即決することなく、冷静に右側の項目も書いてみることにした。すべての物事には長短があるというのに、これがすべてではないはずよと。

1. ……

2. ……

母は戸惑った。今この瞬間にも人は依然として、かつ熱心に繁殖中のはずなのに、いくらなんでも出産のメリットが一つも思いつかないとは予想だにしなかった。もちろん「出産の偉大さ」についてては母も知っている。ドキュメンタリー番組や道徳の授業、あるいは性教育の時間に何度も聞かされてきた。だから「命は大切だ」とか「人は自分の行いに責任をとらなければならない」といった言葉も知っている。しかし、なぜかそういう言葉を素直に受け止めてノートに書くことができない。だれかに見せるためのものではなく、自分のために書いているだけのものだ。できれば全身で肯定できる言葉がほしい。つまり自らの知っている言葉、そして自ら信じている言葉が……だれかの言葉が、あるいはだれかが信じ込ませようとする言葉がどんなに美しくて正しくても、だ。しかし左右があまりにも対比するノートの前で、母は怖くなってしまった。1または3のせいで、5もしくは12のために……しかし本当に怖い理由は別のところにあった。当時の母は、まだ気づいてはいなかったが。それは一人の存在に対する巨大な愛の予感、その影に漂う不安、そしてそれがいいことなのか悪いことなのか判断がつかなくて、どちらに書けばいいのか分からないせいだった。母はついでにハン・テスについてもノートに書いてみることにした。それは予想よりあっけなく終わってしまった。

長所…やさしい。
短所…やさしすぎる。

そしてそれがいいことなのか悪いことなのか分からなくて、しばらくノートの余白を見つめていた。

父と母、二人の気持ちのどちらが、僕の誕生に影響したのだろう。確かなのは、二人ともそれほど決定的な役割を果たすことはできなかったことだ。生きている間に我々がさんざん探し求めていた答えが、ときにはまったく予想していなかったところから姿を現したりするように。ときには問題そのものが、正解とはあまり関係のない脈絡から出てきたりするように。

数日後、二人は人目を避け、わざわざバスに乗って遠い街まで出かけた。生まれて初めて来た街の大通りをきょろきょろ見回し、ひっそりした印象の、こぢんまりした産婦人科病院に足を踏み入れた。

「尿蛋白ですね」

「えっ?」

「もともと血圧が高い方ですか?」

「父が高血圧なんですが、わたしは分かりません」

母はいつになく謙虚な姿勢で、医師の話に耳を傾けた。医師はこのまま放っておけば、妊婦の体に障ると告げた。症状が悪化すれば、チェ・ミラの臓器が大きく損傷される恐れがあり、最悪の場合は胎児と母体の命にかかわることもあると。びっくりした父は、泣きそうな顔で尋ねた。

「先生、それじゃ俺たちはどうすればいいんですか？」

母も下唇を噛んで答えを待った。医師はどことなく理由《わけ》ありで、あまりパッとしない、そして不安そうな十代のカップルを無表情に見つめた。そして少しためらってから、事務的な言い方で言葉を濁した。

「治療法があるにはあるんですが……」

母が身を乗り出して尋ねた。

「それって何ですか？」

医師はもう一度、二人の未成年の顔を一瞥した。

「おっしゃってください、早く」

父がせかした。

「だから最善の治療法は……」

母と父が同時に促した。

「はい」

しばらくカルテを見つめていた医師が、ついに淡々と答えた。

「出産です」

病院から戻ったあとも、母は依然として心を決められずにいた。一日に何回も肯定と否定を行き来しながら、困り果てていた。時間はどんどん流れ……湿っぽくて暗い空間のなかで、僕の体はだんだん大きくなっていった。周囲からは休むことなく、ドスン、ドスンという音が聞こえた。僕はその音を耳ではなく全身で聴いた。そして地下壕でモールス信号の解読に努める兵士のように、僕の周りを取り囲む、その震えの実体を把握しようと努めた。その暗号がこれだ。

ドキドキ……ドキドキ……ドキドキ
ドスンドスン――あるいはドンドン――と言ってもよい。遠い太鼓のようでもあり、大きな足音のようでもあった何か。巨大な体躯《たいく》のだれかが、僕に向かってドスドスと近寄ってくるような響きだった。そのたびに僕は、余震に敏感なトナカイのように逃げる構えをとった。そしてそれは同時に、踊りたくなるような気持ちを僕にもたらした。母の心拍と僕の心拍とが重なりあって、ときには音楽のように聞こえたからだ。

ズンチャチャ……ズンチャチャ……ズンズンチャ……ズンチャ

ズンは母のもので、チャは僕のものだ。ズンは強い音で、チャは弱い音だった。僕は長い臍《へそ》の緒にぶらさがってその音に集中した。母の心臓がまるまるとした月のように僕の頭の上に浮いていて、木が緑を広めるように、ぽたぽたと四方にビートを広めた。それは情報量の最小基本単位を示すビット（bit）でもあり、アーティストが音楽を作るときのビート（beat）でもあった。このビットとあのビートは、体じゅうに重要なメッセージを送りながらビラのように舞い散った。聞いていると、何かになりたくなる、だれが聞いてもたまらなく煽《あお》られるようなリズムだった。命令のメッセージが伝わると、細胞たちは直ちに行動に移った。空から降ってくるビートに起こされて、気管は目覚めて伸びをする。肝臓が膨らみ、腎臓は強くなり、ぼきぼき骨が生えてくる。僕はすくすく大きくなった。そしてときどき夢のなかで、母が見る夢と合流し、とりとめのない話をした。

「ママ……」

「うん」

「ママ……」

「そう、ママよ」

「ぼく、すごく胸が震えてる……痛いほど胸が高鳴ってる……息が切れそうだけど、このままじゃ死んでしまいそうだけど……どうしても止めることができないよ」

「わたしの赤ちゃん」

「はい」

「わたしも、わたしもそうよ。すごく胸がドキドキするの。痛いほど胸がドキドキしているんだけど、止めることができないの……」

その頃、母が腹帯を巻くようになった。母はまだ何も決められずにいた。日が経つにつれて腹帯の圧迫が強くなっていった。それに合わせて母の呼吸は苦しくなっていく。母の呼吸のリズムが速すぎて、僕が調子を合わせられないときもあったほどだ。それでも母はいつものように澄ました顔で学校に行った。しかし、とうとう制服のボタンを留めることができなくなった日、母はカバンを抱えて部屋に座り込んで泣いた。

噂は一瞬のうちに広まった。父からの告白を受け、昼間から酔っぱらって帰宅した父方の祖父は、父に立て続けに三十回もビンタを喰らわせた。三十回のビンタが終わってもなお、父は祖父に謝らなかった。母の実家の雰囲気もたいして変わらなかった。母方の祖父は、口にできないようなあらゆる罵声を母に浴びせた。その顔には、生い茂る夏の草木をも覆い隠してしまう、冷たい冬のような厳格さが漂っていた。家には母を庇う人など誰一人いなかった。祖母も叔父たちも、母から顔を逸らしたまま非難した。憤りを抑えることができない祖父はあたりを見回して、ほうきを手に取った。今まさに母に向かって振り下ろそうとしている祖父の手が、宙でブルブルと震えた。床に伏せて頭の代わりに腹を抱えている一人娘の姿に、怒りと悲しみが込み上げてきたのだ。

二人が一緒に暮らしはじめたのは翌年の春だった。何かを選択することは難しかったが、いったん出産を決めてしまうと、あとは割と順調に事が運んだ。父は相変わらずボーッとした顔のまま、妻の実家での暮らしに慣れていった。母はその間の精神的な苦痛に仕返しするかのように、安心して妊婦の特権を享受した。母は暇さえあれば、芸能人の写真を並べてはしゃいでいた。赤ちゃん、見て、ウソン兄ちゃんよ。ハンサムでしょう？　これはヒソン姉ちゃん。それから、こっちは……父とは違い、一番好きな熟語が「絶世美人」だった母は、胎児にはいいものだけを見せるものだという話を、とんでもない方法で実践していた。母は本格的に胎教に努めた。体によいと言われるものはなんとしても入手して食べて、美しい景色だけを見て、健全なことだけを考えるようにした。そこには未婚の母としての羞恥心や自戒の念など、微塵もなかった。母はこういうときこそ図々しくならなければと、萎縮すれば余計に無視されてしまうと、堂々とふるまった。あとになってより幸せになったのは、自分であることを見せつけようと。これから生まれてくる子どもが、その幸福を当然のようにもたらしてくれるものと信じ込んでいるようだった。もともとかわいいものに目がなかった母は、野菜も果物も完全な形のものだけを選んで食べた。乳児用品はもちろん、マタニティウェアのデザインにもこだわり、本は……読もうとしてはすぐに投げ出した。どんな状況であれ、胎児にストレスを与えてはいけないというのがその理由だった。


二人は隣の部屋に声が漏れないよう、小さな声で話し合った。

「テス、寝てる？」

「いや」

「働くのって大変よね」

「うん」

「テスのご両親に会いたくはならない？」

「別に。学校の寮は、ここよりもっと実家から遠かったんだよ」

「わたしたち、早くお金を貯めて独立しようね」

「うん」

「みんなが勉強している間に早く子育てを済ませて、みんなが働いているときに親孝行してもらいながら遊ぼう」

「よっしゃ！」


「テス、寝てる？」

「いや」

「テスはこの子がどんな子であってほしい？」

「うーん……男の子」

「ううん、そんなことじゃなくて。性格とか将来の希望とかよ」

父はしばらく口ごもった。保護者である本人ですらまだ何になれるのか分からないのに、そんな望みを持っていいのかどうか、そんな資格があるのかどうか自信がなかった。それで父は、自分に言い聞かせたいことを言った。

「そうだな……俺は、夢のある子だったらいいな。ミラは？」

母はやさしげなその目に、精いっぱいの期待を湛《たた》えて言った。

「うーん……わたしは人から愛される子だったらいいな」

父がぷっと笑いながら母に言った。

「おい、それって簡単なことじゃないんだよ」

母も負けじと言い返した。

「なんで？　赤ちゃんにとってそれより簡単なことってある？　それに、わたしたちがそんなふうに育てればいいんでしょ？」

父は、相変わらず妻というよりはガールフレンドみたいな母の方に体を向けた。そして母のお腹をさすりながら不安そうな表情でささやいた。

「この子は俺たちのことを好きになってくれるかな」

母が父の手の甲に自分の手を重ね合わせた。

「そうだね……」

「この子が望むことを、俺たちは全部やってあげられるかな」

「そうだね……」

二人はしばらく暗い宙を見つめた。窓の外では、立ったまま眠っている木々が濃厚なため息を吐き出し、庭先の背の高い作物は風に吹かれて髪の毛を揺らしながら、山が見ている夢をわき目で見ている。安物の壁紙が貼られたセメント壁の向こうからは、隣の男のいびきがかすかに聞こえてくる。しばらくして、父が言った。

「考えてみたんだけど」

「うん?」

「何かが得意じゃなくてもいいから」

「うん」

「健康だったらそれでいいな」

母はしばらく目を転がしていた。それからあまりにも落ち着いていて、どこか寂しくさえ聞こえる声で言った。

「そうだね、それでいいね」

町の人たちは僕のことをとても丈夫な子だろうと言った。妊婦が若いほど子どもの頭がよいと言われるので、もう一人くらい産めばいいと他愛のない話をしては笑った。昔はみんなその歳で母親になったもんだ、とも。少し前まで顔をしかめて二人を見ていた人でさえ、最近では近所で赤ちゃんを見られなくなったと声をかけてきた。人々はやわらかくて明るい生命の近くにいたくてたまらないようだった。母の顔は妊婦らしい自信と誇りに満ちていた。自分がどんな表情をしているのかを知らない、だからこそ真の権力に見える、青春そのものの顔だった。

　ある日、僕の家に制服姿の少女たちが群れをなして訪ねてきた。母の仲良しのスミが連れてきた友人たちだった。スミはみんなで数千ウォンずつ出し合って買った、かわいらしい赤ん坊の靴を手にしていた。少女たちは母の顔を見るやいなや抱き合って「きゃあ〜、なにこれ！　やばいよ！」と大声を張り上げた。そして狭い部屋に集まって、安物のスナック菓子を食べながら心ゆくまでおしゃべりをした。いつものように先生の噂話や芸能人の話が絶えなかったが、話題の中心はやはり母だった。

「男の子？　女の子？」

「分からない。でも、病院でブルーのベビー服を用意しろって」

「わあ、男の子だよ、男の子」

「テスに似たら、すらっとするんじゃない？」

「そうそう、テスって顔はそこそこだけど、いい体してるもんね」

「だから子どもも作っちゃったんでしょう？」

「もう、やだぁ！」

少女たちがいっせいに黄色い声をあげた。恥じらいと嬉しさとが入り混じった奇妙な顔で。僕は彼女たちの甲高いおしゃべりと笑い声が気に入って、いつもより活発に動いた。

まもなく一人が、内緒話を打ち明けるかのようにささやいた。

「あのね、うちのお姉ちゃんが言ってたんだけど、子どもを産むときって、女性のあそこを切るんだって」

「あそこ？　どこ？」

「あそこよ、あそこの下」

「ひゃっ、本当に？」

「うん、メスでちょっと切るらしいんだけど、他のところがあまりにも痛いから、それすら分からないんだって」

「うわ、こわい！」

「わたしは赤ちゃんなんか産まない」

「それを言うなら、まずお嫁に行ってからよ」

「だけど、ミラ、すごく胸が大きくなったね」

「うん、赤ちゃんができていいのはこれだけ」

「お腹は肉割れしてない？」

「うん、そうならないようにローションを塗っているの。わたしっておたまじゃくしみたいでしょ？」

母が片手で腰をさすりながら恥ずかしそうに言った。

「そんなことない、かわいいよ」

「うそ、かわいくないよ。あのね、この子ができてから、よくパンツに変なものがつくの」

「なに？」

「分からない、気持ち悪いおりものがよくつくわけ」

「本当に？」

「うん、まるで自分が動物になった気分よ」

「へえ……」

少女たちは自分が知っているあらゆる出産の情報とエピソードを並べながら、休むことなくはしゃいだ。ときにはそれほどおもしろくもない話にもワアアと笑い、隣の人を叩いたりするので、僕は気が遠くなりそうだった。僕は声がする方へきょろきょろと顔を向けながら「これが女の世界というものなんだろうか……」と目眩《めまい》を覚えた。「まったく、とんでもなくうるさくてまぶしい存在なんだな……」。しばらくして、スミが遠慮がちに尋ねた。

「ミラ」

「うん？」

「お腹……触ってみていい？」

母はそんなことはすでに何回も経験しているので、あっさりと答えた。

「もちろん」

許可を得た少女たちが、一人、二人と母の近くに寄ってきた。そして内密な儀式を行うかのようにねばっこい視線を交わした。やがて母の丸いお腹の上が、全部で五つの手に覆われた。みんな白くてやわらかく、それがヒトデみたいでかわいらしかった。五つの手の平が、静かに僕の存在を感じている。僕も頭の上に載せられた五人の少女の温もりを感じながら、じっとしていた。短い静寂が、彼女たちと僕の間に流れた。母のお腹は大きな宇宙となって、僕の全身を包み込んでいる。そしてその遠い天球の上に、それぞれ点と線で繋がっている五つの星座がぽつりぽつりと広がっている。やわらかくて、温かく、生きている星座。彼女たちは不思議そうに互いの顔を見つめ合った。そして同時にやさしく微笑んだ。

母は友人たちが引き止めたにもかかわらず、よろよろとバス停まで歩いて彼女たちを見送った。友人たちは母に、羨ましいとか、勇気があるとか、格好いいといった言葉を並べたてた。そしてバスを待つ間、教育実習に来ている男の先生の話をしながら笑い合った。母には分からない話題だったが、雰囲気を壊さないようにぎこちなく一緒に笑った。そして改めて、今日、彼女たちが自分にとてもやさしかったことに気づいた。

——……あら？　なんで？

母は不思議に思って首を傾げ、そのますぐに忘れてしまったが、僕にはその理由が分かる気がする。彼女たちはたぶん悪いと思ったのだろう。元気いっぱいに、あるいはやさしくふるまったりするのは、だれかとの別れを準備するときに、無意識に現れる態度の一つだから。彼女たちはこれからこの退学処分になった友人にあまり会いに来られないことを予感していたのかもしれない。時間が経つのも早くなるだろう。まもなく中間テストと期末テスト、大学受験があって、あっというまに一年が過ぎてしまう。結婚してしまった友人と分かち合える話題はだんだん減っていき、そのうちいつか疎遠になった関係に気まずさを覚え、より親しいふりをする日が来るかもしれない。そのときは、今よりもっとたくさんの嘘やしらばっくれなど、そういう気遣いが必要だろうということを、なんとなく感じたのだろう。母も彼女たちもその場では気づかなかったとしても。母の友人たちはやさしく別れを告げて、いっせいにバスに乗り込んだ。母は片手を高く上げて彼女たちに手を振った。それから遠ざかる友人たちの姿を、バスが点になって消えるまで腰に手をあてて見送った。にぎやかだった友人たちが帰ると、夕方の田舎町におびただしい静寂が訪れた。いつもそこにあった静寂であり自分の肌のような静寂なのに、母は急にそれが手に余るような気がした。

来客のなかには、父の中学時代のテコンドー部の後輩たちもいた。暴力団のような顔の武骨な男たちが、片手で口元を覆って笑った。すでに学校を辞めた先輩の前でも、彼らは礼儀と義理を守っていた。

「先輩、先輩がいないから体育館がすごく寂しいです」

「こいつ、ホラ吹くな」

母はふだんとは違う父の姿に驚いた。男は男同士でいると他の種《しゅ》になると聞いたことがあるけれど、やはり二人でいるときと年頃の男たちの前のテスとでは、まったく違っていた。あまり歳の離れてない後輩たちが敬語を使うのもおかしかったが、母はおとなしく伏し目がちにリンゴの皮をむいた。

「本当ですよ、先輩」

「そうですよ。僕たちにやさしくしてくださったのに……会いたかったです、先輩」

そう言ってはまた片手で口を覆って、ハハハハと笑った。

「あ、それからこれ」

一人が、かわいいウサギのクロスステッチが施されたよだれかけを差し出した。一番怖そうな顔をした、がたいのでかい男だった。なれなれしくも母を「兄嫁さん、兄嫁さん」と呼びながら、愛嬌をふりまく者もいた。「兄嫁さん、すごく美人ですね。生まれ変わったらお付き合いしたいです。ハハハハ、ハハハハ……」

「あ、そうだ、先輩。昨年、誤審をした奴、いたじゃないですか」

「ああ……」

「不正で捕まったそうです」

瞬間、父はハッとなったが、もう気にしていないといった表情を見せた。その審判なら、父もよく知っている。試合中、不当な警告と減点を受けた父が、二段横蹴りで倒した審判員だ。結局、それが原因で父は停学処分を受け、その渦中に母とデキてしまったのだ。後輩たちは束の間の会話を楽しんだあと、早々と席を立った。道内で最も大きな市にある体育高校に戻るためには急がなければならない。家からバスで三十分ほどのターミナル駅に行って、そこからさらに二時間はかかるのだ。帰る直前、一人が父にそっとお金の入った封筒を差し出した。ほんのちょっとですが、自分たちの気持ちですと言って。父はぐっと込み上げるものがあったが、表には出さなかった。そして、いつどこで学んだのか、この数ヶ月の間に大人になった表情を浮かべて、後輩たちに交通費を渡した。後輩たちが来るということを聞いたときから、母には内緒で用意しておいた金だった。後輩たちは何度も手を振って遠慮したが、結局は封筒を受け取った。バスはぼこんぼこんと排気ガスを吐き出しながら、丘の上へと走って行った。父は片手で日除けを作り、彼らの姿が見えなくなるまで見送った。バスが土埃を巻き起こして去ったあとも、しばらくその場に立ち尽くしていた。そして思わず拳を握ったが、それは父があんなにも辞めたがっていたテコンドーの準備姿勢にとても似ていた。

　すべての命は生まれてくるものではなく、弾け出るものだということを母は知っていた。田舎育ちなのに、そんなことを知らないはずがない。母がこれまで見てきた花は、動物は、昆虫は、ほとんどが自分の体より小さな殻を破って、花火のように弾け出てきた。その間よくぞ我慢したというふうに。もうこれ以上は我慢できないと言わんばかりに。笑いのように、揶揄のように、拍手のように。バン！　バン！　あんなに大きな羽と脚がどうやって入っていたのか、脱ぎ捨てた殻からは見当もつかないほど、完全な体を持って。その年の晩春、母は大変な苦労の末に僕を産んだ。僕は月足らずの早生児には似合わないほど力強い産声を上げて、言葉どおり弾けて出てきた。チェ・ミラとハン・テス家の悠久で複雑な家計を突き破って、突然に、堂々と。そしてその唐突さを収拾するために、まずはみんなの前で大声で泣かなければならないことを直感で察した。しかし僕は、泣くというのがどういうことか分からなかったし、泣くためにはどうすればいいのかも知らなかった。体のなかから熱くてぐにゃっとした気のようなものが込み上げてきた。けれども、むかむかして目眩がするだけで、なんの声も出せずにいた。臍の緒だけで息をしていたのに、急に肺を使わねばならなくなったからだ。分娩室の周辺に緊迫した静寂が流れた。しかし、医師はそんなことなどどうということはないかのように、大きな手で僕の尻をパンパンと叩いた。いわゆる「誕生パン」というやつだ。僕はあまりにも痛くて怒りたかったけれど、おぎゃーと泣くことしかできなかった。それが、もう一度叩かれるかもしれない僕が、真っ先にできることだった。

「そうそう、生きるためにはそうやって泣かなきゃ……」

半分白髪混じりの医師が、冷静に僕をあやした。それから母のお乳のところに僕を連れていった。僕はあらゆる分泌物に覆われた汚らしい姿で、母と初めて会った。ずいぶん待たせたのに、あまりにも汚い初対面で申し訳ないほどだった。もちろん僕は他の新生児と同じく、視力が弱くて前がほとんど見えなかった。けれども母の胸に抱かれて心臓の音を聞いた瞬間、「あっ！　これは知っている音だ」と安心した。母はぞうきんのようにしわくちゃな僕を、神妙な顔で見下ろした。そして喉が詰まっているのか、変にしゃがれた声で僕を呼んだ。

「アルム、ママよ……」

そして大声で泣きはじめたのだが、なぜ泣きだしたのか、自分でもよく分からなかったそうだ。人間が持つあらゆる感情、つまり悲しみと喜び、誇りと恥じらい、清々しい気持ちと寂しい気持ち、満たされない気持ちと満ち足りた気持ちのようなものが、いっせいに込み上げてきたらしいのだが、母自身、そのような感情に駆られたのは初めてだったそうだ……。その瞬間、母の顔には社会的な自意識と呼ぶべきものなどまったくなかった。人の目に自分がどのように映るかなど、まったく意識していない女の泣き方だったのだ。最新式の爆破装置であっというまに崩壊してしまう高層ビルのように、母は崩れた。たぶん、女性がそんなふうに泣くのは、一生のうち二回ほどではないだろうか。子どもが生まれたときと死んだとき……僕は母の獣のような泣き声を聞いてホッとした。「ああ、僕は僕と似た泣き方をする人から生まれたんだ」と思い、「ああ、僕が母に何かを感じさせたんだ」と安堵した。それが何かは分からないが、母の涙は少なくとも僕が価値のない存在ではないという信頼を与えてくれる、そんな涙だった。母には妊娠中毒症の気《け》があったので、もしや悪いことが起きるのではと、居ても立ってもいられなかった家族は、男の子が生まれたという知らせに大いに喜んだ。母方の祖母はその場に座り込んで涙を拭った。スキンシップなどこれまで一度もなかった祖父と父とが、思わず抱き合った。風を受けてつぎつぎとなぎ倒される草のように、僕から始まった泣き声は、母に移り、祖父に移り、父にまで広まった。たった今生まれたばかりでもないのに、自分たちまでもが生きるためには泣かなければならないと聞かされたかのように。さらに生きたくて、声高らかにわあわあ泣いた。なかでも一番大きな声で泣いたのは父だった。父はブルブルと震える手で僕を抱きながら、妊娠中ひそかに「父親にならないようにしてください」と祈ったことが申し訳なくて、人より二倍は大きな声で三倍は長く泣いて、看護師たちのひんしゅくを買った。

2

今年で僕は十七歳になった。人は僕がこの歳まで生きたことを奇跡だと言う。僕自身もそう思っている。僕と似た境遇にあって、十七歳まで生きた人はほとんどいないのだ。しかし僕は、もっと大きな奇跡は常に普通のなかに存在していると信じる方だ。普通の人生を送り、平均的な年齢で死ぬこと。僕はそういうことこそ奇跡だと信じてきた。僕から見て奇跡とは、僕の目の前の二人、つまり母と父だ。伯父と伯母だ。隣のおじさんとおばさんだ。真夏と真冬だ。しかし僕ではない。

何年か前に、近所のおばさんが僕の家を訪ねてきたことがある。

「原因も分からなくて、治療法もないんですって?」

「ええ」

「そういうのは病気ではありません」

「はあ？」

「それはメッセージなのです」

彼女の横には古ぼけた聖書とロザリオが置いてあった。

「おばさん」

父が言った。

「あの子はメッセージではなくアルムと言います。ハン・アルムと言うんですよ」

瞬間、僕は自分の容姿に似合わない、やさしくて丸っこいイメージの名前が恥ずかしかったが、一方で父さんもずいぶん大人になったんだな……と感心した。十代で一家の主になった頃、周りの大人から何か言われれば、全部自分が悪いかのように頭を下げていた父が、今では家族に向けられるそのような言葉から僕たちを守ろうとしている。しかし辛い気持ちはどうしようもなかったのか、その夜は酒を浴びるように飲んで帰ってきた。片手には一パック千ウォンのギョーザをぶらさげて。そんなこと、一度や二度のことでもないのに、その日はどうしてそこまで飲んだのだろう。父が僕の部屋に入って来て、力のない僕の足をひざ枕にして横になった。それから頬を膨らませ、へへへと笑った。

「アルム、アルム、おまえはどんな歌が好きなんだ?」

僕は力のない声を、ぷるぷる震わせながら答えた。

「どうして?」

「ただ、俺の息子が好きな歌を知りたくてさ」

僕はかすんだ目で、胸がしめつけられるほど若い父の顔を眼鏡越しに見つめて笑った。

そして父を喜ばせたくて言った。

「かわいい女の子が歌う歌なら、なんでもいい」

すると父は狂ったように、声を張り上げながら相槌《あいづち》を打った。

「俺もだああああ!」

それからパッと体を起こして叫んだ。

「イ・ヒョリ最高!」

父にならって僕も両手を上げて大声で言った。自分が思うほど迫力のある声は出てくれなかったが、力いっぱい張り上げた。

「パク・チユン最高!」

父がその場でぴょんぴょんと跳び上がった。

「オム・ジョンファ最高！」

「ソン・ユリ最高！　最高！」

「BoAが最高！」

それからまた気が抜けたように急に静かになった。

「だけど年を取るとさ、だんだん悲しい歌が好きになる。そして世界で一番悲しい歌は、酒を飲んで聴く歌なんだよ。だからおまえも大人になったら、バラードはなにがなんでも酒を飲んでから聴け、分かったか？」

「うん、父さん」

僕は残り少ない歯を見せながら、にっと笑った。

「父さん」

「なんだい？」

「今、悲しい？」

「ああ」

「僕のせいで？」

「ああ」

「僕は何をしてあげればいいんだろう」

父が僕をじっと見つめた。そして考え込んだあと、落ち着いた声で答えた。

「おまえが何をすればいいのか俺にも分からないけど、おまえがやっちゃいけないことはちょっと分かるな」

「それって、なに？」

「すまないと思わないことだ」

「どうして？」

「人がだれかのために悲しめるってことは」

「うん」

「そうそうあることではないからな……」

「……」

「おまえが俺の悲しみで、父さんは嬉しいんだ」

「……」
「だからおまえは」
「はい、父さん」
「大きくなったら、必ずだれかの悲しみになりなさい」
「……」
「そして辛いときは、必ず子どものように泣け」
「父さん」
「ああ」
「僕はまだ子どもですよ」
「ああ、そうだったな……」

十七歳の誕生日プレゼントはノートパソコンだった。病室でもインターネットができるよう、両親が用意してくれたものだ。無骨な中古のノートパソコンだったが、自分だけのパソコンがほしかった僕は、その重い中古パソコンを受け取ると、子犬のように両腕で抱きかかえた。それから僕がどれほど喜んでいるのかを両親に見せるため、バカみたいにハアと笑った。僕は自分専用のパソコンでぜひやりたいことがあったのだ。

ふだん一人でいる時間、僕は主に本を読んできた。最初は学校の授業について行くためだったが、次第に退屈しのぎに自然と本を開くようになった。本は僕にとって、夜通しおもしろい話を聞かせてくれる祖母であり、やがて世の中の知識と情報を教えてくれる先生に、そして秘密と悩みを分かち合える友人になってくれた。幼い頃からこの病気のせいで、あまり外で遊ぶことができなかった僕は、古今東西の著名人とスポーツを楽しんだ。フローベールがフォワードで、ホメロスがミッドフィールダーを、そしてシェイクスピアがゴールキーパーを務める仮想のグラウンドで、僕はサッカーをした。それに、プラトンがキャッチャーで、アリストテレスがピッチャーとして出場するスタジアムで野球をしたことだってある。スタジアムの光景は、だいたいこんな感じだ。プラトンが空に向かって指をさすと、くちゃくちゃとガムを噛んでいたアリストテレスがうなずいて見せ、指で地面をさす。そうすると、美しい曲線を描いた変化球が、古代から途方もないスピードで飛んでくる。僕は自分の背丈よりも長いバットをぶざまに振り回して空振りをする。もちろん哲学書はかなり難しくて、今でも何の話なのか分からないところがたくさんあるけれど、僕はそれを優雅で長い一編の詩だと思って読んだ。今すぐに理解できない部分は、いつか自らの足で僕に近寄って来て、「おれだよ……」と微笑みながら挨拶をしてくるはずだ。人生の大切な教訓のほとんどが、あとから辿り着くように。詩人とのテニス、劇作家との囲碁、科学者とのバレーボールでも同じだった。こんなふうにして僕は、実際に走らなくとも、心臓が早く脈打つ方法を学ぶことができた。

ジャンルや本の厚さは関係なく、紙と活字から成るものであれば何でもよかった。昆虫、植物、魚類図鑑はもちろんのこと、ずしんと胸のなかに入ってくる詩集や頬を叩かれたみたいに精神をしびれさせる社会科学の本まで。ときには突拍子もなく、なんの脈絡もない入門書も入っていた。『はじめての囲碁』『ゴルフとは何か』『初級日本語』『電気工学の基礎』『初めて出会うクラシック』『わかりやすいフェミニズム』……振り返ってみると、自分でもなぜそんな本を選んだのか分からない。電気工学の勉強をしたのに、僕は電球を取り替えるのにも冷や汗をかく。ひらがなを覚えたものの、僕は日本に行ったことは一度もない。僕の読書は一見して、知識に対する愛でなく、人類が滅びたあとに一人生き残ってしまった人間の焦りのようなものだった。一度もコースに出たことのないゴルフはともかくとして、地球に一人とり残された人間に必要なフェミニズムとはなんだろう。僕を問いただす人もいるだろう。おまえみたいなチビが、いつのまにそんなに多くの本を読んだのかと。すると僕はこう答える。人は長く一人でいると、意外にたくさんのことができるものだと。「何々をしなくちゃ」と心に決めてやるんじゃなくて、いつのまにかやっていることのように。僕が一番好きなのは断然小説だった。人類が作り出した最古の物語から海外の若い作家のデビュー作まで。世界で一番人気のある類の物語から、そのような類というか基準というのが気に喰わなくて、ひたすら先人を面喰らわせるために書いたような実験的な作品まで。そんなふうに各国の著者と遊んでいる間、そしてまだ読んでない、ひょっとしたら永遠に読むことのできない本が続々と積み重なっていく間に、僕はかなり老いてしまった。その老いた体で、彼らと共に遊んだ。僕の皮膚はがさがさで、髪の毛が抜けるようになってからしばらく経つ。しかし老いているのは外見だけで、僕には老人としての知恵も経験もない。僕が重ねた年齢のなかには、幾重にも刻まれたシワとその皮膚の厚みがなかった。僕の老化は空っぽの老いだった。それで僕は、自分より長く生きた人たちの人生が気になった。また、若い人たちの感覚や悩みのようなものも知りたかった。幸い本のなかにはすべてではなくても、多くのことが盛り込まれていた。

ときどき母が聞いてきた。

「アルム、何を読んでるの？」

僕はくぼんだ唇をもぐもぐと動かしながら、鳥のように呟いた。

「ただのエッセイだよ、母さん。八歳で母親を亡くしたショックで目が見えなくなった人の話なんだけど、八年も経って、奇跡的に見えるようになったんだって」

「小説なの？」

「ううん、手記のようなもの。でね、この人、いつかまた目が見えなくなるかもしれないと思って、その場で本屋に走って行ったんだって。そして真っ先に手にしたのが『白痴』という本なんだって」

「なぜ？　そんなに有名な本なの？」

「幼いとき、父親によく白痴のような子、白痴のような子と言われたからだって。おかしいでしょ？」

母がきまり悪そうな笑みを浮かべて言った。

「母さんも口が悪いの、得意なんだけどな」


あるときは父が聞いてきた。

「アルム、何を読んでるんだ？」

僕はあちこち歯がないせいで、スースーと抜けた声で答えた。

「小説だよ、父さん。主人公の男の子が、家族と一緒にアメリカへ渡る船で、嵐に遭う話なんだ」

「そうか」

「うん、この子は太平洋の真ん中で虎と一緒に生き残るんだけど、虎よりも絶望の方が恐ろしい瞬間があったと言うんだ。そしてある日、ずっと恐れていた虎が死ぬと泣いてしまうの」

「そんな！　まったく話にならないよ」

「いや、本当なんだって。ちゃんと読めば、それなりの事情が書いてあるんだよ」

「そうか？」

「うん」

僕は白くなったまつ毛をパチパチさせながら、震える声で言った。

「だから父さん」

「なんだ？」

「いつか父さんがとても寂しくなって、世の中が恐ろしくて果てしない太平洋のように思えたときは」

「ああ」

「そのときは、僕が父さんの虎になってあげる」

父はしばらく僕の頭を撫でてから呟いた。

「歯が抜けた虎だな」

またある日は、隣のチャン爺さんが聞いてきた。

「それはなんだ？」

「大人には絶対知られたくない下品な本です」

「わしはおまえが知っているよりはるかに悪い人生を生きてきた。想像すらできない悪さもやってきた。だから、こっちによこしなさい」

チャン爺さんは、僕がいたずら半分で持ってきた本を唾をつけつつ何ページかめくってみて、すぐに中国の禁書の世界にのめり込んだ。昔のエロ本だった。おじいさんはその場で僕から本を借りて行った。それから数日後、チャン爺さんの家の前を通りかかったときに、僕は偶然、庭先から聞こえてきた会話を耳にした。チャン爺さんのお父さん、つまり九十歳になる大爺さんが、六十を越えたチャン爺さんを叱りとばしていた。詳しい内容は分からないが、大爺さんがぎゃんぎゃんと「おまえはいつになったら大人になるんだ！」と大声で怒鳴った一言だけは、はっきりと聞こえた。まもなく僕の足もとに何かが飛んできた。それは数日前に僕から借りて行った本だった。

さまざまな人の本を読んでいるうちに、自然に僕も何か書いてみたくなった。日記やエッセイのようなもの、映画の感想文のようなものなら、以前から書いていた。インターネットのコミュニティに文章を掲載したことが何度かあるが、数十のコメントがあったほど反応もよく、人気掲示文として推薦されたこともある。しかし、本格的な「物語」を書いてみたいと思うようになったのは最近のことだ。より正確に言えば、数ヶ月前、集中治療室に入ったあとからだろうか。僕は人工呼吸器をつけて生死の境にいた。病院側もすでに両親に心の準備をするようにと伝えたようだった。これまでにも何度か危険な時期はあったが、このときは本当に深刻な状態だった。集中治療室には母方の祖母や伯父たちをはじめ、何人もの人が見舞いに来ていた。みんな口にはしなかったが、これが最期だと思っていた。彼らは僕のそばに座って、何日間も話をしていた。僕は果てのない深い眠りに落ちていた。ところが不思議なことに、そんな最中にも比較的意識がはっきりと戻ってくる瞬間があった。目は閉じているものの、目が覚めているときとさほど変わらない、いくつかの瞬間が。生死を行き来しているその瞬間に、僕が耳をそば立てていたことに周りの人はまったく気づいていなかったが、そのおかげで僕は、親戚たちが交わす話を聞くことができた。

「だから、あのとき、子どもを堕ろすんじゃなかったんだよ」

「お母さん、この子の前で今話すことじゃないでしょ」

「おまえにとって自分の子どもが大事なのと同じように、私も私の子が大事なんだよ。子どもを産んだら、少しは親心が分かると思ったら、こんなにも母親の心をギザギザにするなんて」

「ミラ、あのとき三百万ウォンを用意できなくてすまなかった。おまえがそのことをずっと寂しく思っていたのは知っている。しかしあのとき、僕たちも大変だったんだ」

「ミラさん、アルムが初めて字を書いたときのことを憶えてます？　塀に〝ハン・テスバカ〟と書いて、家族みんなで大笑いしたじゃないですか」

そうした親戚の会話を聞きながら、僕は自分がすでに知っていた情報とそれらが入り混じって映画を再生しているような、かなり奇妙な経験をした。演技をしている僕とカメラを回している僕とは分離しておらず、寝入っているときに見る現実と目覚めたまま見ている夢は、やはり区別がつかなかった。あのとき僕は、制服のズボンのすそが足首の上までひょいと上がっている父の姿を見た。化粧台の前で体をかがめてニキビを潰している母の顔、そして川辺で口づけしている二人の顔を見た。ほかにも色あせた写真のように、数多くの光景が目の前をかすめて行った。新しく開業した店の前で誇らしげに微笑んでいる父、僕をおぶってショーウィンドウに飾られたワンピースをぼんやりと眺めている母、コンビニでアルバイトをしている頃、泥棒と誤解されて店長にビンタを喰らわされた父、僕をからかう子らを叱るために裸足で飛び出してくる母……僕はそれらを見ながら、その時間をもう一度生きているような気がした。まったくの嘘でもなく事実でもない何かが、濁っているようで澄んでいて、近いようで遠いリズムで過ぎ去った。一日、また一日……親戚の話は井戸のなかに投げられた石ころのように、きちんきちんと僕の胸のなかに積み重なっていった。そして数日後、驚くべきことに僕は眠りから目を覚ました。ちょうど僕の不規則な心拍曲線を見て、ついにそのときが来たと勘違いし、父が病室の床に転がって嗚咽《おえつ》しているときだった。そんな父を見て僕は「父さん、どうしたの？」と聞き、家族を気まずくさせた。意識が戻って、僕は自分にもう一度チャンスが与えられたことに気づいた。そして、そんな大きな奇跡は一生に一度だけだということにも。だからあのとき僕を生かしたのは、あなたたちの話を残さず聞きたいという僕の願い、もしくはあなたたちと一緒に見ているのかも知らずに見ていた夢だったのだろうか……。

退院後、両親が今度の誕生日にほしいものはあるかと聞いてきた。これまで何かがほしいと言ったことなどほとんどなかった僕は、遠慮なくノートパソコンがほしいと答えた。予想をはるかに超えていたためか、両親はしばらく戸惑っていた。そして隅の方に行って、しばし相談していたかと思うと、なんでもないように分かったと笑ってみせた。

3

僕が産まれてから両親が骨身に沁みて思い知ったのは、ともに知らないことが多すぎることだった。世の中のたいていのことは知っていると思い込む、思春期特有の生意気さとプライドで満ちていた二人であったにもかかわらず。まず二人は、子どもの抱き方すら知らなかった。これまでこんなに小さく、無力な存在を扱ったことなどなかった。父はしばらくの間、僕を抱くたびに両手をぷるぷると震わせた。赤ん坊の首を支えなければならないことは直感的に分かったが、子どもを落としたりしないか怖かったのだ。テコンドーの試合なら、どれだけ図体の大きい相手でもひるむことのなかった父が、二キロにも満たない新生児を前にして途方にくれていた。そして何かものすごいことに気づいたかのように、母を見つめながら言った。

「俺はさ、生きていくうちに人を抱くことを習うようになるとは思ってもなかったよ。そんなこと、考えたこともなかった……」

未熟なのは母も同じだった。出産前にさまざまな本を読み、近所のおばさんたちのおせっかいや助言にも耳を傾けていたものの、理論と実戦では大きく違った。僕がわけもなく火がついたように泣くと、母は足をバタバタさせながら居ても立ってもいられなくなり、ついには僕より大きな声で泣きだしたこともあった。

「アルム、泣かないで。お願い、泣かないで……わぁーん」

家族のなかで一番慣れた手つきで僕に触れたのは祖母だった。表情のない顔で、ゆったりとした動作ながらも、僕が何を必要としているのかをきちんと理解していた。そのたびに母は「お母さんってば、どうしてそんなことが分かるの？」と愛嬌たっぷりに祖母の機嫌をとった。祖母は、娘のお愛想などありがたくもなんともないというように言った。

「そもそも子どもを育てるのは簡単なことじゃないんだよ」

他にも二人が学ばなければならないことはたくさんあった。一人の存在を食べさせる方法、寝かす方法、洗う方法、そして理解する方法まで……まるで、生まれたのは僕ではなくて自分たちであるかのように、すべてを最初から一つ一つ習得していかなければならなかった。僕と会うまで、二人はベビーカーがこれほど高いものであることも、おむつがこんなにも早く減ってしまうことも知らなかった。予防接種の名前がＤＤＴなのかＤＰＴなのか区別がつかなかったし、赤ん坊が体をひっくり返すまでに、どれほどたくさんの試みが必要なのかも知らなかった。その寝返りが、二人の胸をどれほど熱くさせるものなのか、それを成功させた赤ん坊の表情がどれほど得意げなのかについても。慢性の睡眠不足のために、目の下にクマができてしまった父が、ときどき母に話しかけた。

「ミラ、寝てる？」

「ううん」

「アルムのことなんだけど」

「うん」

「人間ならできてあたりまえだと思ってたことが、一つもできないなんて不思議だと思わないか？」

母は眠そうな声で、それでもやさしく答えた。

「そうね」

「だけど、それをできるようにしたんじゃないか、うちの母さんや父さんが」

「そうね」

「どうやってそんなことができるようになったのか、俺たちの記憶にはまったくないのにさ」

「そうだね」

父は調子に乗って続ける。

「それから、人間の年齢を一日、半月、一ヶ月って言うのって、なんかおかしくないか？　タマゴじゃあるまいし。ハハハ、おかしいだろう？」

母は力のない声で返した。

「おかしいよね……」

コンクリート壁の向こうから、隣の部屋の男のいびきが穏やかに聞こえてきた。僕のせいで真夜中に起こされ、めっきりやつれてしまった男だ。

しばらくして、父はまた母に話しかけた。

「ミラ、寝てる?」

「ううん」

「アルムのことなんだけど」

「うん」

「俺たちのことを見ながら唇をすぼめるのを見ると、話したいことがたくさんあるんだなって思わないか? 何が言いたいんだろう? 最新の通訳機みたいなものがあれば聞いてみたいよな。何を言っているのか、全部」

「……」

「それに、どうして寝ながら笑うんだろう? 赤ちゃんも夢を見るのかな。仏様のように笑ってたよな。録画して全部再生して見てみたい、どんな夢なのか。赤ちゃんもカラーの夢を見るのかな」

「……」

「ああ、本当に気になる。ミラはどうだ?」

「テス」

「うん？」

「私も気になる。気になって死にそう。だから……」

「うん」

「寝かせて」


僕の出現によって、家にはさまざまな変化が起きた。特に顕著だったのは色の変化だ。質素な新婚生活ゆえに味気なかった部屋が、原色の乳児用品でいっぱいになった。春が訪れるように一歩一歩、そしてあっというまに変わった光景だった。だれが見ても色とりどりの幼稚な色彩だったが、僕が生まれなかったらその部屋にはなかった色でもあった。新生児用品には、赤ん坊の感覚を発達させるために作られたものが多くある。それらの音、色、感触、匂いなどがそうだ。それらは僕だけではなく、母と父の五感をも刺激した。両親は僕を通じて、改めて感覚というものを体験した。一度は自分の目で、もう一度は赤ん坊の目で……そんなふうに二度。ガラガラの音で目が丸くなる子ども。それを見て笑う親。その笑いのなかには、人間に対する驚異と謙遜がそのまま滲んでいた。本人たちは意識していなかったが、事実だった。世の中で最も小さな人間。自分の母も父も、義母も義父もみな、そこから出発したという事実が、両親をたびたび驚かせた。未熟な子どもの目を通して世の中を経験するほど大人になっていく両親……原因と結果がどこか逆転しているようではあるが、それは実に驚くべきことだった。最も幼く思考するほど最も賢くなることが毎日毎日起きたからだ。

二番目の変化は匂いだった。授乳期の若い母親の体の匂いから、ツーンとする赤ちゃんの便の匂い、息の匂い、汗の匂い、唾の匂い、きれいに洗って乾かした綿とそこに染み込んでいる日差しの匂いまで。狭い部屋にしばらく座っているだけで、べっとり身体に絡みつく、心地よいようで退屈な、それゆえときには父に、死ぬほど一人になりたいと思わせる空気が部屋に充満していた。父は僕の頭に鼻をつけて、くんくんと匂いを嗅ぐのが好きだった。部位別に少しずつ匂いが違うということをよく言っていた。しかし、父は僕より母の方がもっと好きだった。父と僕の間には出産の際、一緒に死ぬ思いをしたという強い絆がなかった。僕のせいで夫婦間が疎遠になるのは当然のことだった。父はたびたび母に寂しさをあらわにした。僕が生まれてからの三番目の変化だった。父は夜になると、浅いため息を吐いた。結婚がこんなものだったとは……寂しくて涙が出そうだと。父は僕に乳を飲ませている母の背中に顔をつけて、遠慮がちに肩を触った。指尺一つぶんにも満たない広さだったが、父が世界で一番安心できる場所だった。

「ミラ、寝てる?」

「うん」

「本当に寝てる?」

「うるさいっ、寝てるってば!」

それでも父は母が反応してくれたことが嬉しくて、起こしてやろうと揚げ足をとった。

「おい! 寝てる奴がどうやってしゃべるんだ?」

母は面倒くさそうに、長いため息をついた。

「テス」

父は期待で胸を膨らませて答えた。

「なに?」

「母親にできないことはないのよ」

いざ孫と対面し興奮した祖父は、いとも簡単に婿のために店を出してくれた。町一番の好立地にスポーツ用品店を出したのだ。当時、祖父は経済的に余裕があった。祖父が亡くなるまで――もしかしたら亡くなったあとも――家の財産を把握しているのは祖父だけだった。観光団地の誘致の際にけっこうな補償金を手にしたことは、家族のだれもが知っていた。伯父たちは父親の顔をうかがいながら、上手に援助を求めた。実際に資金を出してもらって、商売を始めた者もいた。どの町にも一つや二つはあるチキン屋や果物屋、ファンシーグッズを扱う文房具店などだ。祖父の部屋で、具体的にどのような交渉がなされたのかを知る者はいない。二番目の叔父は兄の方がたくさんもらっていたと考えていたし、一番上の叔父は三番目がさらにかすめとったと思っていた。家族のなかで補償金に目をつけなかったのは、僕の父だけだった。それは生まれつき無欲だからではなく、ただ何も考えていなかったのだ。「ハン・テス」から「ハン君」を経て「アルムのパパ」へと、一年間のうちにその呼び方を変えていった祖父が、ある日、婿を呼びだした。

「テス、おまえは何をやってみたいんだ?」

「はあ?」

父は慌てた。今度は何を試しているのだろうと、気を揉んだ。

「欲張っても仕方がない。タダでやるのではなく貸すのだから」

祖父が自ら金の話を持ちだすことは珍しかった。金を貸す話はなおさらだ。祖父は、まぬけな顔で口を開けている婿に向かって、えらそうに切り出した。おまえももう父親になったのだから、一家の家計を担う責任がある。いつまで工事現場で働くつもりなんだ。もう少し安定して将来性のある仕事を探してみなさい。勉強するのもいいが、その頭では学者になるのは無理だし、世間の目もあるから、まずはちゃんとした仕事がなければいけない。祖父がそんな話を持ちだした背景には、孫に対する愛情だけではなく、テホ観光団地を巡るよくない噂もあった。工事現場では事故による負傷者が少なくなかった。木材の下敷きになったり、車にはねられたり、水におぼれたり、さまざまなケースの事故が起きた。他所から来た人が事故で死んだが、だれにも気づかれないよう建設会社の方で処理をしたという噂も出回った。噂の真偽を確かめる方法はなかった。しかし何人かが現場で死ぬところだったことは事実だった。実際、祖父のアパートに住んでいた一人は、引っ越してきてまもない頃に片足にギブスをしていた。落下した鉄筋を避《よ》ける際に足が引っかかったそうで、一歩間違えたら、その場で潰されるところだったと、彼は言った。僕らの隣の部屋に住んでいた彼は、僕が大声で泣くと、テレビのボリュームを上げて抗議した。僕がしくしくとむずかるとボリュームを五くらいに、大声で泣きわめくと二十に上げた。すると僕は過敏になってもっと泣き、彼も負けじとリモコンのボリュームボタンを押しつづける。すると、彼の隣の部屋の男が足で壁をドスンドスンと蹴りつけ、さらにその隣の男が「おーい！　もういい加減にして寝ようよ！」と怒鳴りつける。それでも僕たちが大家の家族だから、そのあたりで終わるのだ。いずれにせよ、工事現場で起きている大小の事故は、父の士気を折ってしまった。顔には出さなかったが、祖父も父を工事現場に押し込んだ張本人としての責任を感じていたのだ。

「だから、あの……僕に商売をしろっていうお話ですか？」

「でなければ、テコンドー道場でもやってみるか？」

「いいえ、それはちょっと……」

「なぜだ？」

「すでに知り合いの先輩がこの町で道場を開いてるから悪いし、それに……」

祖父は少し顔をしかめた。他人のことを気にする人間のなかで、心から家族に申し訳ないと思っている奴など見たことがないからだ。祖父は根気強くもう一度聞いた。

「テス、おまえ、それでは何がしてみたいんだ？」

十八歳。知らないことも多いけれど、思いのほか知っていることも多い年齢。父はこれがチャンスだと分かっていたが、少し恐ろしくもあった。商売などやったことがなく、自信もなかった。それに今度こそ、義父が自分に本当の大人になることを求めているんじゃないかと。本当の大人。それがどういうものなのかは分からないが、これまでずっとそんなふうに扱われることを望んでいたにもかかわらず、実は、心の底から望んだことなど一度もなかったことに気づいた。父は人生とはどういうものかを知らなかった。しかし、大人という言葉からは、なぜかひどい臭いがすることだけは分かっていた。それは単に疲労や権力、あるいは堕落の臭いではなかった。つい最近までは、漠然とそんなふうに思い描いていたが、いざその入口に立たされると、必ずしもそうではなかった。父が大人という言葉から本能的に感知したもの、それは孤独の臭いにほかならなかった。その言葉を聞いただけで、言葉の周りに暗い磁場が起こり、一度引き込まれたら二度と抜け出すことができない何か。ましてや義父のあの笑顔と後押しは、今後はしっかりと生きていくことを要求しているのではないか。しかし十八歳の少年が、早くもそんな生き方をしていいのだろうか。本当にそれでいいのだろうか。マジで？　父は悩んだ。だからと言って謙虚なふりをして断ったところで、他に方法などあるわけがない。口にはできなかったが、全身がズキズキ痛む工事現場の仕事と、日に日に大きくなっていく赤ん坊の存在は、とてつもない負担だった。つい最近のことだが、過労のせいで寝小便をしてしまったという衝撃的な出来事もあった。妻にはだれにも話すなと、噂になったら家出して十年間は戻らないからなと釘を刺しておいたが、もしかしたらそれを義父にこっそり話したのではないだろうか。なにはともあれ、何がしたいんだ?なんて。何をすればいいんだろう。前回のように「よく分かりません」という返事ではいけないことは、父にも分かっていた。ゲームセンターや漫画喫茶をやれたらいいのになとも思ったが、そんな本音を漏らしてはいけないことも。父は頼もしい婿に見えるよう、しきりに首をひねって脳みそをフル回転させた。

——町の子どもたちが……今一番ほしがってるものはなんだろう。そしてこの町にまだないものは……？

しばらくして、父の頭のなかにアイディアが光った。それは、今思い悩んでいた条件をすべて満たしてくれるものだった。

「お義父さん」

「ああ、テス」

父はきっぱりと告げた。

「最近はナイキが人気です」

「はあ？　何キー？」

父は興奮気味に続けた。

「スポーツ用品店です、お義父さん。最近、僕のような年頃の子がみな欲しがるものです。ターミナルの近くなら、学生もたくさん通るからぴったりです」

その年、僕はけっこう人間らしい容姿になりつつあった。肉がつき血が満たされると、それなりにかわいらしくなっていた。ぞうきんのようにしわくちゃに生まれた僕が、花のように咲いた。胎熱が落ち着いて産毛が落ちると、たいていの子どもがそうであるように、福々しく、愛くるしくなった。そうでなければ生きていけないかのように。赤ちゃんにとって愛されることほど簡単なことはない、と言った母の言葉を証明するかのように。毎日見ている僕を、母は毎日初めて会うかのように不思議そうに見つめた。数ヶ月の間に、だれかを深く愛することで表情も深くなっていた。その頃、僕は実に変化に富んでいた。昨日の僕は今日の僕とは違っていて、今日の僕は明日の僕とは違っていた。蝶にとって生涯一度きりの羽化直後の羽ばたきを、数日に一回繰り返しているようだった。わが子のことがかわいくない親などいないだろうけれど、僕が生まれることで様々なことを諦めるしかなかった両親は、僕に完全にメロメロになった。特に母、チェ・ミラの場合は度が過ぎていた。出産前後のホルモンバランスの影響もあったのだろうが、母は僕のことを修羅場を共にした戦友のように扱った。言葉に出して言うことはなかったが、目の色を見れば分かる。

「お母さん、お母さんもお兄ちゃんが生まれたとき、こんなにかわいがった?」

母は、産着にくるまれた僕をあやしながら祖母に尋ねた。

「もちろん。生まれてから三歳までは、おしっこが漏れそうなほどかわいかったんだから」

「三歳？　どうして三歳なの？」

「そのあとは言うことを聞かないから」

母は当然、祖母の言葉に実感が湧かなかった。言うことを聞かない、それがどれほど親の気を狂わせるものなのか。天使のようだった子どもが、なぜモンスターに変わってしまうのか。わずかな語彙でもってぶつぶつ言いながら動きはじめると、なぜあんなに理屈っぽくて生意気なのか。なぜあんなに記憶力がよくて、どうしてあんなに勘がいいのか、母はまだ理解できずにいた。多くの親が子どもに大声を上げたり、子どもと言い合ったりするのは、彼らの性格がもともと悪いからではないということを。

一歳が過ぎても「ママ」とすら言えなかった僕がいきなりしゃべりだしたのは、その半年後のことだった。だれもが経験するごくあたりまえのことだったが、母にとっては飛び上がるほど嬉しい出来事だった。長い沈黙を破って発する一言だったので、僕はできれば

「お母さん、こんにちは。これまでとても心配だったでしょう？」というような完全な文章でスタートを切りたかった。しかし僕の口から出たのは、あまりにも単純で平凡な「ママ」——それがすべてだった。しかしその後の僕は、周りの人が辟易するほどぺちゃくちゃしゃべり続けた。家事で疲れていた母は、一日に何回も繰り返される「ママ、これはなに？」という質問に、だんだんげっそりしていった。眠っている祖父を指しながら「ママ、これはなに？」と聞く僕に、煩《わずら》わしそうに「うん、なんでもないのよ」と答えたこともあったほどだ。しかしそれは、のちほど繰り返される「なぜ？」とは比べものにならなかった。

僕はすくすく育った。つるつるしたかわいいウンチをし、適度に転んでけがをしながら。大家族特有の大雑把な、けれども本能的な配慮のなかで。百日目のお祝いにはきび団子を手にし、一歳のお祝いのトルジャビ[*3]では、絹糸の束をつかんで元気いっぱいに。田舎の人間関係には、愛情という言葉ができる以前の愛情、関心という言葉ができる以前の関心のようなものが健全に染み込んでいた。伯父たちは、僕を赤ん坊というより小さな一人の人間として扱った。子どもが六人もいたために、赤ん坊にはそっけない態度の祖母もやはりそうだった。湿っぽくて短い舌の僕は、最も古くからある言葉から順に覚えていった。出身や背景とまったく関係のない、祖父も、父も、伯父たちも真っ先に口にしたはずの言葉を。まるであの世から先祖がパスしてくれたバレーボールを、父の父が一度も落とさずに渡したそのボールを、やっと僕が受け取った気分だった。僕が初めて「ママ」と言ったとき、みんなが拍手をしながら喜んだのは、そんな理由からだろう。

もちろんあの時期に話していた言葉など、はっきり思い出すことはできない。言葉のある限られた部分、つまり同心円の最も内側と接した経験を憶えている人は珍しいだろうから。いや、それはあまりにも早く辿り着いた一番外側の円かもしれないから。他のことはよく分からない。ただ、人間が言葉と遭遇する最初の瞬間を忘れさせるようにした神様の摂理が知りたい。出会うものを出会わないようにさせたこと。まず学び、忘れるように仕向け、ふたたび学ぶように仕向けること。そういうことが、僕には不思議でならない。ともかく、ほかでもない母の実家、つまり外家で言葉を覚えはじめたという事実は、僕のお気に入りだ。「外」に「家」。外側の家だなんて。なぜか素敵な感じがする。

4

「アルム」

僕はハッと我に返って周りを見回した。部屋のドアあたりに母の姿が見えた。母は薄暗いリビングを背にして、乾いた声で聞いてきた。

「どうしてそんなに驚くの?」

三十四歳。カサカサの顔には、洗っても洗っても落ちそうにない疲労が、排気ガスのように覆われている。

「ああ、別に。インターネットをしてたんで」

慌てて作成中の文書の上にポータルサイトの画面を開いた。

「明日は病院だから早く寝なきゃ」

「うん、もうちょっとしたら寝るよ」

「血圧の薬は飲んだ?」

「うん」

「鎮痛剤は？」

「もちろん」

「関節の薬も？」

「飲んだって」

「胃腸薬は？　それも飲んだの？」

「もう、母さんたら。昨日や今日、始まったことでもないのに。ちゃんとやってるから心配しないでよ」

母は思春期の息子のプライバシーを尊重するために部屋のなかには入らず、ドアの前でうろうろしている。いつだったか、これから部屋に入るときはノックをするようにと、僕が頼んだからだ。初めて「ノック」という言葉を聞かされたとき、母があまりにも寂しそうな顔をしたことを今でも憶えている。

「母さん」

「うん？」

「何かあったの？」

「ううん、電気がついてたからのぞいてみただけ。夢見が悪かったし」

「疲れてるみたい」

「そうね、休みの日の方が疲れるって変だよね」

「どんな夢だったの？」

母は少しためらってから答えた。

「水の夢。いつもの夢よ」

「なんだ、そんなことで」

「アルムを救い上げてから目覚めなくちゃいけないのに……」

母は心の底から悔やんでいる様子だった。

「母さん」

「うん」

「僕も今夜、夢を見るつもりなんだけど、今日は水泳選手になった夢を見ようと思うんだ。できれば母さんの夢まで泳いで行って、優雅に水中バレエをする姿でも見せようかと」

「流されないで？」

「流されないで」

母は笑みを浮かべ、絞り出すように言った。

「あなたみたいな子は……」

「……」

「病気になっちゃいけないのに」

僕はまつ毛のないくぼんだ目で、母をじっと見つめた。そしてなんと答えればいいのか分からなくて、ためらったのちに口を開いた。

「母さん、僕みたいな子はね……」

「うん」

「僕みたいになかなかいい奴はね」

「うん」

「僕みたいな親しか作れないんだよ」

「……」

母はしばらく意味が分からなくて考えあぐねていたが、やがてかすかに笑って見せた。
「インターネットはやめて、もう寝なさい。そうしないと、パソコンは禁止よ」

数ヶ月間、僕は休み休み文章を書いてきた。一日に一枚ずつ、ときには一行か二行ずつ。何を書いているのか、またそれをどうするのかはまだ秘密だが。まずは来年の誕生日までに原稿を完成させるのが目標だ。退院後、両親にノートパソコンがほしいと言ったのも、実はそのためだった。我が家のリビングにはとんでもなく古い仕様のデスクトップがあった。よく故障するし、家族全員かわるがわる使っているから、そのパソコンで作業をするのは気が進まなかった。さらに、だれかが一度パソコンの前に座ったら、なかなか交代する気配がない。その間は公衆便所の前に並んでいる人みたいに、便意を我慢できないという表情で順番を待たなければならなかった。父が座っていれば僕がせかし、僕がネットサーフィンをしていると母がせかす表情を見せる。僕からしてみれば正直、父がパソコンですることはつまらないものばかりのように見えた。もちろん父の立場からは、息子のクリックがくだらないものに映っただろう。

読み返していた文書を閉じて、別のウィンドウを開いた。母の出現でリズムが崩れてしまったし、今日、目標としていた量は書いたから、他のことをやった方がいいだろう。新しいウィンドウを開くと、以前作ったものの、解けなかった問題が現れた。自らに宿題を出し、それを受けて思案するのは僕の長年の習慣の一つだ。だれも僕に課題を出さないので、自ら先生になったり、生徒になったりして時間を過ごすのだ。宿題のなかには簡単に解けるもののもあれば、そうはいかないものもあった。正解があるものもあれば、ないものもあった。問題を解くことよりも出すことの方が楽しいときもあったが、とはいえ問題を解くのも僕だった。宿題には、星座を覚えること、全国の地下鉄路線図を描くこと、世界の樹木について調べることといったような、僕には役に立たないものが多かった。そのなかでも最も役に立たないことは、まさに「文章を書くこと」だった。決まった形式もルールもないが、僕には、気になるものがあればその都度メモをとる習慣がある。

——人はなぜ子どもを産むのだろう。

カーソルの点滅するパソコンの画面を、僕はせかされるような気持ちで見つめた。何日も考えあぐねたけれど、答えが思いつかない問題だった。もし学校に通っていたら……そうしたら、少しは答えを見つけやすかったのだろうか。そう考えると残念な気もしたが、学校への未練や幻想はさっさと捨て去った方がよい。中学と高校の教育課程についてなら、僕もだいたいのことは知っている。しかし僕と同じ年頃の子たちが実際に学校で何を習っているのか、正確には分からない。そしてその「分からない」という事実が、ときどき僕を不安な気持ちにさせる。その子たちが知っているぶん、僕も知っておかなければならない気がするし、そうしておけば、ある普通の基準に近づくことができそうだった。しかし、どこからどこまでが普通で、どれくらい学習すればいいのか、知るすべがない。それで僕は、「行けるところまで行ってみる」式の勉強法を選んだ。系統を立てることもなく取りとめのない方法だが、足りないよりはオーバーした方がマシな気がしたからだ。そうすれば、あとでどんな話題が出てきても、彼らと話し合うことができる気がしたのだ。

　腕組みをして、僕はしばらくモニターを見つめた。しかしついに答えを書くのを諦めて、別のウィンドウを開いた。まずは今日の宿題からやっておこうと思ったのだ。僕は新しい文書を開いて、今日やることを書いた。

——両親の若い頃の写真を見て、その感想を書く。

机の前にはアルバムから抜き取ってきた一枚の写真が置いてある。僕が生まれて間もない頃、町の写真館で撮った家族写真だ。

——手が幼い……。

母と父はカメラに向かって中途半端な笑みを浮かべている。まだ生後百日にも満たない僕は母の膝の上に座って、視線を他のところに向けている。僕は十七年前の両親と目を合わせて、切なく微笑んだ。二人はカメラにではなく、その向こうにある時空、つまり現在の僕を見つめて微笑んでいる気がしたためだ。僕は新しい文書に、最初に心に浮かんだことを書き込んだ。

——親はなぜどんなに幼くても、親の顔を持つのだろう。

それは僕の親だけから見てとれるものではなさそうだった。先日見たテレビからも、似たような印象を受けた。偶然、夕食を食べているときにやっていたドキュメンタリー番組で、家族になったばかりの十代の夫婦が映っていた。狭い部屋で赤ちゃんを育てている、まだ幼い夫婦だった。僕と同じ年頃の男がコンビニで粉ミルクを盗んで捕まったのだが、その理由が新聞に書かれて以降、同情的な世論が巻き起こり、話題になった家族だ。画面に映った彼らの顔は、普通の青少年とどこも違うところがなかった。しゃべり方や服装、ファストフードとアイドル歌手が好きなのもそうだ。そして、その世間を知らない顔は、まさに十七歳そのものだった。しかし彼らの眼の色、その眼に宿るある視線はどこか違っていた。そこには、これから一人の存在に責任を負わなければならない人特有の疲労と悲しみ、そしてプライドが複雑に絡み合っていた。

——そういうものを何て呼べばいいんだろう……。

悩んだ末に「そういうものを何て呼べばいいのか分からなくて、ただ親の顔と呼ぶ」という一文を付けくわえた。親は親だから大人であって、大人だから親になれるわけではないようだと。それから写真のなかの両親の姿をしばらく見つめた。目も幼く、首も幼く、髪の毛も幼い僕の両親。彼らはどこか不良っぽくて、胸が切なくなるほど若かった。僕はある世界から別の世界に向かって手を伸ばすように、指の腹で彼らの頭をそっと撫でおろした。

もちろん逆の場合もある。隣のチャン爺さんの家がそうだ。そこには六十歳のチャン爺さんと九十歳のその父親が住んでいる。ところが何をしでかしたからか、この六十歳の老人はよく叱られている。ぎゃあぎゃあ大声を張り上げる父親のもとから逃げ出して、門の外に出てくるチャン爺さんは、まさに七歳の子どものようだった。僕はセメント塀の足元に座って落ち込んでいるおじいさんのそばに行って、一緒に日向ぼっこをしたりした。

「おじいさん、また怒られたんですか？」

「うん」

「どうしてですか？」

「今回はわしにも分からん。怒るから、ただ怒られてたんだ」

「悔しいですか？」

「ああ、家のなかではいいんだけど、子どもたちの前で怒るのはもうやめてほしいよ」

彼の言う子どもたちとは、自分より若い「老人センター」の老人たちのことだ。チャン爺さんは僕に、しょっちゅう自分の父親の悪口を言っていたが、一方では、自分をまだ子ども扱いしてくれる人が世の中にいることに安心している顔だった。しばらくして僕は、父親と一緒にいるときとそうでないときのおじいさんの顔が違うことに気づいた。僕は少し前に書いたメモの下に、似たような問題を一つ付けくわえた。

——子どもはどうして年を取っても、子どもの顔をしているのだろう。

すると意外なことに、今まで立ち往生していた問題の糸口が、浮かび上がってきた。

——人はなぜ子どもを産むのだろう。

僕は、その刹那の日差しが僕から離れていかないように、急いでキーボードを叩いた。

——自分が記憶できない人生を、もう一度生きたくて。

そう書いてみると、本当にそんなふうに思えてきた。だれもが自分の幼い頃のことをはっきり記憶することはできないから、特に三、四歳より前の経験を完全に復元することは不可能だから、子どもを通じてそれを見るのだ。その時間をもう一度体験するのだ。そうか、僕はおっぱいを吸ったんだ。ああ、僕はこの頃に首が据わったんだ。へえ、僕はあんな目で母さんを見つめたんだ、と。自分で見ることのできなかった自分を見ること。親になったことで、もう一度子どもになること。人が子どもを産むのは、そのためではないだろうか？　だとすれば、三歳から老いはじめた赤ん坊を持つ僕の両親は、僕を通して何を見たんだろう……まもなく僕は、別の問題に行き当たった。

——神様はなぜ僕を創ったんだろう。

残念ながら、その答えはまだ見つかっていない。

5

母の実家からバスで三十分ほど行った市街地に、父は店を出した。農業や漁業で生計を立てる人が大半をしめる郡のなかでは、そこそこ身なりがよくて、発言力のある人たちが集まる場所だった。人々はそこを何々町とは言わずに、「市場」と呼んでいた。そこの人たちのことを「市場の人」と言い、用事があると「市場に行く」と言っていた。といっても、たかだか官公署がいくつかあって、喫茶店や醸造場、ピアノ教室、銭湯などが集まっている小さな邑《ウップ》*4に過ぎなかったが、そこの住民はそれなりに地域社会での優越感を持っていた。顔や口には出さなかったが、そうだった。カエルがおたまじゃくしを蔑《さげす》むように、田舎の人が片田舎の人に持つ、ちっぽけな優越感だった。

市場についてなら、母も父も知っていた。そこには母が通っていた女子高があり、父が初めて妊娠の事実を知らされた喫茶店があった。祖父は、徴兵を終えてぶらぶらしていた四番目の息子に、父の店の手助けをするよう命じた。伯父は父の店が軌道に乗るまで、手伝うことにした。将来、自分が商売するときに必要な要領や見る目を養い、経験を積むつもりだったのだ。開業は順調だった。すでに町で身を固めていた伯父たちが見積もりを出してくれたり、取引先を紹介してくれたりして、いろいろと面倒を見てくれたおかげだった。店は市場のロデオ通りと呼ばれる小さな繁華街にあった。市場のなかでもファッションに興味があり、稼ぎのいい人たちが集まる中心地だった。父は店舗がきれいなのが何よりも気に入っていた。本社の要求と基準に合わせたものだったが、田舎には快適でさわやかな店はそれほど多くなかった。母も突然、奥様と呼ばれることが嫌ではなかった。二人には高くてとても買えない商品がこんなにも大量に、何気なく並べられていることが不思議で仕方なかった。さらに驚いたのは、それらをあんなにたくさん、いとも簡単に買っていく人が多いことだった。母は店を手伝うという名目で、祖母に僕を預けてはよく市場へ遊びに来ていた。そして、母にそろそろ帰ってほしいと思っている父の横で、愚にもつかない小言を並べたり、友達のスミと落ち合っておしゃべりしたりした。話題といっても、育児や家事に関することしかなかったが、スミは友人の話に耳を傾けてくれた。母は、ナイキのロゴがプリントされたピンクのトレーナーを得意げにスミにプレゼントした。スミは苦笑いしながら、素直じゃない反応を見せた。

「あら、ホルモンのせいで私たちの友情をちょっと過大評価してるんじゃない?」

母はかわいいとかありがとうといったお決まりの言葉を言わない友人の反応に喜びながら、不良っぽくクックックッと笑った。

「元気にしてた?」

スミが油取り紙で鼻と額を押さえながら尋ねた。

「まさか」

「なんで、どうしたの?」

「ああもう、家事がこんなに大変なことだって、まったく知らなかったんだから」

「バカね、そんなことも知らないでお嫁に行ったの?」

「まさかこれほどだとはね」

母がテーブルの上のコップを深刻そうに見つめながら説明した。

「このお茶一つとってもそうよ。テスは麦茶が好きだから、家では麦茶を作って飲んでるんだけどね。だけど、考えてみて。テーブルにお茶一つ出すために、どれだけの手間がかかるのか。水を沸かして冷ますでしょう、ヤカンを洗ってボトルを消毒しなきゃならないでしょう、容器にお茶を入れて冷蔵庫に冷やしておく……だけど、そのお茶がまた二日も経たないうちになくなるの。以前はお茶を飲みながら、なんとも思わなかったんだけど。まったく、生活って、大変なのよ」

「わあ、そうなんだ。私もお茶を飲みながら、そんなこと考えたこともないわ」

「でしょう？　だから食事の準備や掃除なんか、どれだけ大変なことか。スミ、これからは絶対にお母さんにおかずの文句なんか言っちゃだめよ。分かった？　日曜日には家事を手伝ったりしなさい」

「あら、担任のセンセーみたいなことを言って」

「そうよ、こんなに大変だって分かってたら、もう少し遊んでおけばよかった」

つい最近まで一緒に夜間自律学習をして、カラオケボックスで澄ました顔をしていた仲良しのあまりの変化を前にして、スミが静かに微笑んだ。

「アルムちゃんは大きくなった？」

「うん、ちょっと敏感な方だけど、元気にしてる。ね、知ってた？　赤ちゃんは自分の腕が自分のものだって、分からないみたい」

「本当に？」

「うん、しばらく経ってから分かるみたい。アルムも少し前までそうだったの。横になっているとき、自分の腕が不思議なのか穴があくほど見つめるの。ずっともぞもぞしてみたり。おもしろいでしょ？　自分が自分であることを信じたいのか、ずっとそうしてたの」

「家庭科で変なこと教えないで、そういうことを教えてくれればいいのに」

「でしょ？　私が教えてやろうか？」

「頼むからそうしてよ。私の内申も頼んだわよ」

スミが、えくぼができるほどチョコシェイクをチュッと吸い込みながら尋ねた。

「それで、おしゃべりの方はどう？」

「まだ簡単なことだけ」

「でもよかったね。心配してたじゃない」

「うん、だけどあの子ったら、男の人にはだれにでもパパって言うの。伯父さんたちや、隣のおじさんにも」

「本当に?」

「うん、だけどその頃の子どもはみんなそうなんだって。この前、テスが保育園に配達に行ってきたんだけど、子どもたちがいっせいに集まってきて、自分にパパ、パパって騒ぐから、怖くて死ぬかと思ったって」

二人は一時間ほど、休むことなくしゃべり続けた。しばらくして、スミがヒソヒソと聞いてきた。

「ミラ、私、気になってたんだけど」

「何?」

「テスのどこが好きだった?」

「えっ? 急にどうしたの?」

「男子からいくら声をかけられてもピクリともしなかったじゃない。あのとき、だれだったっけ、あの農業高校の子が薬を飲んで騒いだときも平然としてたのに、テスにはなんで?」

母は照れくさそうに片手で口元を隠して笑った。

「それが……ただ、いろいろ話をしていたら」

「話?」

「私もテスのこと、最初は好きじゃなかったの。ひょんなことで話をするようになったの。学校の成績とか家の話とか………で、ある日、テスが言ったの、学校に戻りたくないって」

「それで?」

「うん。自分はなりたいものもないし、やりたいこともないって」

スミが目を丸くした。

「なのに好きになったの?」

「ん?」

「なりたいものもないし、やりたいこともない男が……いいの? そんなことってある?」

母は目を伏せ、ストローでピーチエイドをグルグルかき混ぜた。

「うん」

「……なんで？」

「私もそうだったから……」

スミは目を見開いたが、すぐに母をフォローした。

「なに、ミラは違うよ。やりたいことだってあったじゃない」

「うん、だから分かるの」

「何が？」

「それが……なんて言えばいいんだろう。うーん……スミも子どもの頃、押し入れのなかに隠れたことある？　親が自分を探しだすのかどうか気にしながら」

「うん」

「だけどある瞬間、年を取ってからは、そのゲームを私が私とやっていたの」

スミが分からないという顔をした。

「最初は面白半分でやってたんだけど、いくら時間が経っても私が私を探さないの。押し入れのなかで私は、ドキドキしたり変だなぁと思ったり、焦ったり憂鬱になったり、今、ここで外に出たらどれほど恥ずかしいんだろうと思って、そのままそこに居続けるの」

「なんなのよ、遠まわしに言わないで分かりやすく言ってよ」

「あら、大人が話してるってのに、口答えしちゃダメでしょ？」

「はあ？　なんであんたが大人なの？」

「結婚したら大人なの。とにかく話の腰を折らないで、最後まで聞きなさい。私は、テスに夢がないから好きになったんじゃなくて、夢がないふりをする姿に惹かれたんだと思う。テスのなかにも私の押し入れと同じようなものがあるみたいで……」

「……」

「あー、分からない、ただそんな気がしたの」

母が照れながら話を終わらせようとすると、スミがいたずらっぽく突っ込んできた。

「それで？　他にはどこが好きだったの？」

母が天井を見つめながら目をパチパチさせた。

「さあ……なんで好きだったんだろう？　うーん、そう、こういうのもあったな。ある日、テスが学校に戻りたくないと言うんで、その理由を聞いたの。そしたら、学校でものすごく殴られるからだって。先生に殴られて、先輩にも殴られる。遅れれば遅れたからって殴られて、真剣な顔をするとしかめっ面をするなって殴られて、元気そうにしてるとふざけてるって殴られて、うまいことやると生意気だと殴られて、できが悪ければダメだと殴られて、そんなふうにずっと殴られてたんだって。ところが、ある試合で審判に歯向かったことで、先輩たちにボコボコにされたみたい。テスのせいで、自分たちも次の大会から不利になるってね。体育高校でもそもそも顔は殴らないいんだって。だけどあの日、テスの顔からは血が出てて、あざもすごかったみたいなの」

「あらら……」

「それで、ひどい顔をして足を引きずりながら寮に戻ったんだって。寮に着いたら、同期の一人がズボンを脱いでうずくまっていたって。頭はちょっと足りない子なんだけど、足はすごく速くて、全国大会でメダルを取ったこともあるらしいの。いるじゃない、テレビとかにもときどき出る、そんな子よ。その子のお母さんがちょっと変わっていて、無理にその子を体育高校に入れたって。中学校も養護学校ではなく一般校に入れて」

「それで？」

「その子はすごくテスを慕っていたそうなの。テス、テス、と言いながらつきまとって、隠しておいたお菓子をくれたりして。スミも知ってるだろうけど、テスはやさしいから、よくその子の話を聞いてあげてたみたいなの。それに部屋も一緒だったし。だけど、あの日、ボコボコにされて部屋に戻ったら、その子がうずくまってオナニーをしてたんだって。部屋の隅っこで、鍵もかけないで。バカみたいに呻きながら。テスが言うには、それを見た瞬間、腹が立って腹が立ってもう我慢できなかったんだって。それでその子をとことん殴りつけたみたい。自分でもなんでそんなことをしたのか、分からないまま。気が狂ったように蹴りつけて、拳を飛ばして……しばらくの間、そうしていたそうよ。その子ったら、ズボンも上げられないで殴られっぱなし……」

スミが小さく「はあっ」と声を漏らした。

「そして、その日以来、学校には戻りたくなかったって。たぶん、だれかに話したのは初めてだったんだろうね。声は淡々としてたけど、今にも泣きそうな顔だった」

「それで?」

「うん? それで何?」

「どうしたの？」

母が迷ってから答えた。

「……何をどうするのよ、バカ。で、寝たの」

「あ……」

6

物語を作ることは思ったよりも難しかった。人物と場所と時間をよく見据え、文章にも気を配るというのは簡単なことではなかった。最初はただ純粋に「過去に起きたことをそのまま記録してみよう」ぐらいのつもりだったが、いざ書きはじめると、よりおもしろく、より味のある文章にしたいという欲に駆られた。物を書くということは、瞬間瞬間が決定と選択の連続だった。しかし、自分がそれをうまくやっているかどうか確信がなかった。物語はたびたび暗礁に乗り上げた。そういうときは、北極に一羽だけ置き去りにされたペンギンのような気持ちになった。途方にくれ、怖かった。そのたびに僕は両親にせがんだ。二人の若い頃の話を何度も尋ね、もう一度話してくれるようにねだった。

「ああ！　つまり、父さんはテコンドーの選手になりたかったんだね？」

「いや」

「うん？　そのために体育高校に行ったんじゃないの？」

「違う」

「じゃ、何になりたかったの？」

「よく分からなかったんだ。体育高校に行ったのは、そういうわけさ」

「でも、テコンドーが得意だったんでしょう？」

「そうだよ。しかし、俺がテコンドーをやって気に入ったのは、道着だけだった」

「得意な何かを嫌いになることってあるの？」

「もちろんだ、そんな奴はいくらでもいるさ。俺の友だちに全校で数学が一番できた奴がいたけど、数学が好きだったことは一度もないと言ってた」

「へえ」

「そして、こんな話はなんだが、世の中には自分の両親が好きじゃないのに、親孝行をしている人も多い。だからおまえは絶対に」

「はい」

「俺によくしようとするな。分かったか？」

「父さん」

「なんだ？」

「それってどういう意味？」

「あぁ？」

「お願いだから、もうちょっと分かりやすく、ためになる話をしてよ」

「アルム」

「はい」

「おまえが俺より老いたからといって、親の言うことを無視してはいけない。しかも体育高校出身の親を。体育高校出身者というのは、無視されることにとても敏感なんだ」

「はぁ」

「それに、なあ、おまえ。体育高校を出た親よりもさらに敏感なのはだれだか分かるか？」

「いいえ」

「体育高校をクビになった親だ……」

「ああ……」

母の場合は、まだ少しマシだった。母は言葉に飢えていたかのように、絶え間なくしゃべり続けた。母の話には、副詞と形容詞と感嘆詞が多かった。母はいかなる些細なことも見逃さなかった。当時流行した服、歌謡曲、制服のスタイルからカフェのインテリアやメニューに至るまで詳しく説明してくれた。そして話に登場するすべての人物について、その評価を並べたてた。五人もいる伯父たちのそれぞれの人生を聞くのに、丸一日かかったほどだ。母の話はとても長かったが、そのぶん、生き生きしていて具体的だった。僕は必要だと思うことは積極的に尋ねた。

「ところで、母さん」

「うん?」

「あのー、それで、父さんとはどうやって……?」

「出会ったかって?」

「ううん、それはさっき話したじゃない。どんなふうに……?」

「何よ?」

いくら頭をひねっても適当な言葉が浮かばなくて、僕は話を遠回しにぐるぐるさせた。

「僕を作る気になったの？」

それまで淀みなくしゃべっていた母がハッとなった。

「えっ？」

そしてしばらく迷っていたが、そんなこと、といった表情で口を開いた。

「知りたいの？」

僕は首を縦に振った。

「えーと、じゃ、こんな話はどうかしら。私のお腹がこんなに大きくなったとき、あなたの伯父さんがおばあちゃんに聞いたそうよ。母さん、あいつめ、だれも教えてないのに、どうしてあんなことができたんだろう？って」

「それで？」

「そしたら、おばあちゃんが、そんなことはだれかが教えてくれなくても、バカでもできるもんなんだよ、と言ったそうよ」

「ワハハ」

僕は恥ずかしくなって大げさに笑った。

「もういいわね？　母さんは食事の仕度をするから」

「ところで母さん」

「うん？」

「母さんも父さんが初恋の人だったの？」

「……………」

「母さん」

「何？」

「だから、父さんが母さんの初恋の人だったのかって」

「あたり……まえでしょう、この子ったら。もういいわね、母さんは忙しいの。もうあっちに行きなさい」

二人の話はつじつまの合わないことが多かった。憶えていることも少しずつずれていて、解釈も異なっていた。母はハン・テスが自分を追いかけたと言い、父はチェ・ミラが先に言い寄ってきたと言った。母が父の前で初めて歌を歌ったことも、二人が口づけした瞬間も、それぞれ自分の都合のいいように記憶していた。僕としては、母の味方でも父の味方でもなかった。僕は物語の味方だ。そうすることで、あとで本当に必要な瞬間に、母と父の肩を持つことができると思うからだ。

「それでどうなったの?」

「何が?」

「母さんがだよ。で、歌ったの?」

「うん、それはだな……」

「あ、ちょっと待って」

「どうして?」

「続きは明日にしてもらっていい? 目が痛くて、体もだるくなってきた」

「なんだよ、こいつ。これからいよいよクライマックスだというのに」

僕は片手で肩を叩きながら言った。

「まあ、父さんも年を取ったら分かるよ」

両親に何かを尋ねると、父は事件を中心に短く答え、母は自分の感想を延々と付けくわえた。二人の話は重なり、ずれ、絡み合って僕のなかに入ってきた。そして爆発寸前の宇宙ガスのように、はるか遠くの方で波打った。僕はそれで何かを作ってみるつもりだった。もちろんそれが何になるのかはだれにも分からないように。僕さえ気づかないように。美しいものが美しくなれるように。人の手をかけすぎたせいで、生まれてまもなく死んでしまう子犬のような運命を辿らないように。美しさがちゃんと生まれてくるように。僕は両親の昔話を聞きながら、早く話が終わることを願う一方で、本当に終わってしまうことに焦りも覚えていた。それで？　本当に？　それって何？　なぜ？　うわー！　と大げさに相槌を打ちながら話を盛り上げた。年を取れば、聞くことよりも話すことを好むようになると言うけれど、こんなにも両親の話を聞くことが好きな僕は、まだ少年に違いない。

7

　僕たちが病院でやることは、いつも同じようなものだった。決まった検査を順番に受けて、決まったように失望すること。「さらに悪化してますね」とか「引き続き見守っていきましょう」とか「確信はできませんが……」といった話を聞くこと。好奇心と嫌悪感、憐みと嘆息に敷き詰められた長い廊下を通ること。病気の人が、自分よりもさらに重病の人を見てあらわにする安堵の視線に耐えること。健康な人同士が交わす些細な会話、そして笑い声に耳を傾けること。僕の体が僕にかける言葉にいちいち答えてやること。僕の体が僕の主のようにふるまうことに屈すること。意味の分からない薬の名前がずらりと並んだ処方箋を、ラブレターを読むみたいに穴があくほど見つめること……それが、僕たちが病院でやることだった。それでも僕たちは、それをやめることができなかった。

　検査項目はいろいろあった。放射線検査、臨床評価、心臓超音波、骨密度測定、視力、握力、尿検査、心電図検査……他にもいろいろある。僕は主に小児青年科の医者に相談していた。しかし、整形外科と胸部外科、神経外科および口腔外科などでも診断を受けなければならなかった。これらすべてを一度に行うことも、二、三ヶ所だけ集中的に行うこともあった。僕は早く老いる病気にかかっていたが、老いそのものを治療できるところなど、世の中のどこにもないことを知った。老化も病気だとすれば、それは人間が絶対治すことのできない病気だった。それは死を治療することと同じ意味になるから……僕たちにできることは、老化と一緒についてくる症状を明らかにし、臓器が傷つく速度を遅らせることだけだった。僕はたったの十七歳だが、これまで生きてきて気づいたことの一つは、この世の中で肉体的な苦痛ほど、徹底的に自分だけのものはないということだ。それはだれかに理解してもらうものでも、だれかと分かち合えるものでもなかった。だから僕は、今でも「体より心の方が辛い」という言葉を信じない。少なくとも心の痛みを感じるためには、生きていなければならないからだ。

僕は、僕には身体があるという事実に気づくのに、生涯の大部分を費やした。舌苔《ぜったい》ができたときこそ舌について考えるように、各器官をとても細密に、かつ具体的に意識しながら生きていかなければならなかった。人が骨を骨と言うとき、僕にはそれをただ骨とは呼べなかった。人が肺を肺と言うとき、僕はそれを単に肺とは思えなかった。医大生が夜を徹してぶつぶつ言いながら覚える数百個の名称のように、僕の持っている単語にはそれが身につくまで耐えてきた時間がぶらさがっている。自分に皮膚があることを、心臓と肝臓、筋肉があることを常に意識して生きるのは、疲れることだった。肉体と精神がいくら密接な関係にあるとしても、ときには離れている時間が必要なのだ。健全な恋人たちが、そして仲のいい夫婦がそうであるように。僕は健康に無知な健康、青春に無知な青春が羨ましかった。

治る希望など持たずに通院するようになって長い。だからといって、人生が終わったような顔をして通っていたわけではない。僕らは痛みを無くすためではなく、痛みを減らすため、自分たちにできることをやってきた。だから、今日も診療室の片隅で母と僕が膝をくっつけておとなしく座っているのには、それなりの理由があるのだ。

「黄斑変性《おうはんへんせい》ですね」

母と僕は何の話か分からなくて、目を合わせた。生まれて初めて聞く言葉を医者たちが発するたび、なぜか緊張してしまう。

「ここ、右側に」

担当医がパソコンのモニターとカルテをかわるがわる見ながら言った。

「これまでに、頭がすごく痛いことがあったと思うけど、何か感じなかった?」

僕は黄色く変色した爪を撫でながら、小さな声で答えた。

「ええ、特に感じませんでした。ときどき文字が滲んで見えたけど、最近、パソコンをする時間が長いからだと思ってました」

不安だったのか、母が割り込んできた。

「先生、それって何なんですか?」

「年配の方によく見られる症状ですが、網膜に老化物質がたまって視細胞が破壊されるんです」

「緑内障のようなものですか?」

「ええ、似たようなものですが、緑内障は眼圧のため生じるもので……これは堆積物が原因になる場合が多いです。湿性の場合はレーザーで、ある程度防ぐことができますが、乾性だと治療が難しいです」

「アルムはどちらですか？」

医者が一拍、気づかれないように息を整えた。

「乾性です」

「………」

僕はいつも、医師の言葉のなかに隠されているものはないか見つけようとしている。しかし、今回は一人で推測するのをやめて、医者に直接意見を聞くことにした。

「それでは僕の目はどうなるんですか？」

医者は保護者の意向を確認するように母の方を見つめた。僕も母の方を見た。母は迷っていたが、やむをえず首を縦に振った。

「右側の視力が急激に落ちると思います。霧が立ち込めているみたいに物が霞んで見えるでしょう。そのため目眩を起こしたり、吐き気を催すこともあります。左側の目も安心できないので、坑酸化ビタミン剤を服用して、外出するときは紫外線に注意してください。今できるのはそれぐらいです」

母は何も言わなかった。その心のなかには、とても尋ねることなどできない一言がぐるぐると回っているのかもしれない。怖いのは僕も同じだった。肝臓が傷つき、胃が痛むのは、どうにか耐えられそうだった。しかし目が見えなくなるかもしれないと思うと、急に怖くなった。神様は僕に本当の孤独を与えるつもりなのだろうか。そう思うと、息が詰まった。一生を刑務所の雑居房で過ごした僕に、だれかが、ご苦労だった、これからは独房に行きなさいと促すようなものだ。

「先生、あの、左の目はまだ大丈夫ですか?」

「そうだね、もう少し様子を見てみようか」

僕はそれが大丈夫だという意味なのか、そうではないということなのか分からなくて、しばらく目をしばたたかせた。

胸部外科で聞いた話もいいものではなかった。整形外科でも、口腔外科でも同じだった。

その日僕たちが新たに知ったことは、悪いニュースはいくら繰り返されても慣れないということだけだった。付き合いの長い小児青年科の先生は、僕の身体年齢が八十歳という測定結果が出たので、これ以上の通院治療は無理だと言った。髭を剃った顔を一度も見たことがない、山賊のような印象の胸部外科の医師は、今、この子の心臓がどんな状況か分かっているのか？　今すぐ入院させなさい、と烈火のごとく怒った。人は足がなくても目がなくても生きられるが、心臓がなければ生きられないと。この子の胸には時限爆弾がついているようなもので、いつ爆発するか分からないから早く入院させろ、とタフで恐ろしい言葉を並べたてた。筋肉質で、肌も日焼けしていて、医師にしては珍しいと思っていたが、診断もやっぱり迫力があった。内科では、薬の影響で食道と胃がただれていると告げられた。整形外科では、一三〇センチだった身長が二センチも縮んで、骨密度も低下していると言われた。母はあちこちから叱られ、追い詰められて、一日じゅう気が抜けたようになっていた。しかし、どの科に対しても、迷いなく「すぐに入院させます」とは言えなかった。すでに抱えきれないほどの借金があったし、稼げる金には限界があったからだ。

病院を出ると、僕はさっと母の袖を引っぱった。

「母さん」

「うん？」

「僕たち、見られてる」

母はなんでもないことのように言い返した。

「私が美人だからでしょ」

シミができたその顔に、母は傲慢な笑みを浮かべていた。厚く塗ったファンデーションが目尻のシワに沿って、田んぼの底のようにひび割れていた。母は、長年の労働のせいで男のように関節が太くなってしまった手で、僕の小さい手をしっかりと握った。そしていった。「なによ、私は十七歳で子どもを産んだ女なのよ！」と言わんばかりに、真っすぐに歩いていった。人の視線なんか気にしなくなって長いのよと言わんばかりに。悪いことをやったわけじゃないから、逃げることもないといったふうに。母は僕と一緒にいるとき、それがどこであれ、急ぐことはなかった。人々の視線から早く逃れたい気持ちもなくはなかったはずなのに、地下鉄でも市場でも、自分の歩幅を保って自然に歩いた。催促するのはむしろ僕の方だった。母の負担を少しでも減らしたくて、しきりにスカートのすそを引っぱった。今日も僕は、お腹が減って死にそうだから早く行こうと母をせかしている。しかし、その様子がどうも不自然に映ったようだ。母は足を止めると、腰をかがめて、僕の顔を真っすぐに見つめた。

「アルム」

「うん？」

「アルムは、いつから病気だったっけ？」

「三歳……母さんがそう言ったでしょう？」

「じゃ、どれくらい辛かったことになる？」

「うーん、十四年」

「そう、十四年よ」

「………」

「だけどその間、男らしく本当によく耐えてきたわよね？　今でも諦めることなく、ちゃんと検査を受けているわよね？　普通の人は、扁桃腺が腫れただけでばかばかしいほど騒ぎたてるのに。十四年間、毎日毎日。私たちはすごいことをしてきたのよ。だから……」

「うん」

母が声を落ち着かせ、やさしく言った。

「ゆっくり歩いていいのよ」

8

僕は近所の商店へとおつかいに出かけた。手が足りていてもわざわざ僕に手伝わせるのが、母の長年の原則であり習慣だった。僕は「ああ、しんどい」と腕や脚をさすりながら買い物に出かけては、鉄製の引き戸の入口の前で、主人が僕に気づくのを待つ。獣のようにむくむくと腕に毛を生やしたおじさんは、テレビドラマに夢中になっている。腹違いの兄弟の運命と復讐を描いた、今、巷で話題の連続ドラマだ。しばらくすると、おじさんが鼻をすすりながら手の甲で鼻水を拭いた。そしてふと首を回して僕を見つけると、びっくりしたように立ち上がった。

「おっ？　ああ、何がほしいんだ？」

「牛乳一つとモヤシを千ウォン分ください」

おじさんはビニール袋にモヤシを入れながら、僕から視線を逸らした。僕もとぼけて

「おや、いつこんな新製品が出たんだろう」といった具合に、埃をかぶった缶詰を手に取っ

たりした。帰りがけに、チャン爺さんに会った。おじいさんの横には、どこから拾ってきたのか、ひじ掛けのない椅子がぽつんと置いてあった。しかし、チャン爺さんは椅子など目に入っていないかのように門の前にしゃがみ込んで、ひやりとした初夏の風に当たっていた。

「おい！　久しぶりだな」

チャン爺さんが先に声をかけてきた。

「ええ、こんにちは」

僕は軽く頭を下げた。

「病院には行ってきたのか？」

「はい、さきほど帰ってきたんです」

「医者の連中はなんて言ってた？」

僕は少ししためらってから、大声で答えた。

「はい、ボケてお漏らしするまで長生きするんですって」

チャン爺さんは何がおもしろいのか、クックッと笑いながら豪快に言った。

「ほお、そりゃ名医だな」

父はご飯をあっというまに平らげて、さらにどんぶり一杯分おかわりした。モヤシスープも一気に飲み干したところを見ると、よほど腹が減っていたのだろう。僕は食べっぷりのいい血気盛んな父を、孫でも見るかのようにほほえましく眺めた。

「父さん」

「うん?」

「僕が買ってきたモヤシだよ。たくさん食べてね」

父は「ああ」とうわの空で返事をして、テレビのバラエティー番組に視線を向けた。そしてときどきワハハハと笑って、四方に飯粒を飛ばした。いつだって天真爛漫に見える父は、今日、僕にどんなことがあったのかまったく知らないようだった。

夕食が終わると、僕はすぐに自室に戻った。今日、何人もの医者から一貫した恐ろしい脅し文句を聞かされて、気がせいたのだ。机に座り、ノートパソコンの電源を入れた。そしてパスワードを打ち込んで、ハングル・プログラムをクリックし、数ヶ月前から昨夜にかけて書いた文書を開いた。いつものように最初からゆっくり読み返してから、次の文章を続けるつもりだった。そうした方が繋がりがなめらかになるし、一気に読んだとき、自然なリズムになるから。僕は深呼吸をして姿勢を正した。そして、だれかの作品の欠点を捜し出すために生まれてきたかのように、厳しい目で最初の段落から読みはじめた。

風が吹くと、僕のなかにある単語カードが小さな渦を巻く。長く海風に干した魚のように、自分の体の体積を減らすことで外の体積を広げた言葉だ。幼い頃、初めて口に出したものの名を描いてみる。これは雪、あれは夜、向こうに木、足もとには土、あなたはあなた……まず音を覚えて、何度も綴りを書き写した僕の周りのすべてのもの。今でも僕は、ときどき自分がそれらの名を知っていることに驚きを覚える。

……「体の体積」を「体積」に変えようか。いや、二行目に同じ単語が出てくるから、ここはそのままにした方がいいだろう。意味も大事だけれど、リズムも大切だから。読む人の呼吸に合わせて、メリハリをつけて、そうそう。「綴り」と「活字」と「文字」、一番ぴったりなのはどれだろう。三つとも意味が違うんじゃないか。でも「書き写す」という表現には「綴り」が一番ふさわしい気がする。あの年頃の子どもにとって、文字は書くものではなく描くものだから。でもこれって、この前も悩んだことだなぁ。だったらもう迷うのはやめにして、前に進まなくちゃ。これじゃ二十歳の誕生日を迎えても終わらないよ。次は……「ときどき」のほかには、どんな言葉があるんだろう。「たびたび」「たまに」「ときおり」それから……。

夜の空気は蒸し暑くてむんむんとしていた。窓の方から生臭くて変な臭いが漂ってくる。路地に置いてあるゴミの臭いだろう。夏は腐敗の季節だから。なんでも早く育ち、なんでも早く腐る季節だから。僕の体にはあまり毛が残っていないから、気温が少し上がるだけで、滝のように汗が流れる。僕は次の文章、そして次の段落を練っていった。昨日も一昨日もやったことなのに、不思議なことに、そしてがっかりするほど、読むたびに欠点が見つかるから、やめられないのだ。

突然、父は自分がどれほどみっともない人間かということを並べたてはじめた。自分は絶対にいい父親になれないだの、あまりにも金がないだの、人を失望させるのが怖いだの、そう言えば癌家系でもあるようだなど、理屈もまとまりもない話だった。

……「癌」のところを「ヤクザ」にしようかな。いや、だけどそれは事実じゃない。別に事実じゃなくてもいいんじゃないか？　すでに想像で入れた箇所もけっこうあるし。いいや、それでも想像より事実の方が多くなくちゃ。二人が読んだとき、自分たちの話だと気づくように。それに父さんの先祖に恥をかかせることは、僕の先祖に恥をかかせることでもある。僕も自分がそんな家系の子に見えるのは嫌だしな。それにしても、いつかこれを読んだとき、父さんはどう思うかな。こうもバカな感じに描いて大丈夫かな？　でも僕は、素晴らしい父親よりもおもしろい父親の方がいいもんな……。

眼鏡を外して目をこすってから、僕はモニターを眺めた。すると急に、今日の昼、医者から聞かされた「黄斑変性」という言葉を思い出した。僕は片手で目を覆って原稿を見つめた。まずは左、そして右。そしてもう一度右、そして左……胸のあたりがきりきりと痛んだが、心が痛いのか心臓が悪いからなのか、区別がつかない。僕は息をのんで、ふたたび原稿に集中した。原因が何であれ、急がなければならないことに変わりはない。これまで母と父が出会って、僕が生まれたあとのシーンを描いてきたから、これからは僕が病気になる前の時間を復元すればいい。故郷を離れる前、僕の家族の短くて幸せだった三年間の話を。しかし、その時間をただ美しいだけのものにしてはならない。なぜだかは分からないけれど、そうしてはいけない気がするのだ。僕の計画はこうだ。昔の母と父の物語を書くこと、そしてそれを僕の十八歳の誕生日に両親にプレゼントすること。これまで、子どもらしくふるまうために見せなかった、僕の語彙がどれほど豊かで、僕の文体がどれほど流麗なのかを知ったら、二人ともびっくりするだろう。どんな物語になるかは分からないけれど。それまでに完成させられるかどうかも分からないけれど。僕が二人に何かを贈ることができるとすれば、それは優秀な成績でも大学の卒業証書でもない。「物語」しかない気がするのだ。そして当分の間、僕にとってそれよりも大事なことはなさそうだ。僕は眼鏡をかけ直して、昨夜書き終えた文章を読み返した。

その年の冬、父のスポーツ用品店が閉店した。度重なる赤字に、借金まで抱えてのことだった。父の経営手腕があまりにもお粗末だったことに加え、全国的な不況の煽りもあり、田舎の人間相手に、高級ブランドの販売店を維持することは不可能だったのだ。ちょうどそんな折、母方の祖父が脳卒中で倒れた。ふだんから血圧が高かったのだが、人々は婿が店を潰したからだとささやいた。父は店を守るため、最後まで最善を尽くした。とはいっても、体育高校の同期らに宅配便で品物を送りつけて「代金はあとでいい」と押し売りしたり、中学の後輩らに電話をかけて脅すことがすべてだったが。父は部屋の片隅で、電話器のコードを指でくるくる巻きながら後輩を追及した。

「この前、ゲームセンターで見かけたとき、おまえ、アディダスみたいなのを着てたよな」

すると受話器の向こうの後輩は、悪いこともしていないのに慌てて言った。

「えっ？　違います、先輩。あれ、全部偽物です」

「確かに見た気がするんだけどな」

「いいえ、先輩。本当に違います」

店をたたんだあと、父を含む母の家族は、頭のてっぺんからつま先までナイキで固めていた。母の実家は、一日にしてナショナルチームの選手村に変わったようだった。もしくは暴力団の一派のような怪しい家か。脳卒中で横になっている祖父でさえ、亡くなるまで胸にかわいらしいロゴの刺繍《ししゅう》が入ったジャージを着ていたほどだ。不思議なのは、すべて本物なのに、なぜか僕の家族が着ると偽物のように見えることだった。祖父は一生冷遇してきた祖母の介護を受けながら、部屋で横になっていた。動くのはもちろん、しゃべることもできなかったが、借用証なしで祖父から金を借りていた隣人たちは、内心ホッとしている様子だった。気難しくて我の強い祖父は、婿に浴びせたい悪態と小言が山ほどあっただろうが、呼吸が小刻みで、どもりがちに「オオ」と声を漏らすことしかできなかった。当時、母の実家でそんなふうに言うのは、子どもの僕と祖父だけだった。しかし目つきだけは現役のままで、父を見ると、恨めしそうに殺意をあらわにした。父は祖父の部屋の前を通らないよう、できるだけおとなしくしていた。そして僕らの部屋に入って来ては、ぎこちなく「朋友信あり」の家訓が書かれた額を袖で拭いたりした。ときには温かい息を吹きかけ、艶が出るまで。

しばらくパソコンの前に座っていたら、熱が出てきた。胸の間から汗がぽつぽつと滲んでくる。文章を書き加えたり、消したり、直したりしているうちに、いつのまにか十時を過ぎていた。僕はパソコンをつけたまま席を立った。水を飲んでトイレに行ったら、そろそろ布団に入った方がいいかもしれない。真っ暗なリビングを横切ってキッチンに向かった。両親を起こさないようそっと歩いているのに、向こうからうっすら明かりが漏れているのが見えた。暑さのせいで部屋のドアを少し開けておいたようだ。ドアの隙間からかすかに話し声が聞こえてきた。

「末の兄さんは?」

「そこもダメだって。私もこれ以上は言えない。五年前に借りたのもまだ返せてないし」

水を飲んでいた僕は、耳をピンとそばだてた。

「あなたは？　ちょっと聞いてみてくれた？」

「後輩たちは、もう俺の電話には出てくれないんだ」

しばらく長い沈黙が流れた。

「家の敷金もすでに使っちゃったし……どうするんだ」

ああ、またお金の話なんだと思い、気持ちが沈んできた。それについて僕は何もできないからだ。

「テス、私たち、頭がおかしくなったと思って、あそこに電話してみる？」

「おい！　二番目の兄さんはそれで死ぬところだったじゃないか。サンヒョクの学校にまでやって来て。兄さん家の犬の耳にホッチキスを打ち込んだとも聞くし」

「ただ、相談だけでもどうかなと思って」

「あいつらがどんなに恐ろしい奴か、分かってるのか？」

「私だって知ってるわよ。だけど、携帯に届くメールを見ると、悩んでしまうの」

両親は低い声でしばらく話し込んでいた。よくは聞こえないけど、僕の話であることは確かだった。しばらくしてから、母の声がまた漏れてきた。

「テス」

「ああ」

「………」

「何？」

「あのね……」

「………」

「ううん、なんでもない」

父は気になるのか催促した。

「何？　どうしたんだ？」

母は迷っているようだったが、ためらいがちに口を開いた。

「ねえ……電話してみる？」

「電話？　どこに？」

「スミに」

やがて父が反応した。これまで数えるほどしか聞いたことのない、断固たる厳しい口調だった。

「だめだ」

「でも私が頼んだら……」

「だめだと言ったらだめだ。うるさい！」

「じゃ、どうすればいいの？」

「その話はなかったことにするって言ったろう？　それも俺たちの方から二度も。今さらやってくれるという保証もないし。そんなところに出たら、アルムが傷つくだけだ」

僕は冷たいコップを握ったまま身じろぎもできずにいた。グラスの表面に水滴ができて、いまにも滑り落ちそうだった。

「テス、あなたが傷つくのが怖いんじゃなくて？」

僕は息をのんだ。両親の部屋から張りつめた緊張感が漂ってきた。

「世の中にタダのものはないのよ。今ではアルムの薬だけじゃなく、ご飯を食べさせるのも大変だもの」

父は相変わらず黙っていた。

「入院させなきゃならないの。病院で時限爆弾と言われたのよ」

僕は部屋に戻るタイミングがつかめず、ずっとその場に立ちつくしていた。

「で……電話一本でいくらだ?」

気になっているのか、皮肉っているのか分からない言い方だった。母はいくぶんか羞恥心が感じられる口調で答えた。

「千ウォン」


どれくらい経ったのだろうか。僕はキッチンに立ちつくすことも部屋に戻ることもできずに途方にくれていた。両親に気づかれるのではないかと思うと、動くことができない。しかもさっきからおしっこを我慢しているせいで、トイレに行きたくて仕方がなかった。ふたたび両親の部屋からヒソヒソ話す声が聞こえてきたので、僕は膀胱を押さえて、もう一度アンテナを立てるしかなかった。

「やっぱり私のせいよ」

「何が?」

「最近、またあのときのことを思い出すの」

「ミラ」

「じゃなければ、だれのせいなの？」

「もうやめよう」

「理由があるはずよ」

母が急に声を荒げた。父は落ち着いた様子で母をなだめた。

「ミラ、理由なんてない。俺たち、その理由を十年以上探しつづけたじゃないか。アルムは……単にこんなふうに生まれたんだ。医者も言ってたじゃないか、遺伝じゃないって」

「違う、あのとき私が、あんなことをしなかったら、こんなことにはならなかったわ」

「違うって何回も言っただろう。走ったからって、子どもが悪くなったりはしないよ。おふくろはお腹に俺がいるのも知らないで、正月に板跳び[*5]をしたらしい。それでも、こんな丈夫な子どもが産まれたじゃないか」

「お義母さんは知らなかったから。だけど私は、知っていて走ったのよ。十周も、二十周も、心臓がはち切れそうになるまで走り回ったのよ。夜通しでグラウンドを走ったのよ……」

音がしないようにそっとドアを閉めて、僕は壁にもたれた。暗闇のなか、パソコンの待機画面が青く光り、おぼろげに揺らいでいた。自動的に動くさまが蜃気楼のようでもあり、鬼火のようにも見える。僕は右手で片方の目を覆ってそれを眺めた。右側で一回、左側で一回。そしてまた左と右をもう一度……眉毛がないので、額の汗がそのまま目のなかに入ってくる。そしてすぐに頰を伝って流れた。僕は落ち着いて机の前に座った。それからエンターキーを押して、少し前まで丁寧に手直ししていた原稿をじっと見つめた。数ヶ月間、僕にときめきと誇り、それから喜びを与えてくれた原稿だった。ウィンドウを閉じて、新たにライブラリフォルダのなかのマイドキュメントに移し、原稿のファイルをマウスで右クリックした。

——このファイルをゴミ箱に移動しますか？

淡々として不吉な文章だった。僕はその文章をじっと見つめた。それからしばらく迷い、また迷って……結局「はい」というボタンを押してしまった。

9

朝食が終わると、三人でリビングに座ってかき氷を食べた。片側に首を回すたびにギイッギイッと音がする古い扇風機がぜいぜい言いながら回っていて、開けっぱなしの窓からは、隣の家のテレビの音がかすかに聞こえてきた。休日の朝の、のどかでありふれた光景だ。さっきから両親の顔色をうかがっていた僕は、かき氷を口いっぱいに入れて、わざと陽気にふるまった。最初から本題に入ってはいけない気がしたのだ。

「歯に沁みるんじゃないの？」

母が心配そうに聞いた。

「しばらくスプーンをくわえていれば大丈夫」

「フルーツとゼリーはわざと入れなかったけど、いいよね？」

「うん、もうすっぱいのは食べられないもん」

父が得意げな顔をして割り込んできた。

「かき氷とはこうやって食べるものさ。小豆と牛乳だけ入れて」

そしていたずらっぽく、わざと僕をからかうように言った。

「うちのアルムは、この味が分かるかな？」

「分かってるよ」

「そうか？」

「うん。だけど僕があと三歳若かったら、なぜこれがおいしいのか分からなかったと思う」

両親は、こいつめ、また生意気なことを言って、というような表情で僕を睨みつけた。僕は残っている氷をずっと掻きまぜて、子どものように遊んでいた。透明な氷のかけらが輝きながらぶつかるさまが素敵で、僕の右目に、よく見ておくようにと心の中でささやいた。

「ところで、なんで急にかき氷なんだ？」

「この子ったら、昨日からせがむのよ。年を取ったらおいしいものが食べたくなるとかなんとか言って」

父が舌打ちした。

「このガキめが……」

「ひっ！　実は、それを言ったのはチャン爺さんだったの。でもまったく同感」

今度は母がしかめっ面になった。

「私はそのおじいさん、好きじゃない。正直、アルムがそのおじいさんと仲良くするのも嫌だわ」

「えっ？　なんで？」

「ちょっと変じゃない。なんかが足りない人のようで。近所の人の話では、若い頃、家族で何かの事故に遭って、頭がちょっとおかしくなったそうよ」

黙って母の話を聞いていた父が、一言付けくわえた。

「あのお父さんの大爺さんって人もボケてるという話だ」

僕には初耳だった。

「だけどまだ初期で、見た目にはよく分からないそうだ。でも、息子さんの気持ちは穏やかじゃないだろう。辛いと思うよ」

母が少し顔をしかめた。

「それでも私は、二人ともなんとなく好きじゃない」

「母さん、どうして？　チャン爺さんは変な人じゃないよ。僕と話も合うし。話してみると、知っていることもすごく多いよ」

「でも、何か問題があるから、あの歳で男二人だけで暮らしているんじゃない？　とにかく、あまり親しくしないでね、分かった？」

僕はため息をつきながら不満を漏らした。

「ふう、僕はそんな長生きできるのかな」

「………」

何気なく言ったつもりだったが、一瞬にして気まずい雰囲気になった。僕はこのへんで話題を変えなければならない気がした。

「父さん」

「うん？」

「母さん」

「ええ」

「僕ね」

「うん」

「あのね……スミおばさんがやってる番組に出る」

瞬間、両親の顔が氷のように固まった。突然、どういう話だ、この子がなんでそのことを知っている、知っているとすればどこまでなんだ、と困惑しきっていた。僕はできるだけ落ち着いて、以前、母さんが友人と電話で話しているのを聞いたと、昔の話だけど、ずっとそれについて考えていたと言い繕った。しかし僕が言葉を並べたてている間、母と父は互いの目をじっと見つめ合うだけだった。

「そのおばさんって、母さんの親友だよね？　テレビ局のディレクターと結婚したって人」

母は昨夜のことが浮かんだのか、顔を真っ赤にして慌てた。先に口を開いたのは父だった。

「ハン・アルム、つまらないこと言ってないで、かき氷でも食え」

「なんで？」

「何がなんでだ？　俺たちがそう決めたからだ」

「なんで僕に関する話を母さんと父さんが決めるの？　僕のことなのに、僕には何の選択権もないわけ？」

「こいつ」

「僕、出てみる。他の人たちもやってるじゃない。実際に援助もしてもらって。テレビ局の人たちを見るのもおもしろいと思う」

母が見るに見かねて割って入ってきた。

「おもしろいことじゃないの、アルム。大変なことなのよ」

「いくら大変だって、今ほどではないでしょう」

「だめだ」

「やらせてよ、父さん」

「だめだ」

「僕がやりたいんだってば！」

「こいつ、だめだと言ったらだめだ。父さんと母さんが甘やかしたからって、そんなことを言うんじゃない」

このままではダメだと思い、僕は戦略を変えた。こういうときはむしろ冗談っぽく言った方がよさそうだ。

「え？　じゃ、僕、入院させてくれないの？　本当に？　ああ、親がそれじゃダメでしょう。母さん、父さんは子どもを育てるのがどれほど大変なことなのか、知らなかったの？」

僕は何事もなかったかのように、ふたたびかき氷に手を伸ばした。その瞬間、指の力がなくなってスプーンを落としてしまった。ターン！　スプーンが音を立てて床をはねた。そして鋭い短刀のように、冷たく静かに光った。スプーンを持っていた僕の手が宙でブルブル震えている。僕たちはそれを身じろぎもしないで見つめた。

＊1【ジルマジェの花嫁】
「ジルマジェ」は全羅北道・高敞郡にある峠。詩人・徐廷柱（ソ・ジョンジュ、一九一五～二〇〇〇年）が峠の村で過ごした幼年期の体験や昔話などを集めた詩集『ジルマジェ神話』が有名。掲載詩の「花嫁」は、ちょっとした誤解で、初夜に逃げてしまった花婿が四、五十年も経って家に戻ってきたら、花嫁は彼が逃げ出したときと同じ姿勢で座っていた。近づいて肩を触ったら、婚礼服の色である紅と緑の灰になってしまった、という内容。

＊2【夜間自律学習】
進学高校で、学校の授業が終わったあと、居残って予習や復習、または受験勉強をする制度。夜の十時、十二時まで居残る学生も多い。

＊3【トルジャビ】
満一歳を祝う宴「トルジャンチ」にて、子どもの前のテーブルにいろいろな物を置き、子どもが何を掴むかにより、その未来を占うこと。糸を掴むと長生きするとされる。

＊4【邑】
基礎自治体である郡・市の下に置かれた行政区分の一つで、人口は二～五万。

＊5【板跳び】
長い板の両側で、互いの反動を利用して飛び跳ねるシーソーのような、韓国の民俗遊び。

第二章

1

ディレクターの名前はチェ・スンチャンといった。スンチャンおじさんは母の中学のときの同級生で、テホ観光団地ができたときにソウルから転校してきた生徒だった。都会からやって来た生徒たちのせいで、突然田舎の一位が三位になり、十五位が二十位になった頃、スミおばさんから一位の座を初めて奪った生徒だった。スミおばさんは思春期の頃、ずっと恨みと憎しみのこもった目でスンチャンおじさんを睨んでいたそうだ。

「じゃ、二人はすごく仲が悪かったんだ」

母が記憶をたぐり寄せながら、眉間にシワを寄せた。

「そうね、スンチャン君は分からないけど、スミはちょっとぷりぷりしてたような気がする」

「へえ、なのにどうやって夫婦になったんだろう」

「でしょう？　母さんもそれが不思議なの。アルムを産んだ高校二年の頃だったかな。

カフェでスミに会ったとき、告白されたのよ。スミはずっとスンチャン君のことが好きだったって」

僕は、ふーんと短く声を出した。そして、だれかを長いこと睨んでいたりすると、憎しみが好意に変わるものなのかなと思った。

「だけど、スンチャンおじさんはだれのことが好きだったの？」

「うん？」

「母さん、さっきからスンチャンおじさんのことは全然話さないんだもん。そんなに仲良しだったのに、母さんがスミおばさんの気持ちを知らなかったというのも変だし」

「スンチャン君は……」

「うん」

「スンチャン君は……」

僕は母と目を合わせてこくりとうなずいた。それから「話してみてよ、母さん。さあ、母さんの青春を自慢してみて」と心の中でささやきかけた。

「うん……好きな子はいなかった」

「そんな！」

「この子ったら、もう。大人になって成功する人っていうのは、そういうものなの」

母はそう言い放ち、これ以上、僕の相手はしないと言わんばかりに背を向けた。まもなくスンチャンおじさんが我が家に来ることになっているので、母もそれなりに準備をする必要があった。スミおばさんと疎遠になってから長く、先日、連絡したのも久しぶりのようだったけれど……スンチャンおじさんと母が会うのは、ほぼ二十年ぶりのことだそうだ。

母は何も言わなかったけれど、僕は二人のことを少しだけ知っていた。数ヶ月前、入院していた僕の見舞いに来てくれた、一番下の伯父から聞いたのだ。母の末兄である伯父は、幼い頃、兄弟のなかで一番母をいじめた人でもある。母と歳が一つしか離れていない伯父は、妹の日記帳と引出しを探ることが当時の一番の楽しみだった。ある日、本を読む姿など見たこともない妹が詩集を読んでいるのを怪しく思い、本格的に調べてみたそうだ。母が中学二年、伯父が三年のときだった。伯父が母の机から発見したのは一通のラブレターと詩集、そしてカセットテープだった。詩集のカバーには『一人立ち』とあり、テープにはウィーン少年合唱団の写真が貼ってあった。

「当時、あんな田舎でそんな物を贈る中学生は珍しかったんだよ。それも男の子が。プレゼントと言えば、せいぜいチョコレートやぬいぐるみ、それに人気歌謡曲のアルバムのようなものだったな」

僕はその手紙が今も保管されているのか聞いてみたが、伯父は「うちはそんなものを大切に保管しておくような家じゃない」と言って、僕の期待を裏切った。とにかく伯父はその日以来、参考書を広げたままウィーン少年合唱団の歌を聴きながら、ボーッとしている母の姿をしばしば目撃したと言った。正直、思春期ほど人が醜くなる時期もないのに、最もかわいくない時期に、かわいくない者同士が想いを寄せ合えることが不思議だったとも。

「伯父さんはそうじゃなかったの?」

「当然、俺もそうだったさ」

「だろうな。だと思った」

「だから、今でも故郷に行くと気恥ずかしくなるんだ。そう、制服姿の子たちが多いだろう? だけど田舎ってのは時間が逆に流れているのかな。あの子たち、なぜか俺らのときよりもダサいんだぞ、まったく」

「町が変わったんじゃなくて、伯父さんが変わったんでしょう」

「こいつ、俺だってそんなことは分かってる。大人の前で偉そうなことを言うんじゃない。とにかく、故郷で女子中学生なんかを見ると、俺はあんな子のためにドキドキして眠れなかったのかと呆れちゃうんだよ。俺だってあんなに未熟で野暮ったかったはずなのにな。だけど、そんな俺を好きになってくれた子がいたのもまた確かだしさ」

病院での日々が退屈で仕方なかった僕は、伯父の話に大いに湧いた。それから、だれも見ていない月光の下で、だれにも気づかれずに実っていく麦のように、ずっと昔、春情にフラフラしたはずの、僕と同じ年頃の彼らの姿を思い描いた。

「どこまで話したっけ？」

「詩集とテープの話までだよ」

「そうそう。それで、いったいどんな奴なのかすごく気になったわけだ。ミラもまんざらでもなさそうだったし」

「それで？」

「そいつのクラスに行ったのさ。それから、知っている後輩を使って〝誰それにちょっと出てくるように言え〞と呼び出させたんだ」

「なんていう名前だったの?」

「忘れたなぁ。ずいぶん昔の話だから憶えてないよ。俺もただ好奇心で行っただけだからな。世の中の兄というものは、正直、自分の妹よりも他人の妹の方に興味があるもんだよ」

「へえ」

「あいつは俺がミラの兄貴だってことに気づいたような顔をしてたな。俺もあえて何も言わなかったし。教室から出てきて、僕をお探しですか?と聞かれて、おまえが誰それか?と聞いたら、〝はい〞って言ってた。それで上から下までざっと見て、もういいと言ってやったよ」

「わあ、大人って感じ。それで?」

「ハンサムではなかったけど、どこか芯があってプライドの高そうな印象だったな。だけど、結局うまくいかなかったようだ」

「どうして？」

「知らん。あとで聞いた話だけど、ミラは一度だけあいつのマンションに行ったことがあるらしい。だけど、そのマンションのおばさんたちが半端じゃなくてさ。ライバル心も激しいし、噂にも敏感で。二人でいるところを近所のおばさんたちに見られたとき、あいつはミラのことより周囲の目を気にして、ものすごく困った顔をしたみたいだ。手紙とはまったく違ってたってことさ。それに翌日、ミラは職員室に呼ばれて、あいつの担任から、誰それはこれから進学校の外国語高校を受験するから、勉強の邪魔にならないようにしてほしいと言われたんだそうだ。ミラもそれで気持ちの整理がついたようだったよ」

「たかだかそんなことで？」

「当然だよ、あの年頃の子はみんなそんなものさ。なんでもないことに胸を躍らせ、なんでもないことに傷つくのさ」

「じゃあ、母さん、辛かっただろうな」

「俺には分からないけどな」

「日記を盗み読みしなかったの？」

「ああ」

「どうして？」

「あの頃、俺も好きな子がいる身だったんでな」


僕たちは家の前で撮影チームを迎え入れた。撮影監督や他のスタッフはいなかったので、正確に言うと事前調査チームだけれど、どうせ同じチームだからなんと呼ぼうとかまわないだろう。僕はかわいい熊がプリントされた黄色いTシャツに、綿のズボンをはいていた。本当はもっと大人っぽいものを着たかったのだけれど、年相応の服にはサイズの合うものがないのだ。僕は、つばの広い帽子にサングラスをかけて客を迎えた。よそから見れば別の惑星のマフィアみたいな滑稽な姿だが、肌と視力を保護するためには仕方なかった。母は朝からクローゼットを開けて、あれこれ着てみては少し落ち込んでいた。そして結局は、袖が肘のあたりまであるシャツを着た。真夏だというのに、それが二の腕の贅肉を隠してくれると思ったようだった。父は明け方から仕事に出かけていて留守だった。大安だったから働き手が足りなくて、休むことができなかったのだ。それでも撮影当日は、僕たちと一緒にいると約束してくれた。

スンチャンおじさんは、僕が想像していたほど格好よくはなかった。身長も低いし、顔もいまいちで、肩幅だって狭かった。けれども目つきは生き生きとしていて、どことなく頭の回転が早そうに見えた。

——そうか、この人があの少年だったんだ……。

僕は伯父から聞いた話を思い出しながら、おじさんを注意深く観察した。話を聞いたときは相手がだれなのか分からなかったけれど、それはきっとスンチャンおじさんだろうという予感がますます強くなった。スンチャンおじさんは、体にフィットしたシャツにセンスのよいベルトをしていた。三十代半ばらしく下腹が少し出ていたが、たいして気にとめていない様子だった。おじさんは、やっとのことで家の前に白いSUVを停めて、狭い路地に入ってきた。スンチャンおじさんの隣には、大学を卒業したばかりのようなお姉さんが立っていた。何日も前から母と電話でやりとりをしていた放送作家のようだった。

「君がアルムだね？」

おじさんは僕の頭を撫でようとしたのをやめて、ぎこちなく握手を求めた。僕があまりにも小さな子どものように見えたものの、実際の年齢を思い出してとっさに対応を変えたのだろう。

「はじめまして」

僕は頭を少し下げて挨拶をした。母は全体主義国家の行事に動員された小学生のように、硬い笑みを浮かべて僕のそばに立っていた。スンチャンおじさんが先にやさしく声をかけた。

「元気だった？　久しぶりだね」

ようやく緊張がほぐれ、母も笑顔で挨拶した。

「忙しいのに、お願いをきいてくれてありがとう」

「そんなことないよ。僕の仕事だもの」

母はずっと、インタビューだけでも他の場所でやりたいと思っていた。しかし、最初から家の構造などを知っておいた方が、カメラワークや台本を構成するのに役に立つという放送作家の意見で、家で打ち合わせをすることになったのだ。僕たちはリビングの真ん中にあるテーブルを囲んで座った。母はタンスから来客用の座布団を出してきたり、お茶を運んだりでせわしなかった。それから家じゅうを見回しているスンチャンおじさんの方をちらちらと不安そうに見た。スンチャンおじさんは、思ったより気さくで落ち着いた感じの人だった。一段落ついた母が僕のそばに座ると、放送作家がテーブルの上にノートとレコーダーを出した。それを見て、僕たちは本当にテレビに出るんだということを実感できた。最初のインタビューは母だった。

「アルム君に病気があるってことを知ったのはいつですか?」

「三歳のときです。よく熱を出したり、下痢をしたりしてたんです。近所の病院ではただの風邪だとか、お腹をこわしたとか言われるだけでした。だけどそれが続いたので、これではダメだと思ったのか、大きな病院に行ってみるようにと言われたんです」

「ええ……」

「それでも原因が分からなかったんです。子どもが泣き叫んでいるのに原因が分からなくて、どれだけもどかしかったことか」

「それで富川《プチョン》に引っ越されたんですね？」

「ええ。病院を探して、私たちには何の縁もないソウル郊外に行き着いたんです」

「上京されてどれくらいですか？」

「アルムが三歳のときだから、もう十年以上になりますね。家の規模を縮小しながら、あちこち転々としました」

「お二人はどんなお仕事をなさってるんですか？」

「夫はいろんな仕事に手をつけたんですが、うまくいかなくて。今は引っ越しセンターで働いています」

「お母さんは？」

「私は……」

母がメモをとっているスンチャンおじさんの顔をちらっと見やった。そして目を伏せて、聞こえるか聞こえないかぐらいの小さな声で呟いた。

「アルムの世話があるので家にいます」

瞬間、僕は少し慌てたけれど、母が気まずくなるのではと思い、黙っていた。

「それでは、生活費や医療費で大変でしょう」

「ええ」

「アルム君は、学校に通ったことはありますか?」

「少しだけ。小学校に半年ほど通ってました。アルムは学校がすごく好きだったけど、授業中に何度か発作を起こしてしまって……」

僕は楽しかった発表の時間や音楽の時間、そして春の遠足などを思い出しながら、しばらく思い出に浸った。

「よく同じ病気にかかっている患者の方や保護者同士が会を作ったりしますよね?ネット上で情報交換をしたり励まし合ったり。お母さんはいかがですか?」

「それが、私たちも探してみたんですが……ありませんでした。アルムのようなケースは外国でも例が少ないというし。調べようとしても本もほとんどないので、私たちも本当にもどかしいんです」

放送作家のお姉さんがゆっくりとうなずいた。

「それでは、今、アルム君はどんな状態ですか?」

「よくないところばかりで、片方の視力を失いつつあります。そして心臓が……」

次は僕の番だった。まずはスンチャンおじさんが、いかにも慣れた感じで声をかけてきた。

「始めていいかな？」

「はい」

スンチャンおじさんが放送作家の方を見てうなずくと、お姉さんは軽い話題から質問を始めた。

「さっきお母さんから聞いたんだけど、アルム君は本が好きなんだって？」

「ええ」

「どんな本が好きなの？」

「どんな本でも好きです」

「そうなの？」

「はい、僕は心より体の方が早く育ってしまったので、そのスピードについて行くためには心も早く育てなければならないんです」

スンチャンおじさんと放送作家がにっこりと笑った。母の顔にもようやく小さな安堵と自負がかすめた。

「じゃ、私たちにも一冊紹介してくれる？」

「うん……どんなのがあったっけ？　そうだ、最近読んだ詩集にこういう一文があったんです。〝一度に一人の人間になることは十分によいこと〟って」

「うん、それから？」

「それに……〝一度に一人の人間になれないことは少し悲しいこと〟ともありました」

スンチャンおじさんが少し意地悪そうな顔で聞いてきた。

「アルムはそれがどんな意味なのか、分かってるかい？」

瞬間、「そういうあなたは分かってるの？」と言い返したくなったけれど、僕は礼儀正しく答えた。

「ただなんとなく好きだったんです。湖に落葉が落ちると、水面に静かな波紋が起こるでしょう？　そんなことが僕の胸のなかにも起きたんです。『雪の物語』というタイトルの詩だったんですが、すごくよかったのでページをこっそり破いておきました。図書館で借りた本だから、そんなことしちゃいけないんだけど……あの、だけど、おじさん」

「うん？」

「今、僕が話したこと、全部テレビに流れるんですか？」

スンチャンおじさんは、今までに何百回も聞かされた質問だよというような表情で笑った。

「いや、全部ではないんだ。視聴者に聞いてほしい話だけを流すんだ。何かいい話がないか、あらかじめこうやってインタビューをしてね」

「でも、今、詩集のページを破ったという話は使わないでください」

「ああ、約束するよ。その代わり、撮影当日は今日話したことをもう一度言ってもらうこともあるんだ。その際は協力してくれるよな？」

「ええ、考えてみます」

放送作家が質問のリストを見ながら、次の話題に移った。

「学校に通っていたことがあるんだってね？」

「ええ」

「今でも学校に行きたい？」

「もちろんです。なぜか学校にいるみんなは、この瞬間にも僕の知らない大事なことを学んでいる気がするんです」

放送作家は、僕を慰めるためなのか、心からそう思っているのか分からない口調でぼそりと言った。

「そうでもないわよ」

「何がですか？」

「そんなにいいところでもないってこと」

お姉さんには学校によくない思い出でもあるのかなと、僕は不思議に思ったが、それでも相槌を打った。

「そうだと思ってました」

お姉さんがまたノートに目をやった。

「治療を受けながらどんなことを考えるの？」

「どんなこと、ですか？」

「そうね、一番よく思うこととか、あるいはときおり感じることとか……」

「それは……」

僕はちらっと母の様子をうかがった。さっきからずっと唇をなめている。母も初めて聞く話に緊張しているようだ。

「うーん、一人だということです」

「そうなの？」

「いや、だから、両親が僕に寂しい思いをさせたという意味ではないんです。体が痛いときは、徹底的に一人なんだという気持ちになる、そういう意味です」

「それから何が辛かった？」

僕はしばらくためらってから答えた。

「友だちがいないことです」

母がもう一度唇をなめた。

「他には？」

僕は笑いながら聞き返した。

「まだ、他にもないとダメですか？」

「えっ？　いえ、そんなことないわ。では、他の質問をするね……老いるというのはどんな気分なの？」

「………」

母と僕はしばらく見つめ合った。スンチャンおじさんも少し驚いた様子だった。たぶん、僕の症状とそれを受け入れる方法を尋ねるつもりで、そんな表現が飛び出したのだろう。

僕は逆に聞き返した。

「それでは、若いということは、どんな気分ですか？」

「えっ？」

お姉さんが面喰らったような顔になった。

「本当に知りたいんです。僕には自分が若かった頃の記憶がないから」

放送作家は手で鼻の汗を拭いてから、たどたどしく言葉を繋げた。

「あ、そうね、私も……よく分からないわ」

僕は肩をすくめてから答えた。

「僕も同じです」

放送作家は顔を真っ赤にして、何も言えずにいた。

「だけど……こんなふうには言えるかもしれません。以前、病院で若い女性二人が話しているのを偶然耳にしたんです。二十二、三ぐらいの人のようだったんですが、そのうちの一人が急に声をひそめて、友人に何かを告白しているみたいでした。その小さな声が、ときにはかえってはっきり聞こえることも知らないで」

「なんて言ってたの？」

「教授が好きだと言ってました」

「教授？」

「ええ、専門も分からないし結婚しているかどうかも分からないんだけど、その女性より二倍も三倍も年上の人だったみたいです」

僕の話を聞きながら、三人が互いの顔色をうかがっている気配が感じられた。この子ったら、いったい何を言い出すんだろうと、ハラハラしているのに違いない。

「付き合っているんじゃなくて、その女性はずっと教授を尊敬し、片思いしていたみたいなんですが、ある日、偶然その先生と触れ合ったと話してたんです、友人に」

いよいよリビングの雰囲気は、なんとも言えないほど気まずくなってしまった。母は、この子はいったいどうしたんだろう、という困惑しきった顔で僕を見つめていた。

「なんて言ってたの?」

放送作家がためらいながら尋ねた。

「驚いたって」

「………」

「酔っぱらって偶然、その先生の頬に手が触れたんだけど、一瞬だったようですが、その瞬間あまりにも驚いたと言ってました」

「なぜ?」

「あまりにもぶよぶよしていて」

「ああ……」

苦悶に近い小さなため息が聞こえた。隣にいたスンチャンおじさんからだった。

「見ることと触ることは違ってたようです。今でもその女性が言ったことをはっきり憶えています。火に当たったように……そう、老いに火傷《やけど》したように驚いたと言ってました。そして、その日からその先生が男に見えなくなったそうです」

リビングに理由の分からない静寂が流れた。

「ところでお姉さん」

「うん？」

「僕にはちょっと分からないんです」

「何が？」

「お年寄りの肌にハリがないのは、あまりに当然のことでしょう？」

「そうね」

「髪が白くなるのも、歯が抜けて目が悪くなってシワが増えるのも、とても自然なことでしょう？」

「そうね」

「だけど、そんなに好きだったのに、その一瞬の接触で、まるで自分に老いがうつったかのように顔色を変えるんだったら、その女性が想像する老いとはいったいどんなものだったんでしょうか？」

「………」

「僕は今でも分からないんです。そしてそれについて考えると、ときどきすごく悲しくなるんです」

「………」

黙って僕の話を聞いていた放送作家があえて明るく返した。

「でもアルム君は十七歳じゃない」

「ええ、そうです。ここでは僕が一番若いです」

「そうよ」

「だけど、このなかで僕が一番長く生きているんだと思います」

「どういう意味？」

「あまりにも体が痛いときは、うちの母さんはそれを発狂していると言うんだけど、そういうときは一日が本当に長く感じられるんです。一分が一時間のように、あるときは永遠のように。僕はそんな一日をずっと生きてきたから、主観的な時間だけでみれば、おじさんやお姉さんよりも僕の方が長く生きてきたことになるんです」

そう言うと僕はなぜか照れくさくなって、ハアと笑って見せた。しかし、だれも一緒に笑ってくれなかった。しばらくして、スンチャンおじさんが慎重に口を開いた。

「神様を恨んだことはないか？」

「僕の家はクリスチャンじゃないんです」

「じゃ、それに似ただれかを」

「うーん……忘れられたって気持ちになるときがあります。その方に僕のことを」

「……」

「神様はとても忙しいから」

長い沈黙が流れた。しかし、だれも先行して口を開いたり、次の言葉を促したりはしなかった。

「けれどもときどき、僕たちが神様じゃなくてよかったことは何なのか考えることがあります。世の中に神様にしかできないことがあるとしたら、本当にそうだとしたら、逆にります。

人間にしかできないこともあるんじゃないかと……神様を凌駕するようなことじゃなくても、神様も羨むほどの行いが、人の間には存在するんじゃないかと思って」

放送作家が静かに尋ねた。

「なぜそう思うようになったの？」

僕はただ小さく笑って見せた。それから心のなかで母と父のことを考えた。まだ大人になりきっていない、かわいい僕の両親。数十年後には僕のような顔になるはずの両親を。

インタビューはさらに一時間ほど続いた。放送作家は僕と母にかわるがわる、あれこれ質問したあと、ノートを閉じながら最後の質問をした。

「アルム君がぜひともやってみたいことってなに？」

僕はしばらく考え込んでから、思い出したように答えた。

「両親が初めて出会った場所に行ってみることです」

「そうなの？　それってどこ？」

「今はもうなくなってしまったんです。水没して」

すると部屋にいた同郷出身の二人が、思わず同時に首を縦に振った。

インタビューが終わると、スンチャンおじさんと放送作家の表情は一段と明るくなった。僕たちは短いけれど温かな挨拶を交わし、家の前で別れようとした。ところがおじさんのSUVは、他の車に包囲されてまったく動けなくなっていた。僕の家は小さなマンションが密集している路地のなかにあり、ふだんから駐車問題が深刻だった。路地の幅が狭いために、入ってくる車と出て行く車との間でトラブルが起きることもしょっちゅうだったし、深夜でも場所取りのために言い争いが起こることもあった。今まで僕たちの目を見ながら穏やかに話していたスンチャンおじさんの顔が、一瞬にして硬くなった。次の約束の場所へ移動しなければならないのに、周りをふさいでいる車の持ち主に連絡する方法がなかったからだ。おじさんより慌てたのは母だった。母はそれが自分の過《あやま》ちであるかのように、申し訳なさそうにうろたえていた。ふだんの母らしくない姿だった。おじさんが大丈夫だと言っても無駄だった。別れの時間が気まずく延びてしまうと、母は僕に家に入るよう促した。僕はスンチャンおじさんと放送作家に、こっくりと挨拶をして自分の部屋に戻った。そしていつものように壁にもたれて座り、小説を読みはじめた。

「ナンバー２７４４！　車を出してください！」

スンチャンおじさんの声が、わんわんと響いてきた。

「ナンバー３５７９！　いらっしゃいませんか？」

放送作家も加勢した。しかしこれといった効果はなかった。まもなく、家の前でクラクションの音が騒々しく鳴り響いた。スンチャンおじさんが我慢できず、自分の車のクラクションを押しまくったのだ。それはとても長く、イライラした音だった。近所の人たちが窓から顔を出して、いい加減にしなさいと苦情を言った。しかしその後も、クラクションの音は続いた。二十分ほどして車の持ち主が現れ、やっと事が収まった。正直、特別なことでもなんでもない、どこにでもありそうなトラブルだった。問題は、車の持ち主が現れる前、母が席を外した間の出来事だった。気を揉んだ母が路地の外の様子を見に行っている間、スンチャンおじさんと放送作家は、僕の家の軒先でしばしタバコを吸っていた。そして今日のインタビューについていろいろな感想を述べ合った。僕の部屋の窓格子から、スンチャンおじさんのタバコの煙が入ってきた。僕は部屋で小説を読みながら、二人の話を適当に聞き流していた。ふと、放送作家が声をひそめて話すのが耳に入った。

「あの、ディレクター」

「ああ」

「あの子も……性欲があるんでしょうか?」

スンチャンおじさんはギョッとしたようだったが、それとなく答えた。

「なぜそんなことを聞くんだ?」

最近の子はこんなにも大胆なのか?と驚きつつも、そういう考えは古いのではないかと、あまり真顔にならないよう努めている言い方だった。

「病気とはいえ十七なのに、どうなんだろうと思って」

「さあ……アルムのお母さんの話では第二次性徴がなかったというから、たぶん、性欲もないんじゃないかな」

放送作家が尋ねた。

「そんなことってあるんでしょうか、人間なのに……」

スンチャンおじさんがタバコを地面でこすって消した。窓格子の向こうにおじさんの赤いコンバースのスニーカーが見えた。

「俺にも分からないな。それでも普通の子とはちょっと違うんじゃないかな」

放送作家が黙ってうなずく姿が見てとれた。

「あの、ディレクター」

「また、なんだ？」

「いえ、いいんです」

「なに？　どうした？」

「あの、こんなこと言ったら罰《ばち》が当たりそうなんですが、本当にこんなこと言っちゃいけないんでしょうけれど」

「………」

「あの子が話すのを見たら」

「ああ」

放送作家が興奮を抑えながらようやく口を開いた。

「今回の番組、大当たりしそうです」

2

繰り返し同じ夢を見ることがある。そういう夢は普通、悪いことにまつわることが多いと言うけれど、僕の場合は幸せな時期との繋がりが深い。もう十年前になる。僕が七歳で、父が二十四歳の頃のことだ。父は僕の手を握って病院の正門を出ようとしていた。僕を病院に連れて行くのは、母と父が長らく交替でやってきたことだった。しかしあの頃、父は母に内緒でやることが一つあった。家に帰る前、僕を連れてゲームセンターへ行くのだ。今にして思えば、父は特別ゲームが好きだったわけではない。中高生たちでごった返す、薄暗くて汚いゲームセンターの居心地がよかったわけでもない。それでも父は払わなければならない税金を納めるかのように、いつもそこに立ち寄った。そして背もたれのない座り心地の悪い椅子に腰かけ、一時間もゲームに没頭した。主にギャラガやストリートファイターといった、流行りの過ぎた戦闘ものだった。父はそこで敵の旗艦を撃沈させ、おびただしい量の爆弾を浴びせ、エネルギーを充電し、ジャンプと匍匐《ほふく》と宙返りをした。父が二段横蹴りをしたり、パンチを飛ばすたびに、ジャージャー、ドンドン、ピョンピョンといった電子音が鳴り響いた。今も昔もタバコは吸わないけれど、イライラしたときに片足を揺する癖もその頃から変わっていない。父は「わあ、ハッ、チクショウ」と、苛立たしげに声を上げげた。最初は僕も父にならって、バブルボブルやテトリスをしてみたが、すぐにこの手のゲームには素質も興味もないことが分かった。僕は父の横に居心地悪そうに腰かけ、コイン交換を手伝ったりした。ときにはゲームセンター内の簡易カラオケボックスに入って、ヘッドフォンをつけて一人で歌謡曲を歌うこともあった。だがそれも何回かするうちに飽きてしまった。退屈になると、僕はもう家に帰ろうと父の袖を引っぱった。しかし父は、この画面だけやらせてくれと言いながらゲームを続けた。そして僕のポケットに五百ウォンや千ウォンほどの小遣いを入れてくれた。そのたび、僕はあらゆる閃光が反射している父の横顔を呆然と眺めた。背中を丸め、指だけは鮮やかに動いていたけれど、目には生気がなかった。ときには帰りがとんでもなく遅くなったが、病院とはそもそも待たされるところなので、母は特に疑ってもいないようだった。ゲームセンターへの立ち寄りは一年ぐらい続いた。何をきっかけに始まり、何をきっかけに終わったのかは、父も分かっていないようだった。

それに、いつ頃のことだったろう。僕のそばにいながらも、父がなぜかここではない違う場所にいるような気がしたのは。それは一度、母が家出をしたときではなかったかと思う。たった一週間のことだったが、母の家出は僕たちに大きな傷を残した。しかし僕たちは、今もそんな事実などなかったふりをしている。だれもあのときのことを口にしないし、質問も弁解も回想もしない。もしかしたら幼い頃のことだから、僕が憶えていないと思っているのかもしれない。しかしつい最近になって、母が当時のことを切り出した。数ヶ月前、僕が病床に伏せていたときだった。命の危険を感じることはこれまで何回もあったが、その日はこれまでとは違っていた。心拍曲線は不安定だったし、実際、同じ病の人で、僕の年齢まで生きた人はほとんどいないからだ。母と父は徹夜で僕のそばにつき、状況を見守った。僕もこれが最期のようで両親に何か言わなければと思ったが、酸素マスクをつけていて何も言えなかった。死についてずっと考えてきたはずなのに、目の前のそれは、ただ感覚的で物理的すぎたし、器官の働きに集中していて、何かを考える余裕などなかった。

苦痛は思考をむしばんだ。一息、また一息とかろうじて呼吸している僕を見て、ついに母が泣き出してしまった。そして自分が家出したことに触れ、悪かったと、申し訳なかったと謝りつづけた。

「アルム、ごめんね。母さんが悪かった。ごめん、本当にごめんね……」

僕はまつげがなくなったまぶたを、ゆっくり動かしながら母の話を聞いていた。酸素マスクに白い息が立ちこめた。

「母さん、僕は……」

僕は長い間、何度も心のなかで推敲した言葉を口にした。母を慰めるためでも、僕が癒されるためでもなかった。ただ自分がそう信じていた言葉を。

「うん？　なに？」

母が上体を僕の方に傾けた。そばで父が母の肩を支える。なかなか声が出てくれなかったが、僕はゆっくり力を込めて口を開いた。しかし依然として、母には伝わっていないようだった。あのとき、僕が伝えたかった言葉——

「人がだれかを愛するとき、その愛が本物かどうか分かる基準がある」

母の目は赤く腫れていた。

「それは、その人が逃げようとすることなんだ」

「………」

「母さん、僕は……母さんが僕から逃げようとしたから、その愛が本物だって分かったんだよ」

母が僕の唇に耳を近づけたが、無駄だった。僕は口を開く代わりに、母の手を握ることで挨拶の代わりにした。そして長い眠りに陥ったのだが、翌日、驚くことに僕はまだ生きていた。


ふたたび、十年前の春の話に戻ろう。父と僕は、調剤室や会計所がある病院のロビーを出ていくところだった。病院の入口の前で、父は七枚もの領収書をポケットに突っ込んで、艶もなく髭も剃っていない顔で、晴れてきたばかりの空を見上げた。父の顎の下に白い角質が見えた。

「行こうか」

「うん」

父は僕の歩調に合わせてゆっくりと足を運んだ。今日も一時間以上、ゲームセンターにいなければならないんだろうなと、僕は憂鬱な気持ちで父のあとを追った。本当のことを言えば、あの頃の父は少し変だった。魔法使いが出てくる童話を読んでいたとき、僕が「パパ、目に見えるものがすべてじゃないの？」と聞いたら、「いや、目に見えることだけを信じるのも大変な世の中だ」という答えが返ってきたこともあった。ところがあの日、思いがけない光景が父の足を止めた。まるでポン菓子のように、遠くから子どもたちが現れては消え、現れては消えるのが繰り返された。いったいどういうことなんだろう、と僕たちはしばらく目をぱちくりしながら、その場に立っていた。やがて好奇心を抑えきれなくなり、父と僕は丘を下りて行った。そこに広がっていたのは、青い芝生の上にある色とりどりの遊具だった。空気を入れて膨らませた、ふわふわのゴム製のすべり台があり、スプリングで上下に動く木馬、それにダーツもあった。「家庭の月、五月」を迎え、病院側が子どもたちのために用意したイベントのようだった。遊具のなかで最も人気があったのは「ぴょんぴょん」とも呼ばれていたトランポリンだった。大きな丸い鉄製の枠に、黒い布をスプリングで繋げたものだ。僕たちはしばらくの間、その前に立ち止まって子どもたちを眺めていた。子どもたちは空に飛び上がるたびに、狂ったように、きゃっきゃっきゃっきゃっと澄んだ笑い声をあげた。飛び上がるのが楽しくて、落ちていくのがおもしろいみたいだった。そのなかには入院着を着ている子もたくさん混じっていた。瞬間、僕の頭をよぎったことはただ一つ。

——やってみたい！

しかし、なかなか勇気が出なかった。先に言い出したのは父だった。

「アルム、俺らもやってみる？」

三秒ほど迷ってから、僕は何度もうなずいた。

そしてジャンプ——

もう一度ジャンプ——

ああ、僕は今でもあの感覚が忘れられない。ポン！と僕が飛び上がれば、トン！と父が跳ね上がり、トン！と父が飛び上がれば、ポン！と僕が跳ね上がった、あの春の日の呼応。

もし人生で最も輝いている場面というものがあるとすれば、まさにそのような瞬間ではないだろうか。すがすがしくて爽やかな風。弾む心臓。足もとの弾力。倒れながら笑い、笑いながら転ぶ僕たちのエネルギー。子どもたちがトランポリンの周りに集まってきて、ぽかんと口を開けて僕たちを見上げた。僕はかまわなかった。父と僕はあの日、本当に久しぶりに顔が真っ赤になるほど大きく笑った。そしてその日は、父がその年初めてゲームセンターに立ち寄らずに家に帰った日だった。

そうして今でも、僕には繰り返し見る夢がある。年を取らなかった僕が、あの日に戻って父とトランポリンをする夢。その上で踊って歌う夢。その夢は時間が経つにつれ、少しずつ変化し、さまざまな変奏を奏でるようになった。例えば、ポン！と跳ね上がった僕が父になって下りてきて、トン！と跳ね上がった父が僕になって下りてくるというように。ほかにも、一回ジャンプをするたびに僕が若くなっていくというのもあった。八十歳だった僕が、六十歳になり、十七歳になる。多くもなく少なくもない、本当の自分の年齢になる。そして一度も見たことのない僕の顔を見る。しかし夢のなかの像はあまりにもぼんやりしていて、僕は自分の顔をよく見ることができない。触って確認してみたいのに、夢のなかのカメラはどんどん遠ざかってフェードアウトしていく。けれども僕は、自分が若くなったことが分かる。そしてそのことに気づいた瞬間、目が覚めてしまう。

3

撮影前日、僕たち家族はリビングに一緒に寝転がって、フェイスパックをした。保湿効果のある、街でよく見かける千ウォンのものだ。両親の気持ちは穏やかではないだろうと思って、僕がしつこくねだったのだ。保湿シートは父の顔にはぴったりで、母には少し大きく、僕は顔全体を覆っても余った。父は手鏡を片手に、丁寧にシートのシワを伸ばした。僕は雰囲気を和ませようと、わざとらしく尋ねた。

「だけど僕たち、こんなことしてていいのかな？　ちょっと憔悴しているように見せなきゃいけないんじゃない？」

母が言った。

「そうね、家を片づけると言ったら、放送作家のお嬢さんがやめてくれと言ったのよ。今のままがいいって。まだ結婚してないせいか、主婦の気持ちが分からないのよね」

「あ、そういえば思い出した！　『アンネの日記』を読んで一番印象に残ったのは、ゲシュタポが押し寄せてくる前に、アンネのお母さんが急いで家を片づける場面だったんだ。ドイツ軍が家を捜索するときに〝この家の奥さんはきちんとしているな〟と思われたかったんだって」

母が短くため息をついた。

「ああ」

「だからおまえも……」

父が口を挟んできた。

「もっとみすぼらしく見せなきゃとか、貧乏くさく見せなきゃといった古い考えは捨てろ。同じ境遇でも、よりきれいな人に心惹かれるものだ。この前、テレビで何かの実験をしてたんだが、動物もかわいいお姉さんの方へ集まっていったよ」

僕は話にならないと思ったが、がっかりしたようにぽつりと呟いた。

「だけど僕はもうハンサムじゃないもの」

父が笑いながら言い返した。

「大丈夫、俺がハンサムだから」

撮影は大きく三ヶ所で行われた。家と病院、そして公園だ。その最初の収録が、まず僕の家で行われるのだ。「隣人に希望を」というタイトルのこの番組は、視聴率は低いが、公益性の高いものだった。娯楽性より社会性を重視する、要するに一定数の視聴者がいてくれればテレビ局としてはＯＫな番組なのだ。しかしスンチャンおじさんは、今回の企画に相当入れ込んでいた。母と友人だからかもしれないし、プロデューサー特有の動物的な勘が働いたせいかもしれない。スンチャンおじさんが撮影に適した場所を探し、放送作家が注意事項を説明している間、両親はカメラの後ろからずっと心配そうな目で僕を見守っていた。

「ここでやりましょう」

さっきからずっと「絵にならない」と不満を言っている撮影監督をなだめていたスンチャンおじさんが、僕の部屋に人々を集めた。我が家でもっとも日当たりがよくて、はさみで切り取ったような四角い日差しが、時間帯によって形を変えながら差し込む部屋だった。

「そろそろ始めるけど、準備はいいかな？」

「もちろんです」

「うん。じゃ、ここは室内だからサングラスは外すようにする？」

部屋の向こうで、両親のためらう姿が見えた。

「だけど照明が強すぎて、うまく目が開けられません」

「最初はみんなそうなんだ。少しすれば慣れると思うよ。視聴者に視線を合わせた方が、リラックスして見えるし」

僕はうなずいてサングラスを外し、机の上に置いた。そして腰をまっすぐ伸ばしてカメラの方を見つめた。初めて僕の素顔を見たスンチャンおじさんはハッとした様子だったが、素早く表情を押し隠してプロらしく言った。

「ひょっとして帽子を脱ぐこともできる？」

「あの……」

今まで黙っていた父がようやく口を開いた。

「帽子はそのままじゃだめでしょうか？」

スンチャンおじさんが少し困った顔をすると、放送作家が説明した。

「帽子をかぶったままだと顔の映りが悪いんです」

父がうなずきながらも付けくわえた。

「だけどうちの子は、帽子を脱ぐのが好きじゃないんで」

スンチャンおじさんが落ち着いた口調で言った。

「ええ、私たちもよくわかります。だけど、テレビなので、ある程度顔を見せた方がいいんです。番組を見ている人は、自分がだれを助けているのか知りたがるんです」

父はさっきからずっと、僕が傷つくのではないかと心配しているようだった。昨夜、ハンサムだのどうのと言っていた豪放さはどこにもなく、明らかにやきもきしていた。口には出さなかったけれど、母も緊張しているのは明らかだった。二人はこのような形で入院費用を用意するのが正しいのか、今この瞬間になっても確信できない顔をしていた。しかし僕が心配しているのは、もしかしたら視聴者が僕の姿に拒否反応を示すのではないかということだった。僕は、自分があまりよく見えても、嫌悪感を与えすぎてもいけないことを知っている。人が直視できるほどの不幸――寄付を募る番組を動かすのはそんなところだろう。しかしスンチャンおじさんの言葉も正しかった。人は自分がだれを助けているのかを知りたいだろう。そしてそれは、世の中にはタダのものなどないという意味でもあった。僕は目配せで両親に大丈夫だと伝え、手を上げて軽く帽子をとった。

今日のスンチャンおじさんはなぜか格好よかった。カット！　カット！　明快に指示を出す姿もそうだし、何かを決める前に思案する、憂いのある横顔もそうだ。そしてそのことに母も気づいている様子だった。母の瞳は、光に驚いたカメラレンズの絞りのように、瞬間瞬間大きく広がっては縮まった。そしてその光のそばに立たされた両親は、いつもより年を取っているように見えた。三十四歳。本当に人生真っ盛りの、十七歳の子どもを持つにはあまりにも不釣り合いな年齢だと思っていたのに、服のせいなのか表情のせいなのか、同じ歳のスンチャンおじさんよりも六、七歳は上に見えた。母はしきりにスンチャンおじさんにちらちら目をやった。そして、そのために、父がそんな自分を見ていることに気づいていない様子だった。

カメラマンはしばしば絵という言葉を使った。「あまり絵にならない」とか「絵がいい」

というふうに。最初は少し気に障ったが、何度も聞いているうちに業界用語だろうと思って気にならなくなった。質問の内容は前回と似ていた。僕は淡々とインタビューに応じて、少し憂鬱な気持ちになったときには、スタッフが別の作業をしている間、床に差し込んだ四角い日差しを片手でいじりながら時間を過ごした。母は自分のことを口下手だと思っているのか、聞かれたことにだけ短く答えた。しかし、放送作家の要求に応じるよう努力しているのが分かる。放送作家は、大変だったときの話だけでなくていいから、気楽に、できればいろんな話を聞かせてほしいと言った。そういう話が、よりアルムの物語を生き生きと豊かなものにしてくれると。

「そうなんですか？」

「ええ、そうすれば意外といい話が出てきたりするんですよ」

「でも、何を言えばいいんだろう……」

「アルム君の子どもの頃のおもしろいエピソードなどはいかがですか？」

しばらく考え込んでいた母が、ああ！と声を出した。

「アルムが五歳の頃、部屋でテレビアニメを見てたんですが、びっくりした顔で私のところに走ってきたことがありました。そして、息を切らしながら〝ママ、ママ、白雪姫が、白雪姫が……〟と騒ぐんです」

「ええ」

「それで、この子ったら毒入りのリンゴを食べさせる話にショックを受けたのかなと思って、どうしたの?と尋ねたら、リンゴを……リンゴを……と言いながら、ぜいぜい息をしているんです」

「ええ」

「それでまた、どうしたの?と聞いてみたら」

「ええ」

「白雪姫がね、リンゴの皮を剥かないで食べてる、と言うんです。あまりにもおかしくて、しばらく笑ったことがあります」

現場の雰囲気が少しやわらかくなった。スンチャンおじさんもかすかな笑みを浮かべた。もしかしたら自分の子どものことを思い出したのかもしれない。そう、子どもはみんなそうだよ、子どもは本当に優秀なバカだよ。そんなことをよく知っている表情だった。

「他にも何かありませんか？」

放送作家の後押しに、母が目を転がした。

「ああ、それにこういうこともあったわ。ある日、テレビである学者が、お菓子は体によくないといった話をしてたんですね。それをじっと見ていたアルムが〝ママ、お菓子を食べたら死んじゃうの？〟と聞くんです。あの頃はアルムの質問攻めがすごかったので、面倒くさくて〝うん、死ぬよ〟と言ってしまったんです。そしたら、翌日、遊びに出かけていたアルムがべそをかいて戻ってきました。それで〝どうしたの？　だれかにぶたれたの？〟と聞いたら、あの子ったら〝ママ、友だちが僕を死なせようとしてお菓子をくれるの〟と言いながら、わーんと泣きだしたんです」

僕はハハハと笑った。僕も初めて聞く話だった。人間ほど自分の話を聞くのが好きな動物はいないそうだが、こんな話なら本当に何日でも聞いていられそうだ。しかし、周りは一瞬にして気まずい雰囲気になっていた。たぶん「死ぬ」という言葉のせいだろう。だれもが笑うべきかどうか、決めかねている様子だった。笑っていたのは僕だけだった。母が困ったような顔で聞いた。

「あの……おもしろくなかったですか？」

放送作家が手を振りながら答えた。

「いいえ。おもしろいです、お母さん。おかしいですね」

カメラの前で最もぎこちないのは父だった。どんな話にも最初からつっかえて、ちんぷんかんぷんな受け答えをしては、周りを戸惑わせた。

「お父さんはこれまでにいろいろなお仕事をなさったそうですが……」

「はい」

「主にどんなお仕事でしょうか？」

「若い頃は、主にジャンパーを着る仕事をしていました」

「はい？」

「あるでしょう？　ガソリンスタンドのジャンパー、コンビニのジャンパー、宅配便のジャンパー、中華屋さんの配達のジャンパー、そういったものです」

「ああ……」

放送作家が台本を確認してからまた尋ねた。

「今は引っ越しセンターで働いていらっしゃるそうですね。生活は厳しくありませんか？」

収録の間ずっとぐずぐずしていた父が、傷ついたのか冷たく言い捨てた。

「それでも食べてはいけます」

「カット！」

スンチャンおじさんが流れを止めた。そして片手で首筋を触りながら、叱るのかお願いするのか分からない口調で言った。

「そんなふうにおっしゃっては困ります、お父さん」

父が顔をしかめた。俺もおまえも同じ年なのに、だれに向かってお父さんと言うんだ、と言いたげな不満そうな顔だった。

「それが事実ですから」

堂々とした父の返事に、放送作家が気をつかいながら割って入ってきた。

「ええ、お父さんに嘘をついてほしいということではなくて、生活するには問題ないけれど、医療費は相当な負担になるのではないですか、という意味だったんです」

スンチャンおじさんが眉毛をつり上げながらうなずいた。父は「それはまぁ」といった顔でしれっとしている。放送作家がやっとのことでインタビューを再開した。

「これまでアルム君を育ててこられて、一番大変だったのはいつでしたか？」

父の顔がさっと悪意に満ちた。

「今日です」

「カット！」

スンチャンおじさんが両手でこめかみを押している。

「テスさん、もうちょっと真面目に答えてもらえませんか？」

父が真顔で対抗した。

「話をしたからって、他人に分かってもらえるんですか？　どうせ理解してもらえない話をしてどうするんですか？」

スンチャンおじさんはきっぱりと言った。

「それでもやらなければならないのです」

「………」

「話してください。その理解してもらえない話を」

そして場が少し白けてしまったので、大きな声で仕切り直した。

「一服してからやりましょう」


それからは小さな心理戦が行われた。僕の部屋の窓の上で――以前スンチャンおじさんが放送作家とタバコを吸っていたその場所だ。窓格子の向こうにスンチャンおじさんのコンバースのスニーカーが見えた。前回の赤から緑に色が変わっていた。その横には、さなぎのようにしわくちゃの、父の古ぼけた靴が見えた。スンチャンおじさんは礼儀正しく、しかし露骨に父を責めた。父がのらりくらりと逆らっている気配も伝わってきた。ヒソヒソとした、表には出さない言い争いだったが、その緊張感は部屋にいる僕にも伝わってきた。母は部屋で、スタッフを気づかってもてなしていた。しかし、外の様子が気になるようだ。スンチャンおじさんは「番組の掲示板には出演を希望する書き込みも多い」「海外の同胞からの連絡もある」「番組に出演すること自体、難しいことだ」といった話を並べたてた。僕は父がスンチャンおじさんに殴りかかるのではないかと心配だった。しかし、今回も試合に負けたのは父だった。スンチャンおじさんの口から出てきた「入院」の一言が、ふと僕の耳にも入ってきた。

「しかし、どうしても気が進まなければ……今からでも撮影をやめましょう」

父の沈黙が続いた。事実、僕が生まれてから、父はだれかに勝ったことがなかった。

撮影が再開された。放送作家は水を一口飲んで、落ち着いた口調で話を続けた。

「お母さんのお話だと、正確な病名が分かったのは四歳のときだったそうですね」

「はい」

放送作家が父の顔色をうかがった。父はさっきより元気がなさそうに見えた。

「よければ、そのときの話を聞かせていただけますか？」

「いつですか？」

「アルム君の病名を初めて知ったときのことです」

父はしばらく考え込んでいた。その長い沈黙が周りを緊張させたが、ついに決心したのか、ゆっくり口を開いた。

「あの日のことなら、今でもよく憶えています」

放送作家が期待を込めた声で相槌を打った。

「ええ」

「春だったんですが、路地にドジョウ汁の匂いが漂っていました」

スンチャンおじさんの顔が少し不安そうになった。だが父はもう落ち着いていて、静かに話を続けた。

「そう、あの日ですね。あんな大きな病院は初めてだったので、妻も俺もすごく緊張してました。初めて行くところって、それだけで疲れるじゃないですか。道も分からないし、病院のなかも複雑だし、人も車も多くてうるさいし。それでも地元の病院では一年かけても分からなかった病名が、ソウルの病院では分かったんです。病名を知っても信じられませんでした。それで最初は、特にこれといった感じもなかったです」

「そうだったんですか」

「ええ、何を感じればいいのか、俺にはそれさえ分かりませんでした。アルムはずっとよだれを垂らしながらぶつぶつ言ってるし。ひとまず思ったのは、昼時だったから、アルムにご飯を食べさせなきゃということでした」

放送作家がうなずいた。

「ええ、続けてください」

「三人で病院を出て食堂を探して、目についた近くのドジョウ汁屋に入ったんです。座敷になっている食堂だったんですが、俺たちが遅かったせいか、お客さんがほとんどいなかったんですよ。だけど、ちょうど隣で赤ちゃんと若い夫婦が食事をしていましてね。赤ちゃんは、ハイハイをしてたから一歳ぐらいだったかな。かわいかったですね、ぽっちゃりしていて」

「………」

「以前は子どもを見ても、ふうん、そうなんだぐらいにしか思ってなかったんですが、自分に子どもができると、そこまで育てるのに風呂に入れて、食わせて、どれだけ大変だったかが全部見えてくるんです。お嬢さんも結婚すればそうなりますよ」

放送作家が小さく笑った。

「ええ」

「その両親の顔を見たら、すっかり子どもにメロメロでしたね。少し離れたところから子どもに向かってコップを転がして、子どもはそのコップを拾ってコロコロと転がして。笑みを浮かべながら、ずっと遊んでました」

僕は、父がなぜ僕の話ではなく他の子の話をするのか、気になった。そして内心、思ったより父の話が上手いことに感心した。

——大人だったんだ、うちの父さん……。

スンチャンおじさんもやっと少し安心した様子だった。父が話を続ける。

「妻も俺も検査結果を聞いたばかりだったので、ただ黙って料理が出てくるのを待っていました。アルムは店の水槽に鼻をくっつけて、いつものように質問攻めで。ところが、隣のテーブルの様子がどこか変で、ずっと気になってたんです」

「何がですか？　お父さん」

「それが、俺たちもあとになって気がついたんですが、その夫婦はしゃべれないのです。しばらくして、二人が手話をするのを見て気づいたんですがね」

「ああ……」

「それで、やっと分かったんです。子どものお父さんが、なぜ何度も子どもにコップを転がしたのか」

カメラの周りにしばらく沈黙が流れた。放送作家が積極的に質問した。

「なぜだったと思われますか……？」

「話しかけたかったんでしょう。どんなに呼びたかったでしょう、自分の子の名前を。俺がその夫婦だとしても、呼んでみたかったと思いますよ。生きているうちに一度でも、声を出してね。子どもが何かするたびに反応して、話して。特に子どもの頃は、と思いませんか？　子どもは自分の名前を聞いて育つものなのに」

放送作家が肯定するようにうっすら笑みを浮かべた。

「そうしているうちに注文した食事が出てきて、家族で黙々とご飯を食べました。そして……それが全部です」

「ええ？」

「初めてアルムの病気が分かった日、どうだったかって聞いたでしょう？　その日のことを思い出すと、不思議なことに他のことはよく憶えていないのに、俺たちの隣で静かにコップを転がしていた男の姿が思い浮かぶんです。俺たちはまだマシだという安堵感でもなく、同病相憐むというようなものでもないですが、忘れられないんです。とにかく、今、俺が答えられることはそれぐらいですね」

放送作家はちょっと困っているように見えた。

「お父さん、お話は……」

父は急いで話を切った。

「だけど、これ、編集しちゃいけませんか？」

「なぜですか、お父さん？」

「いや、俺からしても、つまらない話のようで……」

伏兵は他にもいた。いつのまに入ってきたのか、カメラの後ろの敷居のあたりをチャンネル爺さんがうろうろしていた。おじいさんはテレビの機材が珍しいのか、口出ししたくてしょうがないという顔でチャンスを見計らっていた。そばで母が顔をしかめたり、嫌な顔をして見せたりしても無駄だった。しかし、関心を示す者がだれもいないと分かると、突然爆弾宣言のように大きな声で叫んだ。

「アルムのことなら、わしがよく知ってるぞ」

一瞬にして、みんなの視線がチャン爺さんに集まった。両親が呆れた顔をした。うちの子について知ってる？　あなたが？　何を？　しばらくして、スンチャンおじさんはチャン爺さんの方にカメラを向けた。ひょっとしたら放送してもよさそうな話が出てくるかもしれないと思ったのだろう。放送作家が礼儀正しく尋ねた。

「お隣のおじいさんですよね？　アルム君はふだん、どんな少年ですか？」

チャン爺さんは覚悟を決めたような表情で口を開いた。

「アルム、あの子はとても悪い奴です」

「ええ？」

僕たちはふたたびチャン爺さんを見つめた。

「どうしてですか？」

「あの子はわしをまるで近所の兄貴のように思っているのです。家庭教育が甘いんだと思います。自分のことをわしと同じ歳だと本気で思ってるみたいですよ」

放送作家は礼儀上、もう一度尋ねた。適当に聞いて、早く話を打ち切ろうとしているようだ。

「アルム君がおじいさんに、本当にお兄さんのように接するんですか？」

チャン爺さんが実に呆れたという顔で答えた。

「そうです」

「それでは、おじいさんはアルム君をどう思っていらっしゃるんですか？」

するとチャン爺さんは急に消え入りそうな声になって、照れくさそうに言った。

「友人です……」


それを除けば、取材スケジュールは順調だった。公園での撮影は、家でやったのとたいして変わらなかった。背景が単調になるのを避けて、場所に変化をつけたのだろう。公衆トイレの裏でタバコを吸っていた中学生たちがカメラを見て、こそこそと逃げて行った。撮影監督の、チッチッと舌打ちする姿が目に入った。僕がベンチに座って照明を受けている間、母はドリンク剤を買ってきてスタッフに配っていた。通りすがりの人が足を止めて僕たちを見物している。ふだんからよくあることだ。僕は最後までカメラの照明に慣れなかった。明るすぎて攻撃的な感じがしたし、何より人を不安な気持ちにさせた。僕はすぐに疲れてしまった。目はずっと前からズキズキして、そのせいか、頭も割れるように痛かった。しかし、周りには気づかれないよう努力した。一日だけだ、そろそろ終わりだと。今日一日で節約できる、両親の数年分の労働について計算してみた。病院では医者たちに所見を尋ね、僕が検査を受けているシーンをいくつか撮った。二週間後の火曜日、午後六時に放送されるそうだ。普通は一ヶ月ぐらい先になるけれど、スンチャンおじさんが手を回したのだという。僕たちは丘の上にある大学病院の正門の前で別れた。すでに日は浅い丘陵の向こうに沈んでいた。ふと足を止めて見たくなるほど、素敵な夕焼けだった。車に乗る前、スンチャンおじさんは両親と短い挨拶を交わした。そして僕の前に腰を下ろして、やさしく言った。

「アルム」

「ええ」

「今日はよくやったよ」

僕は返事の代わりに「あの」と口ごもってから、ずっと気になっていたことを切り出した。

「おじさん」

「ああ」

「人は治らない病気の人のためにお金を出そうとするでしょうか?」

スンチャンおじさんはしばらく黙っていた。母は、僕がお金の話を持ち出したことに慌てていた。

「率直に?」

「率直に」

すでに車に乗り込んでいた放送作家が、離れたところから僕たちを見ていた。

「確かに治る方が好まれるだろう。自分の行動が世の中をいい方向に動かしていると信じたいからね。結果は見てみないと分からないが、それでも重要なのは、人が君のことを好きになるようにすることだ。そして今日、君はそれをやったんだ」

「………」

知っていた。僕が今日、それをやったことを。実は、スンチャンおじさんよりもよく知っている。なぜなら、僕がそれを望んだからだ。無心でクールに答えながらも、僕は自分がけっこういい奴に見えるように努めた。「見えるものがすべてではない」などと、ときには顔が火照るほど観念的な言葉を並べながら。まるで合コンに出て、好きでもない女の子の前で巧みに言葉を操る男のように。

「返事になった？」

「はい」

スンチャンおじさんがにっこり笑って、僕に手を差し出した。

「アルム」

「はい」

「また会おうな」

僕は少しためらってから、おじさんの手を握った。だれかとプライベートでまた会おうと約束するのは、実に久しぶりのことだった。スンチャンおじさんの車のなかから放送作家が手を振っている。僕も中途半端に片手を上げて挨拶をした。

「いやぁ、別れが長いな。だろう?」

背後から父が僕の肩に手を載せた。やがてテレビ局の車とスンチャンおじさんの車が、視界から遠ざかっていった。僕たちはその場で、彼らの姿が完全に見えなくなるまで見送った。それから繁華街まで歩き、帰りのバスに乗った。ラッシュアワーだったから、バスには空席が少なかった。僕たちは離れて座った。母と父、そして僕は疲れた体を座席にもたせかけて、窓の外を眺めた。家に帰るまでの間、ずっと夕暮れの都心を眺めながらそれぞれが何を考えていたのか、ついに分からずじまいだった。

4

「アルム、何してるの？」

母が部屋のドアの間から顔をのぞかせた。

――わっ、びっくりした。

僕はイライラした。

「母さん！　ノック！」

母が一瞬、しまったという顔になったが、すぐに大きな声で言った。

「何がノックなのよ。そろそろ放送が始まるんだけど、見ないの？」

「もうそんな時間？」

「そうよ。今、コマーシャルだから、早く出ておいで」

僕はテレビ局のウェブサイトに入って、予告編を見ていた。ドキドキする気持ちと落ち着かない感じ、不思議な気持ちときまり悪い感じとが入り混じって複雑な心境だったが、正直、映像を見た瞬間思ったのは、別のことだった。

――うー　僕はあれよりはずっとマシなんだけどな……。

カメラに映った僕の姿は実際よりもひどくて、それが悔しくて残念でならなかった。芸能人を実際に見たら、二倍はかわいいし、格好いいと言うけれど、たぶんこういうことなんだろう。だから一般人は言うまでもないだろう。それに一回の出演でこんな複雑な気持ちになるなんて、芸能人になるには、よほど自分のことが好きじゃなければ無理だろうな、と思った。ドアの外に立っていた母が、ところで、と口を出した。

「なぜそんなに驚くの？　変なものでも見てたんじゃないの？」

僕はむすっとして呟いた。

「僕は父さんと違うよ……」

母が目をまるくして促した。

「父さん？　父さんはそうなの？」

僕は、何を言ってるのかととぼけて、すぐ行くから早くドアを閉めてと、つっけんどんに言った。母は釈然としない表情でリビングに戻っていった。僕はインターネットのニュース画面を閉じ、テレビ局のホームページを開いて、もう一度予告編を見た。

——実際の年齢、十七歳。身体年齢、八十歳。だれよりも早く成長し、だれよりも辛い状況にある少年、アルム。さまざまな合併症に苦しみながらも笑顔を失うことのないアルムに、ある日、また次の試練が襲ってくる……。

改めて見ても、不思議な映像だ。十七、八十、合併症、笑顔……一つ一つはその通りだが、あんなにきちんと並べられると、事実が事実ではないような気がしてくる。

——やるんじゃなかったかな。

完成した映像が、いざ電波に乗って全国に配信されるかと思うと、不安だった。僕の知らない人たちに僕を見せるのが気になった。確かなことは、番組が終わってみないと分からないだろう。

番組はきっかり六時に始まった。僕たちはリビングに座って、ぽーっとした顔でテレビを見つめた。映画でも観るように、息を殺して。画面に、コマーシャルがいくつか流れた。

「母さん、カワハギの干物なんかない?」

僕の間抜けな発言に母が言った。

「サッカーの試合でも見るっていうの？」

父はいつものように片肘をついて寝ころがるのではなく、徴兵中の兵舎にいる二等兵のように背筋をピンと伸ばして座っていた。僕は母と父の間におとなしく座って、目をパチパチさせていた。まもなく「隣人に希望を」というタイトルが、オーケストラの音楽とともに画面上に浮かび上がった。「そうさ、人生とはドラマだ、そうとも」と主張するような、勇壮たる協奏曲だった。番組タイトルの背景には、ハート型の黄緑色の新芽が、丸く芽生えつつある。やがて、なめらかな声優の声。

「隣人に希望を！」

瞬間、ううんと僕は呻いてしまいそうになったが、すぐさま自分に言い聞かせた。

――何を望んでいるんだ、バカだな。不満なんか言うな。

短い間合い。まもなく僕が映った。夕暮れの病院の前、赤く染まった雲をバックに、上半身をクローズアップして撮ったものだった。顔の下に「ハン・アルム、十七歳」というテロップが浮かんでくる。アングルの外から、放送作家の声が小さく聞こえた。

「アルム君は何になりたい？」

スンチャンおじさんは最初から音楽や説明もなしに、直球を投げる戦略をとったようだ。まずは質問で視聴者を釘付けにしてから、話を進めていくつもりだろう。放送作家の質問はそっくりそのまま字幕処理され、画面の下に流れた。瞬間、テレビのなかの僕がかすかな笑みを浮かべた。そして、少したさらってからゆっくり口を開いた。

「僕は……」

答えの代わりに、突然、軽快なピアノ音楽が流れ、ともに場面も変わってしまった。僕の回答は、番組の途中か最後に挿入されるようだ。僕の住む町内を遠景に捉えた画像の上に「誰より背の高い少年、アルム」という小タイトルが現れた。そして次に、僕が本を読んでいるシーンが続く。続いて、放送作家との短いやりとり。事前インタビューのときにも話した内容だ。

「アルムは今年十七歳だ。読書と冗談を言うこと、かき氷が好きで、豆ご飯と寒いのと、遊園地が苦手だ。しかし、アルムが何よりも好きなのは、お母さんとお父さんだ。アルムの願いは、来年、十八歳の誕生日を迎えること。あまりにも平凡な夢だが、アルムにはずっと前から一人で耐えてきたことがある」

続いて、左から捉えた母の横顔が映った。

「アルムが三歳のとき、よく熱を出したり、下痢をしたりしたんです。病院ではただの風邪だと言われたり、食あたりだと言われたりで……」

父の顔は、母とは反対に右側から捉えられていた。

「何を感じればいいのか、俺にはそれさえ分かりませんでした。……ひとまず思ったのは、昼時だったから、アルムにご飯を食べさせなきゃということでした」

続いて僕の幼い頃の写真が一枚一枚、ゆっくりと流れた。一歳の誕生祝いに絹糸をつかんで笑っている顔、大きなおむつを着けたお尻をパッと持ち上げて、カメラの方を振り向いている姿、たらいに入れられる直前の、母の腕のなかで目をきゅっとつむっている写真なんかだ。どの家のアルバムにもありそうな、ありふれた光景。しかし、それ以降に流れた写真は様子が違っていた。僕の身体は生まれたばかりの頃に戻るかのように、急激に縮んでいった。まるで一人の人間が一瞬で老いていく過程を見せるようだった。

「一般の人よりも、四倍から十倍ほどのスピードで成長していくことになります。外見だけでなく、骨や臓器の老化も伴います。しかし、アルム君にとって最も大変なことは……」

――あ、キム・スクジン院長だ！

僕は小児青年科の先生を見て嬉しくなった。テレビで見るのが不思議な気がして、画面のなかの先生に声をかけたくなった。先生の説明と僕がＭＲＩに入る姿がオーバーラップしている。

「たぶん、情緒的な部分でしょう」

そして、さまざまな検査の場面とともに、静かなナレーションが続いた。

「早老症とは、子どもたちに早期の老化現象が現れる、治療法の見つかっていない珍しい病気だ。これまで世界で報告された事例は、百件程度。韓国では例を探すのさえ難しい。一日を十年のように生きているアルムは、現在、心臓麻痺や多くの合併症の危険にさらされている。最近では、黄斑変性のために片方の視力までをも失いつつある。病院では一日も早い入院を勧めているが、今のアルムの家庭の事情ではそれも容易ではない」

「長い間、治療を受けながらどんなことを考えていたの？」

「それは……うーん、一人だということです」

「そうなの？」

「いや、だから、両親が僕を寂しくさせたとか、一人にさせたという意味ではなく、体が痛いときはなぜかそんな気がするんです。徹底的に一人なんだという。苦痛は、愛みたいに簡単には分かち合うことができないというか。特に肉体的な痛みの場合は、そんな気がします」

「神様を恨んだことはない？」

「率直に言っていいですか？」

「もちろん」

「正直、僕にはまだ分かりません」

「何が？」

「完全な存在が、どうやって不完全な存在を理解できるのか……それはすごく難しいことだと思うのです」

「………」

「それで、まだお祈りができません。理解していただけない気がして」

多少気まずくなって、僕は付けくわえた。

「神様は風邪も引かないでしょうし。でしょう？」

そして、ふたたびナレーション。

「早老症の原因は、まだ明かされていない」

質疑応答は番組内に少しずつ、適切に配分されていた。文脈とリズムに気を配った、スンチャンおじさんの尽力がうかがえる編集だった。

「同じ年頃の子たちが一番羨ましくなるのは、いつ？」

「たくさんあります！　多すぎて……うーん、最近、テレビの歌番組を見たんですが」

「歌番組って、アイドル番組のこと？」

「いいえ、似てるんですが、歌手志望の人をデビューさせる番組です」

「ああ」

「だけど、そのオーディションに僕と同じ年頃の子が五万人も応募したと言うんです。何かになりたいと思っている子がそんなに多いことに、ちょっと驚きました」

「羨ましいんだ。夢を叶えた子たちが」

「いいえ、その反対です」

「反対って？」

「僕が気になったのは、そこに落ちた子たちです。結果を聞いてオーディション会場から出てくるほとんどの子が、泣きながら両親の胸に抱かれていました。まるで子どものように。この世のすべてに傷ついたような顔で。だけど、あの子たちがめちゃくちゃ羨ましかったです。あの子たちの失敗が」

「なぜそう思うの？」

「あの子たちは、これからもそうやって生きていくでしょう。拒まれて落ち込んで、情けなく思いながら。それでも、またあれこれチャレンジして」

「たぶんね」

「そんなときの気持ちがすごく知りたいです。うーん、だから……僕は……何かに失敗するチャンスさえなかったから」

「………」

「失敗してみたかったです。失望して、そして、僕もああやって、大声で泣いてみたかったです」


その後は予想通り、両親のインタビューと医者たちの所見、幼い頃のエピソードなどが紹介された。その間には、「それでも僕の方が、お姉さんよりも長生きしていると思いますよ」といった冗談や、放送作家を戸惑わせた「早く老いる気持ち」のようなやりとりも入っていた。画面の上の方には、番組の放送中ずっと、寄付受付の電話番号が小さく記されていた。寄付は電話だけでなく、オンラインでも一般支援金を募っていて、クレジットカードのポイントでも可能だった。番組はいつのまにか終わりに近づいていた。母と父は時計を見ながら、少し間の抜けた顔をしていた。あんなにたくさんしゃべらせておいて、二、三回しか登場しないことに困惑しているようだ。そしてそれが少し物足りないようでもあった。しかし、番組前半で飛ばされたシーンがふたたび映ると、二人はまた食い入るように画面を見つめた。収録時、両親も見ることができなかった場面だ。

「それで、アルム君は何になりたいの？」

「僕は……」

少し時間をかけ、やがて僕は照れくさそうに口を開く。

「世界で一番おもしろい子どもになりたいです」

「……もう少し説明してくれる？」

「どこかで聞いた話なんですが、子どもが両親を喜ばせるのにはいろんな方法があるそうです」

「うん、そうだね」

「元気でいること。兄弟仲よくすること。勉強ができること。スポーツが得意なこと。友だちの人気者になること。いい職場に入ること。結婚して赤ちゃんを産むこと。両親より長生きすること……たくさんあるでしょう？　ところが、考えてみると、そのなかに僕ができることは何一つないんです」

「……」

「それで、しばらく悩んだ末にふと思いついたのです。それじゃ僕は、世界で一番おもしろい息子になろうと」

「そうなの？」

「ええ」

カメラが笑っている僕の顔を映した。そのままの状態がしばらく続き、ついにエンディング・クレジットがロールアップされた。プロデューサー／チェ・スンチャン、文・構成／パク・ナレ……ナレーション、撮影、音響スタッフなどの名前が続いた。最後にテレビ局のロゴが出てくるまで、僕たちは何も言わなかった。三人とも初めてのことだったから、我に返るのに時間が必要だったのだ。突然、ドンドンドンドンと玄関を叩く音がした。気ぜわしい音だった。僕たちはびっくりして玄関の方に目をやった。玄関の外からは、相変わらず差し迫ったようなノックの音が聞こえる。父が警戒しながら大声で聞いた。

「どなたですか？」

「わしじゃよ」

「だれですか？」

「わし、隣のチャンだよ」

父は僕と母に向かって肩をすくめてみせて、玄関の扉を開けた。チャン爺さんが息を切らしながら、いきなりリビングに入ってきた。それから、衝撃を受けた顔で僕に聞いた。

「アルム、テレビ見たか？」

僕はわけが分からないという顔で答えた。

「ええ」

チャン爺さんがリビングにどっかり座り込みながら、ふたたび聞いてきた。

「本当に？　本当に見たのか？」

母が眉をしかめながら尋ねた。

「どうしたんですか、おじいさん？」

するとチャン爺さんは頭を抱え、絶望的な顔で呟いた。

「わしが出てない……」

5

入院後、僕の身体は急速に悪くなった。これからは安心して悪くなってもかまわないと、身体が許可したようだった。幸いなことに、まだ集中治療室には入っていない。僕は三人部屋に入院して、物理療法と投薬治療を受けた。いつもやってきたことだし、やらないわけにはいかないことだった。荷物は、本とノートパソコンと着替えが全部だった。必要な本は父が区立図書館で借りてきてくれた。眼科の先生からは、できるだけ遠方を見て、パソコンや長時間の読書は控えるようにと言われていた。しかし、それは入院生活がどれほど退屈なものか、知らない人の言葉だ。僕はこっそり、以前より長い時間本を読んだ。今読んでおかなければ、これからますます読めなくなると思うと、やめることができなかった。ときどき父が尋ねてきた。

「アルム、何を読んでるんだ?」

僕はしぼんだ唇を動かしながら、はしゃいで言った。

「エッセイだよ、父さん。この作家は三十八歳で二人目の子どもができたんだけど、分娩室の前で指折り数えたんだって」

「なにを?」

「赤ん坊が生まれてから大学を出るまで、これから、さらに二十年以上は働かなければならないんだなぁ、六十代半ばまでがむしゃらに働かなければならないんだなぁ、って」

するとお父はしばらく黙ったあとに、僕に聞いてきた。

「だれが書いたんだ?」


またある日は、母が尋ねてきた。

「アルム、何を読んでるの?」

僕は本を持つ手をブルブル震わせながら答えた。

「詩集だよ、母さん。この詩人の三冊目の本なの」

母が首を伸ばして、本を覗き込んだ。

「母さん、ここにね、世界で一番怖い人について書かれているんだ」

「そう？　それってどんな人？」

僕はにやにや笑いながら、もったいぶって言った。

「どんな人でしょう？」

母が尋ねた。

「いやね、だれのことなの？」

「この詩人が言うには、世界で一番怖い人は……消えそうな人だって」

母はしばらく言葉を見つけられずにいた。それからあまりにも悲しそうな顔で言った。

「アルム」

「うん？」

「その本、読むんじゃない」


そしてまたある日は、看護師のお姉さんが尋ねてきた。

「アルム君、何を読んでるの？」

僕は得意げに答えた。

「たいした本じゃないです。手記みたいな教養書みたいな、ごっちゃになった本です」

看護師が点滴を確かめた。彼女の動きには、ある動作を繰り返してきた人の熟練ぶりが滲んでいた。

「目は痛くないの？」

「うん、大丈夫です。ところでお姉さん」

「うん？」

「ここに書いてあるんだけど、ニキビは、青少年が知的にも肉体的にも親の資格を備えるようになるまでの数年間、本人の周辺から潜在的に配偶者を追い払う役割を果たしているんだそうです」

看護師が医学的な知識に興味を示した。

「へえ、もっともらしいわね」

「お姉さんもニキビがあったんですか？」

看護師はカルテに記入しながら、いつものように事務的な声で答えた。

「そう、やばかったんだから」

「それでお姉さんも思春期の頃、潜在的に配偶者たちを追い払うのに成功したんですか?」

彼女は思い出に耽《ふけ》る顔をして、どこか魅惑的な笑みを浮かべながら言った。

「だったら今頃、お医者さんになっていたでしょうね」

「隣人に希望を」を通じて集まった寄付金は、思ったよりも多かった。本当に予想できなかった金額だ。それで僕は両親の望み通り、入院することができた。そして母も食堂の仕事を辞めて、僕の看病に専念できるようになった。それが、番組が僕たちの人生に与えた最も大きな変化だった。だが、僕に特別な意味を持たせたのは別のことだった。それは「あの子」に会えたことだ。

「誰より背の高い少年、アルム」が放送された日、僕は一晩じゅう、テレビ局のサイトをのぞいていた。どうしても気持ちが落ち着かなかったし、視聴者の反応も気になったのだ。おもしろい話があれば憶えておいて、両親に聞かせてあげようという気持ちもなくはなかった。ホームページの上段には、再放送、プレビュー、視聴者の声、出演の申し込みなどのメニューがあった。僕は視聴者の声の欄に入って、書き込みを確認した。掲示板にはすでに多くの書き込みがあった。僕はそのなかから一番最近アップされた書き込みをクリックした。「放送を見ました」という平凡なタイトルの書き込みだった。マウスを握る手が少し震えた。もしかしたら僕たちが公式に受けとる最初の手紙かもしれないと思ったからだ。もちろん僕だって、オンラインでチャットやコミュニティに参加したことはある。あるクラブではかなり人気のある会員だった。しかし彼らはみな、僕がどんな人間かを知らなかった。真夜中に楽しくチャットをしている相手が、世界的にも珍しい病気にかかっている少年だと想像する人もいないだろうけれど、僕の方からそれを明かしたこともない。

——しかし、ここの人たちはみんな知っている……。

知ったうえで書かれた手紙だ……そう思うと、読む前から心が震えた。僕は息をのんで、最初の手紙の封を開けた。

——今週、放送された「誰より背の高い少年、アルム」を興味深く見ました。

僕は緊張しながら、次の文章に目を通した。

——そのオープニングに流れていた曲のタイトルは何ですか？

——……？

しばらくモニターを見つめた。そして咳払いをして、急いで次の書き込みへと移った。

ＩＤ〝青い空〟からの「お問い合わせです」という書き込みだった。

——先月の「微笑みの天使、ジョンヒ」を印象深く見た者です。放送を見て、自分も参加したい気持ちになり、少しばかり寄付をしました。ところが、請求書を見ると、確か千ウォンのつもりで電話をしたのに、二千ウォンで決済されていました。電算ミスでしょうか？　後味が悪いです。説明をお願いします。参考までに申し上げますが、千ウォンがもったいないと思ったからではありません。

——………。

そのあとも似たようなものだった。ああ、掲示板には実にいろんな書き込みがあるんだなと今さらながらに気づいた。なかには過去の放送に対する「なぜ外国人を助けるのか」という抗議もあったし、「Ｈ病院のレジデントがイケメンでしたね」という反応もあった。

「ナレーターは未婚の母だそうですね。公営放送にそんな女性を起用していいんでしょうか」とか「ここの掲示板、すごくかわいいです」という書き込みまであった。そして何回かのクリックの末、僕たち家族に宛てた励ましのメッセージを見つけることができた。「ハン・アルム君、がんばってください」「胸が痛かったです」「いとしい少年、アルム」「役に立ちたいです」といったタイトルの書き込みだった。

——勇気を失わないでほしい、ということが言いたくて書いています。アルム君も、ご両親も、今まで、どれほど大変だったことでしょう。私は五年間、抗癌剤治療を受けていたので、アルム君の気持ちが少しは分かる気がします。いくら家族であっても話せないことも多いかと思います。できない話も、してはいけない話もあります。アルム君はその年齢で、実に男らしいですね。けれども、アルム君も私のように、わめきながら世の中を呪いたくなるときがあったと思います。よかったらアルム君、そんなときは、ぜひそうしてくださいい。ずっと笑って消耗している人の方が弱くなります。自分で何を言っているのか分かりません。感情を抑えることができなくてメッセージを書きました。頑張ってください。応援しています。

——アルム兄さん！　僕は安山《アンサン》に住んでいる十二歳のジホンです。今日の番組を見て、両親が言いました。子どもがあんよを始めるとき、小学校に入るとき、卒業するとき、拍手をしてあげるのには全部理由があるんだと。成長とは驚くべきことで、難しいことだそうです。アルム兄さんは他の人よりはやく成長したから、すごく大変だったと思います。アルム兄さん！　僕は今日、初めて自分の貯金箱を割っちゃいました。少しだけだけど、これは入院費用でなく、兄さんのへそくりにしてくれませんか？　そうしてくれたらうれしいです。

——ソウルに住んでいる大学生です。アルム君の言葉に、なぜ自分の心が揺れるのかを考えてみました。失礼な言い方ですが、それはアルム君にも魂があるということを認識したからだと思います。まるで以前にはそれが存在しなかったかのように。自分を恥じる夜です。

――二児の母親です。子どもを産んでから、私の人生は大きく変わりました。世の中を見る目もです。世の中には、実際に経験しなければ分からないことがあるようです。私は三十歳を過ぎて初めての子どもを出産しましたが、とても不安でした。親になった瞬間、自分の人生が平凡なものになってしまうと考えたからです。二十代までの私は、自分はもっと特別な人間になるという期待を抱いていました。しかし、私はもうただの母親になるんだ、と。このままで終わりそうで、それが怖かったのです。私はそんなつまらない人間のはずがないのに、と。しかし、生まれた子どもを見て、私は自分が誇らしく思えました。よくない別れ方をした昔の恋人たちにさえ、素直に自慢したくなったほどです。たぶん、アルム君のご両親もそうだったことでしょう。ある日、私のように母親になったアルム君のお母様、そしてお父様。放送を見て、お二人がどれほどアルム君を素晴らしく育てられたのか、分かる気がします。アルム君が言っていたように、勉強ができる子、スポーツが得意な子どもは両親を喜ばせますが、親からすれば、やさしい子どもに育てることほど難しいことはないですね。頑張ってくださいなど、たやすく申し上げられません。しかし、すごいことをされたと、これだけはぜひお伝えしたいです。

書き込みを読んでいて、思わず瞳が揺れた。理解という言葉。以前は僕の嫌いな言葉だったのに、顔も知らない人たちが遠くから差し伸べてくれる温かな握手に胸が詰まった。ありえないことだと分かっていながら、またいつも抵抗しながら、僕らは理解という言葉の端っこに、かろうじてぶらさがって生きるしかない存在なのだという気がした。どうして人間は、こんなにも理解してもらうことを望む存在に生まれついたのだろう。そして、どうしてこんなにも自分が感じたことをだれかに伝えようとするのだろう。タダのものなどない世の中で、ときには交換ではなく損を承知で、そうすることを喜ぶ人たちが、どうしていまだに存在するのだろう。僕はもう少し書き込みに目を通すことにした。そして、そうしているうちに自分が少しだけ、寂しさを感じなくなっていることに気づいた。しばらくして、僕は最後に「すごい」というタイトルの書き込みをクリックした。

——すごい。僕ならば自殺したんだけどな……ふふふ。

あの子からの手紙が届いたのは、二日後のことだった。メールの件名は「Antifreeze」。

それで最初は、それを迷惑メールだと思った。だけど、念のためにと開いてみたページに、その子はいた。送信時間は一日前、深夜○時と表記されていた。

アルムさん

こんにちは。わたしはイ・ソハと言います。十七歳、あなたと同じ歳です。

そしてわたしもあなたのように髪の毛がありません。だいぶ前から。

先日の「隣人に希望を」を見て、手紙を書いています。

あなたのメールアドレスはテレビ局から教えてもらいました。

もし不快に感じたなら、ごめんなさい。

最初は教えてくれなかったけれど、食い下がったのです。

たぶん、わたしが病気だということを知って、教えてくれたんだと思います。

あなたにメールを出すのは、伝えたいことがあるからです。

あの日、あなたは自分が完全な老人でも完全な子どもでもないのが辛いと言っていました。
あまりにも早くとってしまった時間が、あなたの中でしわくちゃになって
あふれ返っていると。

あなたが放送作家に「それでも僕の方が長生きしていると思いますよ」と言ったときは、
笑ってしまいました。
あなたほどではなくても、一分が永遠に感じられる時間というものを、わたしも少しは
知っているから。
そしてもしよかったら、あなたの中にあるその時間について、わたしが別の名前をつけて
あげたかったのです。
最初に思い浮かんだのは「漢拏山《ハルラサン》」!
うーん、別に白頭山《ペクトゥサン》でもいい、すごく高い山であればいいんです。
以前、地理の授業中に聞いた話です。
その山々はとても高くて、高度別に違う花が咲くと。

同じ時期、同じ空間では絶対繁殖しない植物たちが共存していると。
そこは四季が一緒にいて、夏にも冬があり、秋にも春があると。
なにかの比喩や象徴ではなく実際に。
それで、わたしは勝手にそう決めたのです。
人はあなたを「早老」と呼ぶけれど、わたしはあなたを「山」と呼ぼうと。

あ、そして音楽を一つ。
そうです、プレゼント。
……幸運を祈ってます。

メールの下の方に「Antifreeze、ブラックスカート」という添付ファイルが目に入った。僕はすぐにファイルを開いた。パソコンの画面に音楽再生プログラムが現れた。音の動きに連動して、抽象的な絵が踊るプレーヤーだ。
そして短い間合い。

歌が歌になる前の、音楽が音楽であろうとするときの、静かな兆しが息を殺している。それは僕が音楽を聴くときの、最も愛する瞬間でもあった。そして軽快なドラムとキーボードの演奏が始まった。夢幻的ではないけれど、どこか「ここより少し離れたところ」を連想させるメロディーだった。ズンズンチャ、ズンズンチャ。ドラムのリズムに合わせて、僕の心臓も一緒にときめくのが分かった。

「僕たちはずっと前から、どうすることもできなかったんだ。

宇宙をたった一人で彷徨い、とても寂しくて」

僕はパソコンと繋がっているスピーカーのボリュームを少し上げた。そして身じろぎもせず、「Antifreeze」を聞いた。

「ある瞬間、太陽と月が重なると」

ズンズンチャ、ズンズンチャ……

「すべてを理解できるのさ」

ズンズンチャ、ズンズンチャ、ズンズンズンズンズン　チャチャチャチャ……

空から雨ばかり降っていた　骨の中までも濡れてしまった
しばらくして雨が上がった　その代わり雪が降ってきて
映画でも見ることのできない吹雪が吹くとき
君は僕が初めて見た瞳なんだ

なつかしい街が鏡のように輝いても
君が渡してくれたコーヒーの上に薄氷が張っても
僕たち二人は凍りついたりしない　海のなかの砂までも溶かすよ
踊りながら絶望と戦うよ　凍りついたアスファルトの都会の上で

息がつまるほど冷たかった空気の中で
君の体温が僕にしみ込んできている
僕たち二人は凍りついたりしない　海のなかの砂までも溶かすよ
踊りながら絶望と戦うよ　凍りついたアスファルトの都会の上で

君と僕の世代が最後だったらどうしよう
ふたたび氷河期が訪れたらどうしよう
長い歳月変わることのない、そんな愛はないだろうけれど
その愛を待ってくれる　そんな人を探しだすよ
ウウウウ　ウウウウウ

ファイルのなかの歌声はゆったりしていて、やさしかった。温かなメロディーでもないのに、そんな感じがした。軽く飛行していた数々の音は、「ウウウウー」という滑走路に沿って着陸した。最初の音が始まる直前の静寂とはまた違う、最後の音が消えたあとの静寂があたりに降りてきた。触れることも捉えることもできないものが、何かを動かすことは不思議だ。心はなぜかそれに気づき、その姿に一番よく似た音を探しに行こうとするのだろう……僕は何度も聴き返した。歌詞が格好よくて、ボーカルの声もクールで、ちょうど僕好みのスタイルだった。いや、僕は手紙を開いた瞬間からすでに、この歌を好きにな

ると決めていたのかもしれない。その子がド演歌の「南行き列車」や「切符一枚」を送ってくれたとしても、同じことだったろう。僕はモニターのメールを丹念に読み返した。「こんにちは。わたしはイ・ソハと言います。十七歳、あなたと同じ歳です」「あなたの中にあるその時間について、わたしが別の名前をつけてあげたかったのです」「夏にも冬があり、秋にも春があると」。あの子の声が、僕のなかでこだまとなって響きわたった。それで、あの子の言葉通り、僕は本当に山にでもなった気分になった。

「同じ歳です、同じ歳です……春があると、春があると……」

僕は生まれて初めて、同じ年頃の女の子からこのようなメッセージを受けとったのだ。相手が男子だったら、だとすれば違ってただろうか。たぶんそうだろう。恥ずかしいけれど、正直そうだった。あの子は、なぜか普通の女の子とは違う気がした。僕が十代の少女について、よく知っているという意味ではない。あの子の文章からは、ある特別な、親しみのある時間性が感じられた。それは、十七歳という時間でも、二十歳という時間でもない。「長く一人だった人の時間」だ。

――だけど、この子はどうして、こんな大人びた視点を持つようになったのだろう。

僕はあの子の文章を目で触れながら考え込んだ。するとすぐに単純明快な答えが、水面に落ちる落葉のように僕の胸に落ちてきた。

——病気だから。

ある作家の言葉通り、病気の人はみな老いた人だから。

——ところで、いったい何の病気だろう。髪の毛がなくなったということは、軽い病気ではないようだけど……。

僕はもう一度手紙を読んでみた。そして、あの子が書いた文章と呼吸の間に隠された意味とヒントを探しだそうとした。何度も読み返すうちに、文章のいくつかは覚えてしまった。

返事は出さなかった。いざ机の前に座ると、怖くなったのだ。これからどんなことが起きるか分からないという思いのため。もしかしたら、この子を好きになってしまうかもしれないという予感のため。そして、だれかを好きになることで、この世をも好きになってしまったらどうしよう、という不安のため。そしてなにより僕には……そんな資格がなさそうに思えたために。僕は「イ・ソハさん」と書いては消した。「こんにちは、僕はアルムです」と書いては、また消した。そうするうちに結局、何もできずに布団に入った。

――忘れよう。

視聴者の掲示板に載っている書き込みも、実はすべて手紙と言えるものだった。だから、今回も感謝しながら読んで、それで終わりにしようと、何度も自分に言い聞かせた。しかし頭からあの子のことが離れなかった。

――人はあなたを早老と呼ぶけれど、わたしはあなたを山と呼びます。

少なくともそんな文章を書く子が、悪い子には思えなかった。もしかしたら、あの子にだって友だちが必要かもしれない。そう思うと、心臓がひどく震えてきた。それは板跳びをするときの胸の鼓動とは違っていて、頭は僕に何度も落ち着くよう言ってきた。とある思慮深い人が送ってくれた応援のメールにすぎないと。正直、君はこの子について何も知らないじゃないかと。病気の人がみな善良であるわけではないと。君もよく知っているだろうが、病気の子ほど自己中心的でずる賢い存在もいないと。すると、今度は急に、否定的なことばかりが頭に浮かんだ。

——あの子は、すべての恋愛の始まりには必ず音楽があるってことを、すでに知っているのだろうか。ひょっとしたら、ちょっと質《たち》の悪い子ではないだろうか。でなければ、単に人とは違っていたくて不幸を愛好するようになった、虚栄心の強い女の子ではないだろうか。そう、特別な存在になりたくて、僕を利用しようとしているのかもしれない。僕を通して、それでも自分の方がまだマシだと、慰めたいのかも。……それにしても恋愛だなんて、僕はなぜこんなにも遠くまで来てしまったんだろう。

そしてその日、僕は夢を見た。ふだんから繰り返しよく見るあの夢だった。空は青くて芝生は鮮やかだった。果てしなく広がる丘の上に、途方もなく大きなトランポリンが置かれている。その真ん中に僕がいた。僕はトランポリンの上でぴょんぴょん跳ねて遊んでいる。もしかしたら心臓疾患のせいで息が苦しいのに、夢のなかでは僕が運動中だと勘違いしているのかもしれない。僕はピューンと跳ね上がり、爽やかに笑って、ふたたびピューンと跳ね上がって目を閉じた。空中に留まる時間が長かった。短い停止画面のように、身体が浮かび上がったときの時間がゆっくり流れた。ところが、その光景に突然バックミュージックが流れた。どこから聞こえてくるのか分からないギターとピアノ、続いてドラムの音も鳴り響いた。僕は伴奏に合わせてぴょんぴょん跳ねつづけた。そして空高く上がるたびにバンザイと両手を上げて、大きな声で歌った。

「踊りながら絶望と戦うよ！」

僕はひょいひょいと浮かび上がり、嬉しくて大声を出した。

「僕たち二人は凍りついたりしない」

ズンズンチャ　ズンズンチャ……

「踊りながら絶望と戦うよ！」

ズンズンチャ　ズンズンチャ……

「海のなかの砂までも溶かすよ」

そうやって何度も。

「何度も？」

通り過ぎる風が聞き返し、

「何度も」

やって来る風が答えるまで。

第三章

1

どこへ行っても風の音が聞こえた。どっちからも風が吹いているからだ。緑をなぎ倒す橙《だいだい》色。橙色をなぎ倒す赤。風は少しずつ夏の色を剥がして、土の下の力を奪っていく。そうなると、顔に風を感じて風向計が回りはじめる、風力階級2の軽風だ。階級0は平穏、階級1は至軽風《しけいふう》、その次は軟風、和風、疾風――平穏から颶風《ぐふう》まで、全部で十三階級ある[*1]そうだ――雑誌で見かけた「風向計の動きはじめ」という言葉が好きで、どこかにメモしておいたことを思い出した。

ここ、病院にも秋が訪れた。空を両端から引っぱっているかのようにピンと張りつめた空気が、胸板の上をせわしく行き来していた。神の息吹というものがあるとすれば、ちょうどこれぐらいの温度ではないかと思われるほど、ひんやりとした澄んだ空気だった。そして、この神の肺活量に合わせて、僕のなかの単語カードも小さく舞い散った。これは雪。

あれは夜。向こうに木。足もとには土。あなたはあなた……端がすり減り、燃えつき、散らばった言葉だった。

気持ちのいい日差しの日には、僕は自動販売機のコーヒーを買って、ベンチで過ごした。紙コップの周りに香りと湯気がほのかに漂い、そうしていると、自分が少し大人になった気分になった。コーヒーは飲むふりをするだけで、実際には飲めない。少し口をつけただけでも、心臓がどんどこ鳴り、だれかに追いかけられているような気がするのだ。心臓内科には、外見はなんともないのに、突然倒れる患者が多くいた。そのために看護師たちに「A型キャラクター」と呼ばれている神経症の患者が多く、反対にどうしようもなくおおらかで温厚な患者も少なくなかった。僕の場合はABR、つまり「絶対安静」が必要だった。しかし僕は、暇さえあれば病院じゅうをうろついた。ただぼんやりと安静にしていると、ある瞬間、気が狂ってしまう「絶対不安定」の状態になりそうだったからだ。母は簡易ベッドで短い睡眠をとっていた。最近、どうも寝ていることが多く、前よりも疲れが溜まっているようだった。いつのまにかだいぶ涼しくなっていた。表には出さないけれど、木々も越冬の準備に余念がないようだ。枝先は覚悟と意地でぱんぱんに膨らみ、がっちりした胴体には、樹液の代わりに集中力がぎゅっと詰まっているかのようだ。風が吹くと、木の足元にまだらな光の影が波打った。あれぐらいなら、波頭が砕けて小枝が揺れるという階級3の軟風だ。風はむやみに自分の名前を呼ばせないよう、刻々と姿を変えてほかの場所へと逃げていった。あるいは、だれかにその名前で呼ばれるときまで、その名前であろうとした。僕は自分の息の模様が知りたくて、宙に向かってハア、と息を吐いてみた。それは現像液に浸されたフィルムのように、かすかに形を見せて消えた。白くて、軽くて、儚いそれは、僕の内界と外界とが出会い、短い挨拶を交わして別れる姿のようだった。もしくは寒い季節にだけ、しばし姿を現わす魂の形のようだった。僕はそんな秋の佇まいが好きで、何度もハア、ハア、と息を吐き出した。

入院着姿の人たちがカーディガンをはおって、日向ぼっこをしている。花壇の前の人工池の周りには、トンボの群れが飛び回っていた。向こうの方では、男性が携帯電話の相手に向かって声を張り上げていて、喪服姿の女性がゴミ箱の横にしゃがんでタバコを吸っている。少し離れたところでは、男が病院でもらった紙を握ったまま絶望的な顔をしている。また、一目で代替療法のセールスマンだと分かる人たちが、メシマコブやケンポナシ、磁気カーペットなどの入ったカバンを持って、周囲をきょろきょろ見回している。どこの病院でも見られる、珍しくもなんともない光景だ。しかし、ここの本当の姿は頑丈な壁の向こう側、あのコンクリートの内側にあった。少しだけ我慢してという親に、「僕がどれほど痛いのか、母さん知ってる？　母さんは知ってるのかよ！」と怒鳴りつける少年や、目が覚めたらふたたび始まる苦痛のため、寝たくないと駄々をこねる子ども、黄色くなった顔でキャスター付きのベッドに横たわり、宅配物のようにどこかに運ばれていくおばあさん、バナナ牛乳、チェリージュース、桃色の小便、便の袋、肝性脳症……そんなことがあの中にある。決められた区域から出てはいけない特別な人種のように、集まって寄り添っていた。病気を前にして、人々は驚き、否定し、怒り、悲しんだ。そしてその感情は日常的に抑圧され、病院の周りをドライに彷徨っていた。何かに反応した途端、それが事実になってしまうのではないかと、みんな心配しているのかもしれない。いつだったか僕は看護師に尋ねたことがある。

「お姉さんは病院の仕事をして長いんですか？」

「そうよ」

「じゃ、患者さんたちを見て何を思いますか？」

僕の血圧数値を確認しながら、彼女は答えた。

「なんにも」

「………」

「そんな時間などないもの」

彼女は、その時々に応じて仕事を処理するだけで精いっぱいだと呟いて、少し気まずく思ったのか付けくわえた。

「それでもはっきりと気づいたことがあるわ」

彼女はデータの書かれた紙から目を離さずに言った。

「お金が大事だってこと……」

どこかからキャッキャッと、ユウガオのような笑い声が聞こえた。声のする方を振り返ると、若いレジデントが看護師たちと冗談を言い合っていた。僕は、僕の単語カードから

「秋波《しゅうは》」という単語を取り出し、それに触ってみた。「秋」と「波」、秋の波。

——かわいいな。きみはかわいい単語だったんだね……。

だけど、異性の関心を引こうとする色目を秋波というなんて、たくさんある言葉の中からこの二文字が選ばれたのは、どうして？　するとまもなく、そんなことも知らないのか、と風が僕にささやいた。

——秋の次は冬だから。

不毛と仮死の季節が目の前にあるから、秋こそ秋波が差し迫ってくる時期なんだと……風は耳元に少し留まって、やがて消えた。僕はずっと昔、秋波を秋波と呼ぶことにした人々を思い浮かべて、そっと微笑んだ。「ああ！　一万冊の本を読んでも、天寿をまっとうしても、人間が最後までやめられないのが秋波だろうな」と、ほほえましく思った。そしてそんなことを考えていると、この世の中は何の問題もなく回っているような気がした。

どこかからトンボが一匹飛んできて、僕の膝の上にとまった。僕は息を殺して、奴をじっと見つめた。右目はほとんど見えないので、焦点を合わせるときは右目をつむった方が都合がよかった。一つの目を持った僕と万の目を持った奴が見つめ合っている。不思議な緊張感があった。二つの存在ではない、二つの時間が向き合っているように思えた。しかも数百万年前の時空と現在が対面しているかのような。至軽風にトンボの羽が細かく揺れた。羽の上で虹色の精気がざわめき、やがて静かになった。まもなくトンボがひらりと飛びたち、ベンチのひじ掛けにとまった。二組の透明な羽の上に刻まれた、規則的で幾何学的な模様が日差しの下で光っている。そのなかにはトンボが原始生命体だった頃から保ってきた、精巧な数学体系が宿っているはずだった。たぶん僕たちの身体にも同じ数式が組み込まれているのだろう……だとしたら、その数値を最初に作ったのはだれなのだろう。そして僕を作ったその方はどうして、そしてどこで、その計算を間違えてしまったんだろう……。

しばらく外にいたら、筋肉が萎縮してきた。右胸の上で、中心静脈カテーテルが呼吸に合わせてせわしく上下している。僕は「もう少しだけ」と呟き、一人だけの時間に集中した。頭にとりとめのない文章が浮かんできた。ここまでわざわざ散歩にやって来たのは、正直、あの子に返す言葉を考えるためだった。メールを受けとってから一週間が経ったが、まだ返事を出していない。まず、返事をすると決めるまでに時間がかかったし、いざ書こうとすると、何を書けばいいのか分からなかった。もちろん返事ができない根本的な理由はほかにあった。僕にはその理由が分かっていた。それは、僕がそのメールをうまく書こうとするからだ。

——しかも、気づかれないように……。

僕はあの子がすぐに満足してしまうようなものは書きたくなかったのだ。簡単にうなずいて、それで満足して終わりにしてしまう、というふうにはしたくなかった。それと同時に、あの子が望んでいる以上のものにしたかった。望んでいる以上の満足が、ある臨界点を越えれば、それは満足から感心に変わるから。「ああ！」と声を漏らした瞬間の、その感嘆が生み出す反響に乗って、その反響が起こす秋の波に乗って、あの子が僕のもとに流れて来ることを願った。

——しかし、どうやって？

すると、今まで書いておいたつまらないメモ書きが思い出された。力が入りすぎて、思い出すだけで顔が熱くなる内容ばかりだった。観念的で衒学的《げんがくてき》で、何を言っているのかまったく分からない。よくインターネットのコミュニティで見かけては、すぐに「やだなぁ」と手を振ってしまうような文章を自分が書いていたのだ。一貫性のない文体は、気取った小学生が書いた散文のようであり、兵役を終えて復学した人文系の大学生の雑文のようでもあった。これじゃ、孔雀でもないのに、飾り羽をひけらかす雄鳥の求愛みたいじゃないか。最も平凡な少年となって、最も平凡な悩みを抱えている自分のことが不思議で、ぎこちなく思えた。

――やっぱり……恋愛を本で学んだからかな。

だれだったっけ、日本のアニメを見て独学で日本語を学んだ人が「君の言葉には、老人とヤクザと女子高生の言葉が混ざっている」と言われているのを見て、げらげら笑ったことがあったのに、今の僕がまさにそうだった。それはつまり、僕のなかにさまざまな欲望が混在していることを意味している。しかし、それらの言葉を全部なくして、どうやって僕を説明できるというのだろう。それで本当に大丈夫だろうか。僕みたいになかなかの奴が。僕は悶々としながら遠くを眺めた。そして、その悩みが気に入って、やめようとしなかった。

初めてものの名前を習うように発した三文字。すると、松の枝に積もっていた雪が、自分の重さに耐えきれず、真夜中にだれにも気づかれずポタッと落ちるように、胸のなかに静かな気配が起きた。平穏という名の風が別にあるかのように。わんわんと、寂寞が響きわたった。それで今度は、風の十三階級のうち0に属するという「平穏」という言葉を声に出して言ってみた。まもなくそれは、世界で一番静かな気配となって、世界で一番遠くまで行く円を生みだした。不思議だった。0階級は何もできないと思っていたのに、0階級が何かを為《な》していた。

「イ・ソハ……」

――まずは最初の文を書かなければ、冒頭のフレーズを……それから何が起こるのかを見てみればいい。

僕は宙に向かって、「こんにちは」と書いてみた。なぜか気に入らなくて、袖ですっすっとこすって消した。「お元気ですか」という言葉も、「メール、嬉しかったです」という一文も同じだった。八十歳になる少年の肺と心臓、血管を通って外に流れ出たため息が大気を曇らせた。僕は息で曇らせた窓ガラスに文字を書くように、ぼやっと変わった瞬間の空気のなかに、もう一度あの子の名前を書いてみた。すると空に、何の脈絡もない文章が映画の字幕のように浮かんできた。

——風向計の動きはじめ……。

どこかからギシギシと、古い雨戸のきしむ音が聞こえる。僕は頭上を流れる活字を一つ一つ読んでみた。そして、その文章が流れてくるところに目を向けると、そこには……プラタナスの古木が立っていた。数千もの葉っぱをはためかせながら孤独に、しかし豊かに。一本の木から他の木へ、その木からまたその向こうの木へ。絶えることなく、ひそやかに。こんなふうに、春の秋波は人間だけが送るものではないようだ。

僕は、木から正面に視線を戻した。すると、携帯電話を片手に歩いてくる男と目が合った。男は僕を見てハッとなったが、すぐに驚きを押し隠して何事もなかったように歩いて行った。僕の前を通り過ぎた男の後ろ姿を見つめながら、僕は心のなかでゆっくり一、二、三と数えはじめた。そして五！とカウントしたとき、ドアノブが回るように男は僕の方を振り返った。僕は素早く下を向いて、自分のつま先を見つめた。そして、また数字を数えはじめた。一、二、三……十まで数えて顔を上げると、ひじ掛けにとまっていたトンボはもういなかった。

2

ときどきチャン爺さんのことを思い出した。近所で一番親しくしていたし、唯一あの子の話を知っているからだ。特に、いろいろ考えすぎて頭がこんがらがったときには、チャン爺さんの明快な一言がどうしようもなく恋しくなった。

入院前日、僕は母に内緒でチャン爺さんを訪ねた。近所で唯一の友人に、短くとも別れの挨拶をしておきたかったのだ。夕方、僕は玄関の前からおじいさんの家に灯りがついているのを確認すると、つま先立ちで玄関のチャイムを鳴らした。ドアを開けたのはチャン爺さんではなく、その父、つまり大爺さんだった。僕はわけもなく気おくれして、小さな声で言った。

「あの、チャン爺さんはいらっしゃいますか?」

大爺さんが気難しそうな目で、僕をじろじろと見た。

「トクスは寝込んどるんじゃが」

ああ！　おじいさんの名前はトクスだったんだ、と内心少し驚いた。僕も老いていると いうのに、老人には名前などないと思っていたようで、申し訳なく思った。

「どこが悪いんですか？」

大爺さんが厳しい顔で僕を見下ろした。

「気にするな。この歳になったら、病気になるのが仕事みたいなものだから」

なんとなく、僕に早く帰ってほしそうな様子だった。僕は、大爺さんは初期の認知症だという父の話を思い出した。ちょっと見ただけではどこも変なところなどなさそうだけど、何が問題なんだろう。幸い向こうからチャン爺さんが毛布をかぶって出てくるのが見えた。風邪をひいたのか鼻の周りが赤くなっている。チャン爺さんは、玄関の柱をつかんで立っている大爺さんの腕の下から顔を出して、大声で言った。

「お父さん、僕、大丈夫だよ」

学校に欠席届を出しているのに、遊びに行きたくて仕方のない子どものようだった。一見、チャン爺さんの方がボケていると言ってもよさそうな光景だった。チャン爺さんは僕を見て、とても喜んでくれた。僕がテレビに出たあと、老人センターにも連れて行ってくれたし、偶然見かけたときには、遠くからでも高く手を上げて僕を呼んだりして、ちょっと恥ずかしくなるぐらいだった。

「おや、アルム。どうしたんだ？」

「あの、ご挨拶しに来ました。明日から入院するんで」

「そうかい？　そういう話は二人きりでしないと」

「あのぅ、調子が悪いと聞いたんですが……」

「うん？　大丈夫、ちょっとだけだしな。着替えてくるから、待ってな」

チャン爺さんは止める間もなく部屋に走って行った。大爺さんと僕の間にぎこちない空気が流れた。

「おじいさん」

「ああ」

「遅くならないようにしますので、心配しないでください」

大爺さんは何も言わずに首を縦に振った。そして、また僕をぼんやり見つめてから言った。

「ところで……」

「………」

「どちらさま?」

僕たちは町内の入り口にある商店へと向かった。老いたケヤキの下に、大きな縁台を出しているお店だ。大爺さんのことは隣のチェばあさんに、少しの間見てくれるようお願いしておいた。チャン爺さんはお隣のババが身の程もわきまえず自分に気があるみたいだけど、どんな頼みでも嫌な顔ひとつしないで聞いてくれるから気づかないふりをしている、と自慢げに言った。チェばあさんはチャン爺さんより十歳は上なのに。

商店の主人は相変わらずドラマ三昧だった。僕はそのドラマが好きではなかったが、その放送時間中に町じゅうが静まりかえる光景は好きだった。世の中の多くの人が同じ時間に、同じ物語に没頭しているというのがいいのだ。チャン爺さんは店に入ると、大きな声で僕に飲み物を選べと言った。「今日はわしのおごりだ」と世界じゅうに知らせたそうに。

商店の主人がびっくりして席から立ち上がった。僕はオレンジ味の炭酸飲料を、チャン爺さんは滋養強壮剤を選んだ。そして、店の前の縁台に並んで座って飲んだ。ビンのなかからボコボコと泡が上がってくる。夕暮れどきに丘の上の町に降りてくる天の青さは美しく、優雅だった。どこかから、かすかに町の子どもたちの声が聞こえてきた。子どもたちが明るく澄んだ声で号令をかけ、是非を決め、仲よく遊んでいることで、この町が正しい町なんだと実感させてくれる。子どもの遊ぶ声はトーンが高く、遠くまで届き、母親に気づかれるようにできているのだ。

「明日、入院するのか？」

「はい」

「じゃ、いつ帰ってくるんだ？」

毎回、これが最後かもしれないのを知っていながら、チャン爺さんはその都度澄ました顔で尋ねてくれる。

「うーん、またよくなったら」

「荷物はまとめたか？」

「ええ」

「よかったな」

向こうの方では、バイク数台がやたらと轟音を響かせながら走っている。一目で暴走族だと分かる――遠くからでもそのライトが認識できるほどだった。チャン爺さんが顔をしかめて言った。

「まったく、わしは若い奴らが嫌いだ」

僕はおじいさんの露骨な反応ににっこりと笑った。

「どうしてですか?」

「イライラするじゃないか。無知で傲慢だろう、なのに自信満々で……本当に嫌いだ」

チャン爺さんは、ゴキブリについて話しているかのように身震いした。

「あそこの不動産屋のソン爺さんは、違う話をしてましたよ」

目に警戒と嫉妬の色をあらわにして、チャン爺さんが尋ねた。

「なんと言ったんだ?」

「年寄りたちはいつも若者のことを能なしだと言うが、それは間違っていると」

「どうして？」

「若者を褒めることができるのは肉体、それだけだからだそうです」

チャン爺さんは少し考えてから、ワハハハと笑いだした。

「そうだ！　その通りだよ。あの人、けっこう字がうまかったと聞いていたけど、同じことをわしとは違う言い方で言うんだな」

僕はいたずらっぽくおじいさんを横目で見た。

「おじいさんも幼い頃、字がうまかったそうですね？」

「だれから聞いた？」

「ソン爺さんです」

「余計なことを……」

チャン爺さんがストローでチューッとがさつな音をたてながら、とぼけた。それから話題を変えたいのか、暴走族が走り去った道路を顎で示しながら言った。

「死にたくて仕方がない奴らだな」

「だれがですか？　あのお兄ちゃんたち？」

「なんであんなバカ騒ぎをするのかね」

「うーん、たぶん、格好よく見せたいんじゃないですか？」

チャン爺さんが意味ありげな笑みを浮かべた。

「いや、わしはあいつらがなぜ、ああやってるのか分かるんだ」

「どうしてなんですか？」

「恐ろしいからさ、死ぬのが」

「……？」

「自慢してるんだ、ブルブル震えながら。生きていると、生きているんだと……。俺もちょっとしたワルだったから分かるよ」

チャン爺さんの言っていることはややこしくてよく分からなかったが、僕は分かったかのようにうなずいた。

「そうですよ、チェばあさんの孫も毎日バイクばかり乗ってるでしょう？　で、この前聞いたんです。お兄さんはバイクに乗るとき、何を考えてるんですかって」

「ああ」

「そうしたら、何も考えてねえ、と言ってました」

「そら！　まったく……」

「それで、どうしてですか？って聞いたら、お兄さんが勇ましく言ったんです」

「なんだって？」

「考えれば死ぬから……って」

「はっ、まったく！」

「だけど、おじいさんも本当にあんなワルだったんですか？」

「ああ」

「だったら、あのお兄さんたちを悪く言っちゃダメでしょう」

「なぜダメなんだ？　あいつらも俺たちを悪く言うのに」

「おじいさんは大人じゃないですか」

「だからこそだよ。俺たちはもっと退屈じゃないか。バイクにも乗れないし」

「ふぅ」

しばらくしてチャン爺さんがやさしく僕を呼んだ。

「アルム」

「はい」

「おまえはなぜ、同じ年頃の友だちと遊ばないんだ？」

事情をよく知っているチャン爺さんにそんなことを聞かれ、僕は少し寂しくなっておじいさんをじろじろ見つめた。

「それが……」

「友だちがいないのか？」

僕の顔は思わず赤くなり、声もうわずった。

「いいえ、たくさんいます。最近は友だちになりたいと連絡してくる子も多いんです。だけど、なぜか……レベルが合わなくて。幼稚で」

チャン爺さんは僕の顔をじろじろ見つめて、満足そうにワハハハと笑った。

「そうか？」

「はい」

「だがな、今、おまえが話してる様子は、おまえの年頃の子とまったく同じだよ」

「ええ？」

「幼稚だよ、おまえ、十七歳そのまんま」

「そういうおじいさんは、どうして他のおじいさんと遊ばないんですか？」

チャン爺さんは平然と答えた。

「そんなことも分からないのか？　レベルが合わないんだよ！　あのジジイらと」


僕たちはヒソヒソと語り合った。いつもより真面目で深い内容だった。その頃、僕には小さな変化があった。気になることは、その場で尋ねるようになったのだ。今でなければ、二度と聞くことができないかもしれないと思ったからだ。僕はもう少し粗忽者《そこつもの》になってもうかつ者になってもよさそうだった。特に相手がチャン爺さんのような人なら、言うことなかった。それが正解ではないとしても、だれかの答えのなかにはその人の人生が滲んでいるはずだし、ただ話を聞いているだけで、その人たちの時間を少し分けてもらえるような気がするのだ。

「おじいさん」

「ああ」

「おじいさんはどんなとき、自分のことを老人だと感じますか？」

「そうだな……」

チャン爺さんがしばらく考え込んだ。

「それはだな、以前はわしも五十、六十歳の人たちのことをすごい年寄りだと思っていたんだが、いざ自分がその年になってみると、彼らはそれほど老人ではなかったんだよ」

「そうなんだ」

「そうだ、変に聞こえるだろうが、わしは自分をまだ老人だとは思っていないんだ」

「ああ……」

「うちの親父なんか、わしがまだ成長しているようだと言うんだよ」

「おじいさん」

「なに？」

「老いるのって、どんな気分ですか？」

「なんだって、こいつ！」

「この前、放送作家のお姉さんが僕に聞いたんです。それで適当にポツポツと答えたけど、ちゃんとした答えになってなかったようで」

「そのお嬢さん、とんでもないことを聞いたもんだ」

「でしょう？」

「一言いってやればよかったのに」

「なんてですか？」

「あなたたちの目には僕たちがみな老人に見えるでしょう？」

「………」

「僕たちの目には、あなたたちの方が老人に見えるんだ！って」

「わあ、いいですね！　本当にそう言えばよかった」

「おじいさん」

「なんだ、また」

「おじいさんの願いごとって何ですか？」

チャン爺さんは顎を上げて、澄まして言った。

「……一週間だけ寝込んで逝《い》くことだ」

「本当に？」

「ああ……いや、一日だけ寝込んで逝く」

「マジで？」

「あ？　いや、いや、ちょっと待って」

「ふぅ。じゃ、何ですか？」

「分からない、チクショウ、コロッと逝くよ」

チャン爺さんがゲーム中の花札をひっくり返すときのように苛立っている。

「おじいさん、まだ若いでしょう。見てください、手も僕より若いし」

「いや、それでも老けこんでいるよ。だから、だれもわしを使ってくれないんだろう。

それに、この前、おまえがくれた本に書いてあったよ。あれだよ、おまえがわしの還暦祝いにくれた本だ」

「ああ、『私たちはいつか死ぬ』ですね」

「そう、それを読んだ親父が呆れ返って、おまえとは遊ぶなってさ。まったく無礼な奴だと。ライターで本を燃やそうとまでしたんだぞ」

「えっ、そんな悪い本ではないんだけど……」

「そうじゃないんだって。そこにこんな言葉があったんだぞ。〝死〟よりひどいのは〝老い〟であるとかなんとか……まったく気分が悪い言葉だ。アルム、だけど、わしがなぜそんなに不愉快になったのか分かるか？ それが事実だからだよ。腹が立って、それを書いた奴の面《つら》でも見てやろうと思ってカバーを見たら、まだケツの青い奴が著者然として笑ってたよ。まったく、わしは子どもが嫌いだ」

「えっ？ あの本を書いた人は五十代ですよ」

「だから子どもだろう」

「それで、おじいさんの願いごとって、結局何なんですか？」

「そうだな、もう一度若くなることかな」

「若くなったら、何がしたいですか？」

「何がだって？　大人をコケにすることさ、あの著者のように。ワハハ」


「おじいさん」

チャン爺さんがついにキレた。

「なんだ？　また、なんだよ！」

「最後に一つだけ聞いてもいいですか？」

「まったく、好きにしろ」

「おじいさんはもともとこんなに頭がよかったんですか？」

「なんだって？　こいつ」

「いや、僕はその……」

「だろうな。おまえは真剣にちゃんとしたことを聞いたためしがない。おまえはそこが問題だ。大人にはちゃんとした質問をしろ、ちゃんとした質問を！」

風はやわらかく、笑って騒いでいた子どもたちは夕食のために帰り、路地は静かだった。僕たちはしばらく黙って座っていた。別れを告げるために訪ねたのに、実際は何をどうすればいいのか分からなかった。僕は大爺さんの病状について聞きたかった。チャン爺さんがこれまでどんな人生を送ってきたのかも知りたかった。しかし僕がここを離れるからといって、すべてを一度に手にしようとしたり、求めたりしてはいけないような気がした。それで僕は、自分の話を打ち明けることにした。

「あの……おじいさん」

「ああ」

「実は、僕、ある女の子からメールをもらったんです」

瞬間、チャン爺さんの目が光った。

「かわいいのか？」

僕はため息をつきながら、しょんぼりと呟いた。

「それって、そんなに大事ですか？」

「そりゃ、当然だろう。男が好きな女なんて、生涯を通して二種類しかないよ。十代のかわいい子、二十代のかわいい子、三十代のかわいい子、四、五十代でもかわいい女」

チャン爺さんがいちいち指を折りながら説明した。

「じゃ、六十代は？」

おじいさんは、そらきたと言わんばかりに、にっこりと笑った。

「きれいな女」

僕は「なるほど」と大きくうなずいた。

「それで、かわいいのか？」

「分からないんです。僕のように髪の毛がないんですって」

「うーん」

「だけど、歌をプレゼントしてくれて、そして僕の幸運を祈るんですって」

「うーん」

「その子からメールを受けとって、どんな気持ちだったか分かりますか？」

「嬉しかったんだろう。ダンスでもしたか？」

瞬間、トランポリンの夢を見たことを思い出してハッとなったが、真面目に話を続けた。

「吐きそうだったんです」

「はあ？」

「僕は血圧が上がると、心臓がドキドキして、目眩がして、むかむか吐き気がするんです。道端で消火栓をつかんで、しばらくしゃがみこんだこともあるんですが、そのときと似たような感じになったんです」

チャン爺さんが静かにうなずいた。

「返事は出したか？」

僕は心にもない嘘をついた。

「それが、なんか面倒くさくて」

「そうとも、女は面倒だ」

「だけど、ちょっと気にもなったりして」

「そうとも、女は気になるものだから」

「ところが、その子からのメールを読んでいて気づいたことがあるんです。これまで、たくさんの言葉を学んできたし、生きていくのに必要な言葉は全部覚えたつもりでいたけど、なんか改めて言葉を学びたいって。その子のためなのかは分かりませんが、そんな気がします」

すると、黙って僕の話を聞いていたチャン爺さんが口を開いた。

「おい」

「はい」

「おまえ、なんでそんなに面倒くさい奴なんだ。まだ幼いってのに」

おじいさんが付けくわえた。

「アルム、わしもこの年まで生きてきて気づいたことだが、若い頃は女の子に出会うと、わしが先導して道案内をしていると信じていた」

「ええ」

「ところが、意気揚揚としばらく進んだあとに、どうも妙な気がして後ろを振り返ったら、それは全部、女たちが作っておいた道をただ歩いてきただけだったんだ」

「………」

「だから、無駄な地図を描こうと頑張るのはやめておけ。そういうのは全部無駄だ」

僕はチャン爺さんのしわくちゃな横顔をじっと見つめた。そして僕が辿り着いたことのない世界地図を頭に描きながら、あの子のことを思い出した。ふと、何かを持とうとするだけでなく、持たないようにすることもまた欲なのかもしれないと思った。二つのうち一つを選んでいるのに、何も持っていないふりをすることも欺瞞かもしれない……僕は唇を震わせて、ずっと迷ってきたことを切り出した。正直、家を出るときには、話せるなんて思ってもなかったことだった。

「おじいさん、あの、実は一つお願いがあるんです」

「うん？　何なんだ？」

「必ず聞き入れてくれるって約束してください。じゃなかったら、言いません」

「何のことだ？」

「おじいさん」

「ああ」

「……僕に、お酒を一杯奢ってください」

チャン爺さんは目を丸くして僕を見つめた。しばらく悩んでいる様子だったが、ついに断固とした口調で言った。

「なんだと、こいつ！　余計なことを言っとらんで、もう帰りなさい」

僕はもう一度、心から懇願した。

「一度でいいんです、おじいさん。ちょっとだけですから。だれにも言いません、お願いです」

「ダメだ」

「おじいさん」

「ダメだと言ったらダメだ」

チャン爺さんは縁台からパッと立ち上がると、肩で風を切りながら歩いていった。

3

あの子にメールを書いた。短く、礼儀正しく、そして形式的な返事だった。

ソハさん
メールと音楽を受けとりました。
そして、僕を山と呼んでくれて、ありがとうございます。
海抜一四〇センチにもならない、世界で一番低い山ですが、
自分のなかにはどんな花が咲いているのか、僕もよく見つめてみます。
どうかお元気で。
さようなら。

送信ボタンを押す前、モニターの文章を何度も確認した。言うべきことはちゃんと言え

ているか、書かなくてもいいことを書いてはいないか、何度も読み返した。

——花の話はやめようかな。

だが、すでに消すには惜しい文章をさんざん消してきたのだ。「僕の知っているある詩人は、花が〝咲く〟とは言わずに、〝命を炸裂させる〟と言うのです。すてきでしょう?」というようなことも盛り込みたくて仕方がなかったが、ぐっと我慢した。だれが見ても明らかなラブコールや明らかに頑張ったように見える表現は避けることにした。それでも相変わらず、ある余地のようなものは残しておきたかった。見つけられるために隠れている「間違い探し」のように。否定ではないしらばっくれが、肯定ではない罠が、野花のようにあちこちで咲いていることを願った。

——ところで普通の十代の男子はこういうとき、どんな文章を書くんだろう。

クールに携帯メールだけを送るんだろうか。いや、でも、皆が皆そういうわけではないだろう。少年というものは臆病者だから。それに、あの子たちは他のことができるじゃないか。カバンを持ってあげるとか、同じ塾に通うとか、バンドに入るとか、女の子の前でダンクシュートを決めるとか……しかし、僕にできることはこれしかないから……僕は上手くなければならない。僕は送信ボタンの上にカーソルを載せて、深く息を整えた。ボタンを押そうとしたそのとき、突然、胸のなかから暗い気持ちが湧き起こった。僕は今、何をしているのだろう、あるいは何を望んでいるのだろう、と憂鬱な気分に襲われたのだ。

——一、二、三……。

たった五つ。五つ数えるだけで違って見えた世の中と、そのなかで出会った悪気などない、おびえた顔の数々が思い出された。僕は生まれて初めて自分の身体を見る人のように、キーボードの上の両手をぼんやりと眺めた。小さくて、しわくちゃで、みすぼらしい手だった。そして、いかなる文章を書くのにも似つかわしくない手だった。僕は書いた内容を全部削除して、新しいメールを書いた。

イ・ソハさん

送っていただいたメールを拝受しました。

頑張ってくださいとも、元気を出してくださいともおっしゃらずに、幸運を祈ると言ってくださり、ありがとうございました。

あなたもどうかお元気で。

落ち着いた気持ちでモニターを見つめた。心残りで気分が晴れない感じは残ったが、やることはやった気がした。少なくともだれかの厚意を無視した無礼な奴にはならなかったのだ。それで十分だ、と思った。僕は唾をのみ込み、送信ボタンを押した。重い気持ちとは裏腹に、メールはカチャという音とともに軽やかに飛んで行った。一瞬の出来事だった。するとすぐに後悔の念がどっと押し寄せた。

――あまりにも無愛想な返事だったかな。こんな、たった一度だけのやりとりなら、もう少し親切なメールでもよかったのでは。

すぐに送信取り消しボタンを押そうとしたが、あの子と僕が会員になっているポータルサイトが違っていたために、できなかった。僕は呆然と「送信を完了しました」という文字を見つめた。

「かえって、よかったかも」

もしかしたら、これぐらいで終わってよかったのかもしれない。危うく……だから、うーん、危うく……面倒くさいことになるところだったじゃないか。僕はけっこう忙しいんだから。女の子がどれほど疲れるもので煩わしいものなのか、本によく書いてあるじゃないか。ウェルテルはなぜ自殺したんだ。ロミオはなぜ死んだんだ。メネラオスは戦争まで起こしたんだよ。ヘレネたった一人のために、なぜ哀れな兵士たちが死ななくちゃならないんだ。彼らにだって愛する人がいたはずなのに。情念は迷惑なものだ。いつでもどこでも問題を起こす。よくやった、ハン・アルム。君が今、何をやったのか分かってるか？君は今、君を救ったんだ。あらゆる理由をこじつけて、自分に言い聞かせた。そして、あの子とはこれ以上繋がらないだろうということに深く安堵した。

しかしいざ、一週間が経ってもあの子から返事が来ないとなると、僕はとても落ち込んでしまった。ひょっとして、と一日に何度もメールの受信箱を確認した。

——だろうな……。

少しの間だけど、あらゆる想像の翼を広げた自分が恥ずかしかった。

——番組を見て少し感傷的になってただけなんだ。そして今はその気持ちがなくなったんだろう。

　僕はこの状況がたいしたことではなく、十分に予想していたことだと思うよう努めた。だろう？　君が望んだ通りじゃないか。世の中に「あなたもどうかお元気で」というメールに返事を書くような女の子はいない、とやたらと苛ついたりもした。そして、ふたたび「以前に戻ろう」と心に決めた。

　――しかし、その以前は、果たして前と同じ以前なのだろうか。

　何の断りもなしに近づいてきて、僕の心を乱したあの子のことが改めて憎かった。はっきり言うと、あの子は何一つ悪くないのに、僕がたった一通のラブレターに完全に心を奪われてしまったのだ。生まれて初めて味わった、このつまらなくてバカバカしい情念から立ち直るのには、かなりの時間がかかった。しばらくして、やっと僕が本来の場所に戻ったとき、本当にやっと平常心をとり戻したとき、あの子から二通目のメールが届いた。

　アルムへ
　あなたからのメールを百回は読んだわ。

そして、もう一度読んだとき、
あなたの気持ちが少しはわかる気がした。
——恐れてるんだ、この人って。
ごめんなさい、勝手なことを言って。

あなたほどではないけれど、わたしもメールを出すのに勇気が必要だった。
あなたのメールアドレスを調べるため、テレビ局に三回も連絡をした。
番組を見て、あなたは何かを乗り越えた人だと思ったの。
普通の人には、何でもないことのように見えるかもしれないけれど、
わたしにはわかる気がした。
あなたがどれほど大変だったのか、どれほど孤独にそれを乗り越えたのか。
幸運という言葉を気に入ってくれて、うれしい。
アメリカの映画なんかでは、人が別れるとき、よく

「Good bye」ではなく「Good Luck」と言うでしょう?
わたしはそれをずっと素敵だと思ってた。
がんばってと言うのではなく、幸運を祈るあいさつ。

よかったら、またメールを出してもいいかしら。
話したいことがたくさんあるの。聞きたいことも。
あ、それから次は、あなたも友だち言葉でね!

それじゃ、もう一度幸運を祈るわ!

……不思議な予感がした。何かは分からないが、何かが始まろうとしていた。僕は、自分が逃げようとした「始まり」が、ふたたび僕の前に現れたことに、ときめきと恐れを覚えた。そして依然として、自分をガードするべきだという気持ちも強かった。突然、頭のなかに「神様が急にこんなにやさしくなった理由は、僕からまだ何か奪うものが残っているからではないだろうか」という不安が湧いてきた。しかし、それが贈り物なのか試練なのかを確かめられるのは、自分しかいなかった。そのためには、いったん僕の方からもう一度信号を送らなければならない。僕は結局、数日後、あの子に二度目の返信をした。もう一度メールを送ったからといって、世界が崩れはしないし、僕自身も微動だにしないと自信を持って。

ソハさん
メールをありがとう。
僕が乗り越えたものを、君が知っているとは思わないけれど
それを推し量ってくれた気持ちには感謝する。
そして僕は、恐れてはいない。
もともとそんな性格でもないし、
心臓に悪いから。

君がどんな病気か分からないけど、
早く治ることを祈っている。
これは本当です。
そして、よかったらまたメールをください。
それでは、さようなら！

三通目のメールはもっと早く届いた。そして僕はそのことがとても嬉しかった。

アルムへ
「よかったらまたメールをください」
この箇所を読んで、しばらく笑ったわ。
あなたって、猫かぶりなのかもね。
わたしにはいいけれど、
他の女の子には、こんなこと言っちゃだめよ。わかった？
^^

テレビで見たあなたは思慮深く
自分の感情をユーモアを交えて表現する人のように見えた。
実はわたし、十代の男の子はみんな脳味噌がないと思ってた。
もっと正直に言うと二十代も。
今日も病院のカフェテリアで問題集を解いていたら、
隣の席で、見かけはまともな大学生に見える三人の男が
かしこそうな口ぶりで、まったくバカげた話をしていた。
それもわざわざ時間を割いて。ふふ^^;

だけどわたし、思ったの。
同じようになりたい……って
笑えるでしょ？
だけど、本当なの。

同じようにバカげていて、同じように失敗して、同じような錯覚をしたい、彼らと同じように成長できれば、と思ったの。

でも、たぶん無理だと思う。
聡明であることを隠すのは無知を隠すことより、さらに難しいことだから。でしょう?
そしてわたしはちょっぴり賢い女の子だから^^;;
とにかくあなたの文章、あなたの言葉、そして考え方は特別なものだと伝えたかった。
ではまた書きます。
さようなら。

「アルム、何してるの?」

母がロッカーに洗面用具をしまいながら聞いてきた。

「えっ、もう終わったの?」

僕は思わず顔を赤らめてたじろいだ。

「何を見て、そんなニヤニヤしてるの？」

「別に何でもないよ」

母は鼻筋と頬にローションをつけていた手を止めて、僕をぽかんと見つめた。いつものように聞いただけなのに、僕があまりにも真顔になったので怪しく映ったようだ。

「なに？　何を見てそんなに愛くるしく笑ってるの？」

「何でもないってば。もう、あっちに行ってよ」

僕が必死にパソコンの画面を隠すと、母も負けじと体を押しつけてきた。それから、顔に白いクリームをつけたまま、僕を横目で睨んだ。

「いやだ、うちのアルムももう大人なのね」

「は？」

「大丈夫、母さんも若い頃はそうだったから。父さんもよ」

どこかで『いい親になるために――思春期編』でも読んだのだろうか。分かったふうな口ぶりが、新米の舞台俳優のようだ。僕は呆れてため息をついた。

「母さん」

「うん？」
「母さんはやらしい写真を見るとき、笑うの？」

僕たちは二日に一回のペースで、メールのやりとりをした。一、二行の短いメールのときもあれば、スクロールしなければならないほどの長文のときもあった。そしてときには、一日に三通のメールが行き来することもあった。僕が午前中にメールを送ると、あの子が午後に返信をして、夕方に僕がまたメールをするといったような。

アルムへ
時々わたしはあまり眠れなくなる。
夜明けに目が覚めてしまう、ほんとうに嫌な瞬間よね。
だけど最近は、そんな時間に目が覚めると、
ひょっとしてあなたも目を覚ましているんじゃないかという気がするの。
テレビで見た、その大きな目をパチパチさせて、闇に目を凝らしているのだろうと。

そんなことを考えていると、不思議なことに気持ちが少しは落ち着くの。
中学三年の時、担任の先生はわたしのことをとてもかわいがってくれた。
それで、他の子たちが騒いだり宿題をしなかったりすると、
いつも「イ・ソハを見なさい」と言ってたの。
病気なのにどれほどまっすぐで、どれほど立派かと。
だけど、ある瞬間からわたしはそれが聞きたくなくなったの。
他の子たちが頑張るのはいいことだけど、
反省して、勉強して、すべてのことに感謝することもいいことだけど、
けれども、なぜそのために、わたしが病気でなければならないのか、理解できなかった。
先生はわたしのことを大切に思ってくれたけれど、
たぶん、他の子たちをもっと大切にしたんだと思う。
今、神さまがそうであるように。
それでは、またね。

よい一日を。

ソハへ

真夜中、僕も眠りから目が覚めるときがある。
そんな時間には何もできない。
隣のベッドのおじいさんはものすごく敏感だし、
その隣のおじいさんは、その三倍は目を覚ましやすいから。
目が覚めると、僕はずっと前から描いてきた物語について考える。
それは灯りがなくてもできることだから。
見えないときにこそ、うまくいくことでもあるし。
まるで昔の人が子どもを作るときのように。

午前中、科学雑誌を読んだんだ。
宇宙で人がバラバラになって死ぬのは、

外界の力が内界の力より大きいからだそうだ。
僕は君にこの話を聞かせたいと思った。
つまり、僕たちはほとんどみんな、
外界よりはまだ、力のある存在かもしれないということだ。
今日はここまで。
おやすみ。

アルムへ
この何日か、パパとお寺に行ってたの。
ここ最近、パパが代替療法に関心が高くて。
そこのお坊さんに、桔梗の花のような顔だと言われたの。
わたしが泊まっていた部屋の近くには川があった。
とても水の音が大きい川がね。

それはホワイトノイズと呼ぶんだと、パパが教えてくれた。
白色雑音。
身体にいい音だそうよ。
真夜中にドアを開けると、そんなものが溢れ出るの。
それもわたしのすぐ近くで
何かがあんなにも誠実に、勢いよくうごめいていることにホッとした。

以前、「幸福」という言葉にはまぬけな印象を持ってた。
ところが、最近では、それも勇気だと思えるようになったわ。
それで、わたしはそれを手にするつもりなの。
神さまが快くそれを渡してくれるかどうかはわからないけれど
とりあえず、わたしがそう決めたの。
そしてわたしが本当にそれを手にすることができたら
あなたにも少し分けてあげるね。

楽しみにしていて。
それでは、また。

ソハへ
今日は寒いね。
ヒーターを一日じゅうつけたところで、
地球の意志に勝つものなど世の中にはないようだ。
ところが寒さの前では、だれもが平等な気がして、実は好きなんだ。
それで僕は寒さを真っすぐに見つめるんだ。
目が沁みて、顔を背けなければならないときもあるけれど。
それでもときどきは寒さを脅してみたりする。
そうだ、僕は弱いんだよ、
しかし、おまえが考えるほどではないんだ、とね。

真夜中、君が孤独に目を覚ますことなく、熟睡することを祈っている。
そしてそれを全身全霊で助ける光と風、
それに木々の支持があったらいいな。
何もしていないようで、いつも何かしている白色雑音も。
では。

アルムへ
また入院してしまった。
田舎で葉ものばかり食べて、痛みに耐えていたら
コーラのように鎮痛剤が恋しくなったみたい。
パパもわたしが苦しむのを見ていられなかったみたい。
それで今は病院なの。
また連絡するね。
今日もよい一日を！

ソハへ

「苦しむ」という言葉と「よい一日」という言葉が一緒に書かれたメールを見ると、不思議な気がする。

そんなとき、君はどんなふうに耐えているのだろう。

「コーラのように鎮痛剤が恋しくなった」と言えば、少しはマシになるのだろうか。

僕は宗教を持っていないが、たまに祈りたくなるときがある。

君が言った「苦しむ」瞬間は特にね。

そう言うと、人はすぐ「だれに？」って尋ねてくるだろう。

そしたら僕は、世界で一番冷ややかな顔で「だれにでも」と答えるよ。

そう、だれにでも。

僕の祈りに一番先に応えてくれる神様がいれば

その方に、と答える。

もし僕がその神様に会うことができたら、君のことを必ず伝えるよ。

だから君の今日も、絶対いい一日でなければならない。

そのことを覚えておいてほしいんだ。
またメールする、おやすみ。

いつも真面目なメールばかりだったわけではない。僕たちはお互いの携帯電話の番号を知らなかったから、携帯メールでやりそうなくだらないやりとりをパソコンで交わした。しかし、それはまたそれなりに楽しいものだった。

アルムへ
今日は興味深い話をひとつ。
私の病室には介護人のおばあさんが三人いるの。
同じ会社の所属で、お互いをよく知っている様子。
ベッドに横たわって、おばあさんたちのおしゃべりを聞いていると
時間が経つのを忘れることがある。
あなたもよく知っている光景だよね ^^

今朝、わたしの病室に他の病室の介護人のおばさんが遊びに来たの。
そして自分が担当している患者の話をしたの。
担当のおじいさんを入浴させなければならないのに、
おじいさんは裸を見せたくないと、何日も拒んだそうよ。
ところが、今日は自らお風呂に入りたいと言うので、
どうしたんだろうと思ったんだって。で、浴室のなかに入ってみたら、
おじいさんが黒いビニール袋で作ったパンツをはいて座っていたんだって。
片腕にギブスをしたおじいさん自ら、はさみとテープで作ったそうよ。
すごい集中力と努力だと思わない?
その話を聞いたおばあさんたちが
「まあ、そんなのでも男だっていうのね」と言いながら大笑いしてたの。
背を向けながら、わたしも思わず笑ってしまったわ。
そのおじいさんの意地が、なんかいいなって。
またおもしろいことがあったら、書くね。

楽しい一日を。バイバイ。

ソハへ
では、僕もおもしろい話をひとつ。
僕がいる病院に、もう何ヶ月も入院病棟の廊下を
行ったり来たりしてるおじさんがいたんだ。
うちの父さんのように病院でシャワーを浴びたり、
受付の長椅子に座ってテレビを見たり、
他の保護者から飲み物やお菓子を分けてもらったりして。
そのおじさんは人に聞かれると、「誰それの保護者です」と平然と答えたそうだ。
ところが、その誰それが何回も変わったみたい。
201号だったり、406号だったり、703号の患者だったりね。
だけど、最近、その人がホームレスだったことが明らかになったんだ。
もちろん今はここにいない。

しかし、またどこか他の病院で同じことをしているかもしれない。
もしかしたら、君も一回ぐらいすれ違っているかもしれない。
だから、もしそれらしき人に会ったら、
僕の代わりに伝えてほしいんだ。
こっそり耳元で
「今度はバレないように」ってね。

アルムへ
ふふ、昨日のメールを読んで笑っちゃった。
今日はあまり元気がないから、これだけ伝えておくね。
返事を待つんじゃないかなと思って……。
では、よい一日を。

ソハへ

人を笑わせることなら、僕はけっこう自信があるんだ。
いつでも言ってね。

心ときめく日々が続いた。僕が話しかけ、あの子が答え、またあの子が話しかければ、僕が答える。一行のメールで一日が耐えられ、一度の呼吸だけで胸がいっぱいになる、そんな一日。はっきりとした名前がつけられる間柄でなくても、ただ話ができる友だちがいることが嬉しかった。チャン爺さんがなぜいつも僕に、同じ年頃の人と付き合うようにと言っていたのか、分かる気がした。すべてが意味を持ち、すべてが大切に思える日々だった。あの子の話、あの子が使う単語、あの子が送る歌、あの子が改行した余白、それらすべてが暗示となった。僕はこの世界の注釈者になり、翻訳家になり、解説者になっていた。上体をかがめてそれらをじっと見つめ、いたわろうとした。僕の予想していた通りだった。僕はだれかを好きになったがために、この世界をも好きになってしまったのだ。両親は僕の顔色が明るくなったのを見て、治療の効果が現れたと喜んだ。一方、僕はメールのやりとりに夢中で、母が毎日変な薬を飲んでいることに気がつかなかった。総合ビタミン剤よと言われたので、そうかと思っただけだ。しかし、母の動きは日増しに鈍くなり、顔色も悪くなっていった。気になった僕は、ようやく父にそのわけを聞いた。

「父さん、母さんにどこか悪いところでもあるの？」

「はっ？　なぜ？」

父が慌てた。

「最近、顔がむくんでいるように見えるけど、ひょっとして僕のことで無理をしてるんじゃないかと」

「いや、そんなことはないんだ。母さんはもともと肌がきれいじゃないし。それに、最近、おまえがあまりしゃべってくれないから、関心を持ってほしいんじゃないか？」

「そんなことないよ。最近、ちょっと忙しくて」

「忙しい？　おまえはいったい何で忙しいんだ？」

「父さんは知らないだろうけれど、僕も僕なりにやらなきゃならないことがたくさんあるんだよ」

「そうか？」

「そうだよ」

すると、父がニヤニヤと思わせぶりに笑った。

「そうだな、そうだと思って持ってきたものがあるんだ。頭を冷やしたいとき、やりなさい」

「うん？　何を？」

「待ってろ。家にすごいものが届いていていたんだよ！」

父はベッドの下に隠していた紙袋を取り出した。そしてリボンのついた箱をさっと持ち上げて僕に差し出した。

「ジャジャーン！」

「………」

「気に入らないか？」

「え？　まあ……」

「嬉しくないか？　これが？　どうしてだ？　これが嬉しくないなんて」

「いや、嬉しいよ。父さんが買ってくれたの？」

「いや、視聴者が送ってくれたんだよ。おまえ宛に」

僕は父が手にしている箱をぽかんと見つめた。箱の面《おもて》にＰＳＰと書いてあった。父は紙袋からもう一つ箱を取り出した。そこには純真無垢そうなぬいぐるみが描かれていた。どうやらゲームのキャラクターのようだった。

「これは父さんの方が喜びそうなプレゼントだね」

「……だろう？　だけど、おまえに届いたものだから、おまえのものさ」

「本当に？」

父がためらいがちに言った。

「当然だろう。だから、一度やってみて、いや二回ぐらいやってみて、それで、もしつまらなかったら」

「うん」

「俺にくれ」

4

スンチャンおじさんが見舞いに来てくれた。おじさんのそばには、初めて見る女性が立っていた。きちんとした高級そうな服装に、素朴な顔立ちをしている。僕は一目でスミおばさんだと分かった。おばさんは僕を見て、「まあ、あなたがアルム君なのね」と嬉しそうだった。それから母にいろいろと近況を尋ねたのち、二人だけの時間を持つために休憩所へと向かった。スミおばさんは、母に話したいことがたくさんあると言い、母も聞きたいことがたくさんあると言った。だが僕には、二人の会話は長く続かないように思えた。母の声のトーンがふだんよりも半音ほどうわずっていて、だれが見てもぎこちない関係のように思えたのだ。病室には、スンチャンおじさんと僕だけが残された。おじさんがベッドの横にある椅子に座った。僕はノートパソコンを脇に置いて、おじさんと目を合わせた。

「体の調子はどうだ?」

「悪くはありません」

「テレビに出てから、気づいてくれる人はいなかったか？　サインしてほしいとか」

「まあ、たまにいるけど、それより手紙の方が多いです」

「そうか？　テレビ局の掲示板にも書き込みが多いんだ。知ってるかい？」

僕はそれを全部読んでいることがなぜか恥ずかしくなって、素知らぬふりをした。

「そうなんだ……。今度、読んでみます」

「ところで、パソコンのその待ち受け画面はなんだ？」

「何がですか？」

「かわいいガールズグループだってたくさんあるのに、なんで桔梗の花なんだ？　年寄りみたいに」

「えっ？　いけないんですか？」

病室内は静かだった。昼食後の、患者たちが散歩に出かけたり、薬を飲んで昼寝をしたりする、静かな時間帯だった。

「あの……おじさん」

「うん？」

「おじさんは勉強もできたし、格好いいから、ガールフレンドと付き合ったこともたくさんあるでしょう?」

スンチャンおじさんは少し困ったような顔になった。

「まあ、少しはな」

「じゃ、女性のことはよく分かりますよね?」

おじさんがにっこりと笑った。

「そんなわけないだろう」

「えっ、そうなんですか?」

「そうだよ、おじさんは結婚してても、まだ女の人のことがよく分からないんだ」

「へえ、そうなんだ。実は僕も最近少し気になって、ネット辞典で〝女子〟という単語を検索してみたんです。そしたら〝女性に生まれた人〟と出るんです。で、また〝女性〟と入力したら〝性の側面で女を示す言葉〟と出るんですよ。まったく、意味不明です」

「辞書はもともと同語反復のようなものだからね。それで作家のなかには、オリジナルの辞書を作って、使っている人もいるんだ」

「たとえば？」

「詩人なんかはそうだよ」

おじさんが短く笑みを浮かべた。すると僕は、昔、おじさんが母にプレゼントしたという詩集のことをふっと思い出した。僕は母の代わりに少し問い詰めたくなった。

「おじさん」

「ああ」

「おじさんは詩が好きですか？」

「ああ、好きだったね」

「じゃあ、『一人立ち』という詩集も読まれたんですか？」

瞬間、おじさんはギョッとなった。しかし、その顔には意味ありげな笑みがさっと広がった。十七歳の少年の挑戦など簡単にはねのけられると自負する、「大人」の笑みだった。

「もちろん」

「じゃ、それを使って女の子の気持ちを揺さぶることについてはどう思われますか？

詩人はそんなつもりで書いた詩ではないと思いますが」

おじさんがしばらく考え込んだ。

「そうだな、そのために書いた詩ではないだろうな」

「でしょう？」

「うーん、でも俺は詩人も喜んでくれると思うな。自分の詩がとてもいいことに使われたと思うんじゃないかな」

「………」

まだ聞きたいことがたくさんあったが、そのへんで口を閉じた。一歩間違えば、僕の方がやりこめられそうな予感がしたのだ。僕たちはとりとめのない話をいろいろした。おじさんはチャン爺さんほどではなくても、けっこう話が通じることが分かった。すると、急にあの子のことを自慢したくなった。僕にどんなことがあったのか、またあの子がどれほど素敵な子なのか、僕だけしか知らないのがもったいなくて、もどかしかったのだ。

「あの……実は、おじさんに感謝したいことがあります」

「うん？　何を？」

「僕のメールアドレスを教えてくれたこと。イ・ソハという子が、テレビ局に三回も連絡をしたそうですね。おじさんが教えてくれたんじゃないんですか？」

「うん？　俺じゃないけど。放送作家が教えたのかもしれないな。困ったな……おじさんが会社に戻って、ちゃんと言っといてやるよ」

「いいえ、大丈夫です。おかげで、僕にも友だちができたから」

「そうか？　どんな子なんだ？」

「うーん、まだ僕もよく知らないけど、その女の子も病院にいるそうです。僕と同い歳で」

瞬間、スンチャンおじさんの目が光った。

「病気？　その子もどこか悪いのか？」

「ええ」

「だけど、君とメールのやりとりをしている」

「はい……」

おじさんは目を転がしながら、しばらく考え込んだ。そして、ふたたび愉快そうに話しはじめた。

「こいつ、それで聞いたんだな、女の人がどうのこうのって。やらしいな」

「えっ？　違います。なんとなく話に出ただけです。だけど、おじさん、今の話は、母さんや父さんには内緒ですよ。おじさんだけの秘密にしてください、絶対ですよ」

「ふふ、分かった。ところで、これは何だ？」

スンチャンおじさんが、ロッカーの下にある箱を見ながら聞いた。

「ああ、視聴者が送ってくれたものです」

「包装も開けてないじゃないか」

「ええ、ありがたいことだけど、僕はゲームがあまり好きじゃなくて」

「そうかい？　うちの息子はいつもパソコンゲームばかりやっているのに。少しは君を見習ってほしいな」


スンチャンおじさん夫婦が帰ると、僕はふたたびパソコンの電源を入れた。ウィーン、と音がする。パソコンが起動するのを待ちながら、なにげなくベッドの周りを見回した。ふと、おじさんに言われた箱に目がとまった。箱に描かれたぬいぐるみは相変わらずあんぐりと口を開けたまま、僕を見て笑っている。太い毛糸で編まれた肌、大きな頭、お腹の真ん中に手術の痕のように走っているジッパー、細い腕と脚――そんなキャラクターだった。僕はなにげなく箱に手を伸ばした。それから説明書を読んで、あちこち触ってみた。ゲームの名は「リトルビッグプラネット」だ。動画のガイドを再生すると、小さいガラス管のなかにぽつんと座っている、ぬいぐるみのキャラクターが出てきた。2Dと3Dがちょうどよく混在している、ファンタジックな画面だった。ぬいぐるみはキュートなようで怖く、愉快なようで悲しげな顔をしている。そして暗闇のなか、スポットライトを浴びて体をゆらゆらさせていた。まもなく、子ども向け番組に出てきそうな明るい女性の声が聞こえてきた。

「リトルビッグプラネットでは、あなたは小さな〝リビッツ〟です。これがあなたです。とても小さくてかわいいでしょう？　リトルビッグプラネットには歩き回る場所がたくさんあります。さあ、楽しく歩きはじめましょう」

ゲームキーの操作方法とルールについて、女性の声で丁寧に説明されていく。

「重力の法則に逆らってジャンプすることは、リトルビッグプラネットでは欠かせない能力です。……こんな忠告を聞いたことがあると思います。知らないところにはむやみに近づくな。人の物を勝手に触ってはいけない。しかし、この魔法のような世界では、思うぞんぶん暴れまわり、触れまわることをお勧めします」

——ふーん、おもしろそうだな。

僕は女性の声に従って、あれこれボタンを押してみた。僕が押したボタンに連動してリビッツがびくっと動くと、僕のなかにピリッと電気が走った。僕は尋常ではない気持ちで画面に集中した。彼女はキャラクターを育てる方法についても教えてくれた。

「素敵で魅力的なリトルビッグプラネットの住人になりたいなら、アイテムを獲得する方法を覚え、服を着る方法も学ばなくてはなりません。一番上のボタンを押すと……神秘的なマジックと悲劇も。わお！　まもなくリトルビッグプラネットで有名人になりますね、あるいは笑い者になるかも。ホホホホ」

僕は霞んだ目をこすりながら、モニターのなかのぬいぐるみをじっと見つめた。服も着てなくて、髪の毛一本、眉毛一つない真っ裸の人形が、僕に向かってにこにこと笑っていた。

5

僕たちの関係も、以前に比べると少し変わりつつあった。時間が作りあげた文章とリズムに、温度が加わって和らげられ、化学反応を起こしたのだ。僕は何度も「送信済みメール」を開いて、自分の書いたメールを読んだ。そしてそれよりもっと「受信箱」にある、あの子のメールを読み返した。

アルムへ
昨夜は、夜明け前にしばらく起きていたの。

もう眠れなかったから。

そういうときは、ベッドの端っこに行って、イヤホンで音楽を聴いているの。

そうしていると、世界にはその音楽の受取人と差出人、その二人しか存在していないような気がするの。

お気に入りの、孤独よ。

わたしたちはすでにたくさんの言葉を持っているけれど
そして、どんな話もできるけれど
時にはそれだけではもの足りなくて、歌ったり音楽を聴いたりするみたい。
きっと神さまと取引したんだね。
神さま、どうも言葉だけでは無理です。
なぜわたしたちをわたしたちから離れさせ、遠ざけさせるのですか。
苦しくてもう耐えられません。お願いだから、どうにかしてください。
みんなが抗議をするから
悪かった、これをやるからもう少し耐えてみろ、
と音楽をプレゼントしたんだよ。
どう？　もっともらしくない？^^

それで仕方がなく、神さまの謝罪を受け入れたかのように、
今日もわたしは音楽を聴いている。
特に今日みたいに辛かった日にはね。
アルム、わたしは、生まれ変わったら
健康を節約して、健康に集中することにすべてのエネルギーを注ぐ代わりに
健康を浪費して、健康をおざなりにしながら、自由気ままに生きてみたい。
そしてたくさんの人の前でこのうえなく大きく笑いながら、自分の幸せを自慢するわ。

ソハへ
こんにちは。今日は寒いね。
これからもっと寒くなっていくだろう。
僕は暖かい日に生まれたせいか、寒さに弱いんだ。
しかし、僕がだれであれ、またどんな状況であれ、
個人的な事情など一切考慮してくれない風を嬉しく思う。

そういうときはなぜか、プライドが保たれている気がするから。

子どもの頃から一つ気になる言葉があると
それを手にして長い時間、触りつづける癖があった。
それで僕は物語を作ったり、とんでもない想像をしたりした。
ときにはその言葉の厚みがあまりにも薄く、弱々しくて、寂しく思うこともあった。
世の中には、それでできることなど何もなさそうで。
けれども最近、僕は言葉を持っていて、
僕には言葉があるから、
少しは痛みを減らせているんじゃないかと思うんだ。

僕も一つ音楽を君に送る。
以前もらった「Antifreeze」へのお礼だ。
じゃ、また。

添付したのは『リリイ・シュシュのすべて』という映画のオリジナル・サウンドトラックだった。タイトルは「Glide」。制服を着た男子学生が、野原の真ん中でヘッドフォンをしている予告編が印象深くて、その映画を探して観たことがある。緑の真ん中で何かを聴いている、その子の表情があまりにも儚げで、ネット上でこの曲を繰り返し聴いたこともある。美しい曲だった。歌詞はあえて添付しなかった。僕がそうだったように、あの子にも自分でまず解釈し、翻訳し、発見するチャンスを与えたかったのだ。相手に何かすることを与えること、それも配慮と遊びの一つだと。席を譲る代わりに一緒に座って行こう、と僕は自分の取り分もちゃんと計算していた。

I wanna be
わたしはなりたい
I wanna be
わたしはなりたい

I wanna be just like a melody
わたしはただメロディーになりたい
just like a simple sound
単純な音のように
like in harmony
ハーモニーのように

I wanna be
わたしはなりたい
I wanna be
わたしはなりたい
I wanna be just like the sky
わたしはただ空になりたい
just fly so far away

遠く飛び上がり
to another place
また違うところへと
to be away from all
すべてのことから遠く離れて
to be one of everything
すべてのもののなかの一つになって

I wanna be
わたしはなりたい
I wanna be
わたしはなりたい
I wanna be just like the wind
わたしはただ風になりたい

just flowing in the air
空気の中を流れ
through an open space
開かれた空間を通じて

I wanna be
わたしはなりたい
I wanna be
わたしはなりたい
I wanna be just like the sea
わたしはただ海になりたい
just swaying in the water
水中で揺れながら
so to be at ease

そう安らかに

………

歌は何かに「なりたい」で始まり、何かに「なりたい」で終わる。やさしくてシンプルなメロディーの曲だった。イヤホンをしたあの子の立場で、僕はもう一度聴いてみた。僕の目はあの子の目になって歌詞を追い、僕の耳はあの子の耳になって音符を辿った。歌はイコライザーの波動に沿って、ある惑星から打ち上げられた電波となって、解読を待つ夢を抱いて、他の惑星へ遠く遠くへと広がった。孤独な旅になるだろう。しかし無意味な旅ではないはずだ。人と人の間に据えられた宇宙は、とてつもなく暗く、そしてとてつもなく寒いだろうけれど。それでも平気だった。なぜなら僕たちは、

——凍りついたりしないから。

アルムへ

「Glide」をありがとう。

いつも聴いているわ。
わたしは力を抜いて歌う、こんな歌が好き。
それはわたしに力がないからかもね。
彼らの口ずさむような歌を聴いていると
なぜかその人たちが、人生をとても愛しているように思えるの。
拍手は送らなくてもうなずく感じ。
それで、わたしも息を整えることができるの。
だけど、この女性《ひと》、何かになりたいってことをあんなに寂しそうに言うなんて。
初めからわたしたちが、それになれないってことを知っているかのようね。

とにかく神さまは、アルムあなたのおかげで
今日もわたしがその失敗に目をつむってあげたことに気づけばいいんだけど^^
またメールするね、おやすみ。

その間に一つの季節が過ぎた。僕たちがやりとりしたメール、ふざけ合った冗談、分かち合った音楽のなかで、花が散り、木々が痩せていった。そしてもう一つ季節が過ぎれば、春が来る。そして夏、秋……。そのように咲いては消えていくものの気配を食べて、僕たちは自分が永遠に死なないと自惚れる年齢、その刹那の頂点に向かって走って行くはずだった。一日、また一日が過ぎていった。僕は以前よりあの子のことを知った。しかし不思議なことに、知っていることが多くなればなるほど、知りたいことも増してきた。あの子の価値観や信条のようなおおげさなことではない。あの子の血液型、靴のサイズ、誕生日、好きな色、大切にしている物、嫌いな科目というようなことだ。一度など、あんなことをいったい誰がするんだろうと思っていた、ネット上で流行っていた「百問百答」のようなものをダウンロードして、本当にあの子に送ってしまうところだった。数えきれないほど「そんなことはやめよう」と決心したにもかかわらず、ポータルサイトからあの子のIDを検索してみたこともある。Eメール一つで、その人に関する情報をいくつか得られることを知ったからだ。しかし、検索のウィンドウには何も出てこなかった。どこのショッピングモールで何を買ったとか、映画のレビューを残したとか、所属しているコミュニティサイトはどこだというような、些細な手がかりさえ見つからなかった。電話番号を聞くことなど、とてもできなかった。距離を保った方がいいと思ったし、あの子に負担をかけたくなかったのだ。会ってみるとか、手を握るといったことは夢にも思わなかった。いや、正直に言うと、何回か想像したことはある。キスはどんな感じなのか、実際に自分の唇をそっとなめてみたこともある。そして、そんなことは僕に起きないことも、起きるはずがないことも知っていた。たった一度だけ、欲を出したことがある。それぐらいは僕にも許されるのではないかと思ったのだ。僕の素朴な望みはただ一つ、あの子の顔を見ることだった。実物ではなく、写真でもよかった。だから僕はあの子に伝えた。僕は君の書く文章が好きだ。小説よりも、映画よりも好きだ。そして次のように続けた。

——僕はいつからか、周りの風景と事物をこれで最後かのように見るようになった。だけどそれは、それらを常に初めて見るもののように見ているという意味でもある。暗い話になって、ごめん。だけど、最近、君のメールを読んでそんなふうに思ったんだ。目が見えなくなる前に、見ておかなければならないものを見ておこうと。ずっと迷った末にこれを書く。よかったら、君のお気に入りの写真を一枚送ってもらえないだろうか。病気になる前の写真でも、子どもの頃の写真でもかまわない。君がどう思うか気になるけど、これを言わなければ、あとで後悔しそうな気がするんだ。失礼かもしれないけど、お願いしてもいいかな。もし君が断ったとしても、僕は絶対寂しいなんて思ったりしないよ。

数日もの間、返事がなかった。その間、僕は苦悩と心配のため眠れず、二回も謝罪のメールを送った。もちろんその後も連絡がなかった。僕は頭を抱え、「ああ！ 僕はなんてことをしちゃったんだ」と後悔した。欲を出したせいで、すべてをダメにしてしまったと落ち込んだりもした。僕は何日も、自分が送ったメールに縛られていた。食事のときも、物理療法を受けるときも、便器に座っても、あの子のことばかり考えていた。そして僕は、メールを書くよりも返事を待つ方がはるかに大変なことに気づいた。送信は一人でもできるが、受信はそうはいかない。送る人と受ける人、少なくとも二人以上必要で、受けとる人が、自分が何を受けとったのかに気づいて初めて「疎通」が可能となる。我慢していたら何もなかったことを、文字通り僕が何かをしたがために起きたことだった。それも手でも足でもなく「心」を使ってしたこと……またそれが「心」だからこそ、相手の「心」

以上の処方箋はない……もしやあの子に何かが起きたのではないかと、僕はいても立ってもいられなかった。どんなに男らしい人でも、一日に何回も絶望と希望の間を行き来するのがここのルールだから。ある瞬間にあの子が、根拠のない楽観など、足でパンと蹴飛ばしてしまいたくなるのではないかと心配だった。一つやめれば、すべてをやめてしまいたくなるから。そしてそこに僕も含まれているのではないかと……。

僕が悲観の端にぶらさがって気力が尽きかけた頃、あの子が遅い返事を送ってきた。だれかが見れば恋愛のプロともいうべきほどに、間一髪のタイミングだった。僕は受信箱に入っているあの子の名前を、穴があくほどじっと見つめた。目に入った瞬間は胸がドキッとしたが、ただ嬉しいというにはあまりにも複雑な気持ちだった。僕は……あの子に復讐したくなった。予想していなかった感情だ。メールを開く前に、僕はあの子を懲らしめる方法を探していた。僕が味わったことと同じことをあの子も味わってほしい。僕が体験したことと同じことをあの子にも経験してほしい……大人げない話だ。そして僕が選んだ恐ろしい罰がこれだ。僕は今、ものすごく腹を立てている。君はそのことを知らなければならない。だから僕はこのメールを……
——明日まで読まない。

メールを読みたい気持ちを抑えるには、まさに超人的な力が必要だった。丸一日じゅう、僕はノートパソコンに近づかないよう、ありったけの力を振りしぼった。一週間もの間ずっと「なんだ？　これじゃ、すっかり振り回されているじゃないか」と鬱々していたのに、この束の間の、ささやかな甘い権力を手放したくはなかった。「受信確認」をクリックして「未読」と表示されたときにあの子が味わう、落胆と焦りも。そんな想像をすること自体、すでにゲームに負けたことを知らせる証拠だとも気づかずに。しかし、その待つ時間の快楽は、ほとんど苦痛に近いものだった。僕が罰しているのは結局、あの子でなく僕自身だった。にもかかわらず不思議なのは、僕がその罰を楽しんでいるということだった。しかし、そんなことはどうでもよかった。たとえこれが病気だとしても、少なくとも僕が経験してきたいかなる病気よりも、僕は好きになる準備ができている。病気によっては、経験しなければ生きていけないものもあるから。風邪やはしか、あるいは転んでできた擦り傷のように、痛みを知ってこそ大きくなれると教えてくれる病気もあるから。翌朝、母が席を外すと、僕はすぐにパソコンを開いた。

アルムへ
返事が遅くなってごめんなさい。
この間、大きな手術を受けたの。これで二回目。
結果は良好だと言うけれど、信じていいのかどうか。
パパは以前、ママにもよく嘘をついてたから。
わたしには、これはダメ、あれもダメ、とすごくうるさいのに
自分はいつもタバコを吸ってお酒を飲んでいる。
人は必ずしも試練を通して何かを習得するとは限らないみたい。
どうしてあんな体に悪いことをやってるんだろう、と思っても
一服のタバコでパパが安らいでいるのを見ると、
わたしたちの体は、時に死を愛しているような気もするの。

ここのお医者さんも、ものすごいヘビースモーカーなのよ。

おかしいでしょ?

おかしいことだらけね、世の中って。


写真、迷ったわ。

でも、わたしだけがアルムの顔を知っているのは不公平かもね。

わたしはあなたの声を知っていて、表情も、それにあなたのご両親まで見てるんだもの。

もの足りないだろうけれど、写真を送ります。

わたしなりに勇気を出したものだから、文句は言わないでね。

それでは、今日もあなたの目で見るべきもの、見てもよいものでいっぱいの、
そんな一日でありますように。

それでは。


メールの下のファイルをクリックした。一枚の大きな写真が、画面の上にするっと広が

った。紅葉のように小さくてかわいい手がクローズアップされた写真だった。青い空を背景に、太陽に触ろうとしているかのように、腕を伸ばして撮ったもののようだった。

——幼い手だ……。

影のせいでくっきりとは映ってないが、一目で分かるあどけない手だった。写真の状態はそれほどよくなかった。画素数の低い、少し昔のデジタルカメラで撮ったようだ。けれども僕は、その野暮ったくて古い質感にむしろ親しみを感じた。僕はあの子の片手をしばらく見つめた。そして思わずモニターの上に自分の手を静かにつけた。あの子の手と僕の手がぼんやりと重なった。パソコンの熱だろうけれど、液晶の上からぬくもりが伝わってきた。

6

僕たちの関係は元通りに戻った。以前ほど頻繁にメールを書いたりはしなかったが、その代わりもっと親密で気楽な話ができるようになった。例えば、あの子がメールの末尾につける、内容とは関係ない些細な「追伸」のようなもの。それに、ふだんはまったく興味のない芸能界の話や美容の話ができるようになったことも嬉しかった。本当の友情とは、そうしたところから積み重なっていくものだと思っていたから。ある日、あの子は好きなお笑いの話を長々と書いたあと、追伸をつけてきた。

——そういえば、あなたが世界で一番おもしろい息子になりたいと言ったことを思い出した、ふふ^^

それで僕もできるだけ軽く話を合わせた。

——それじゃ、君は大きくなったら何になりたい？

そう尋ねたら、あの子の夢が心から知りたくなった。返事が届いたのは二日後だった。

アルムへ

二つのバージョンがあるの。

大人の言葉で言うと「二重帳簿」ね^^

まずパパに聞かれたら、わたしは答える。

医者になりたい。

すると、パパの顔は悲しみと誇らしさでいっぱいになる。

そういう返事が大人を喜ばせるってことをわたしは知っている。

隣のベッドの介護人のおばあさんから聞かれたら、また答える。

弁護士になろうと思います。

そしたら、おばあさんは自分もそれがよい職業だと分かっていると言わんばかりに、

コクリとうなずくの。

そうとも、夢とはそういうものでなきゃ、といった表情でね。

他にも外交官、記者、教師、園芸士など、返す回答はいくらでもある。

だけど、自分だけに答える夢があるの。
わたしは、作家になりたい。
きゃ〜、言っちゃった……。すごく恥ずかしい。
でもいいよね、夢だもの。でしょう?
最近は文章がうまい人が一番格好いいと思う。
とにかく誰にも話してないことだから、あなたも秘密は守ってね、約束よ。

要するに、それが始まりだった。もしかしたら、あの子に夢など聞くのではなかったのかもしれない。僕はそのメールを受けとって、取り返しのつかないことをしてしまった。僕にも書いている物語があると、すぐに伝えてしまったのだ。小説ともそうでないとも言えるものだけど、両親に贈りたい物語があって、少し書いてみたものがあると……僕はただ格好よく見せたかっただけなのだ。なのに、あの子の反応はあまりにも真剣だった。ソハは、最初から僕を特別な人だと思っていたが、自分の目は間違ってなかったと言った。そして僕の書いている物語がとても気になると。僕は自分が何をしでかしたのかにようやく気づいて、慌ててパソコンのファイルを探してみた。しかし、あの子に自慢した物語は、すでに削除されていた。ひょっとして……とゴミ箱のなかも探してみたが、いくら探しても同じだった。僕は、まだ完成していないから見せられないと、のらりくらりかわしながら、あの子がこのことを忘れてくれることを願った。しかしあの子は、忘れた頃になるとまた、僕の物語について尋ねてきた。結局、僕は泣く泣く新たに小説を書くしかなかった。文章がうまい人が一番格好いいと思うと言われたら、仕方がなかった。

書いたものはノートパソコンのハードディスクに保存しつつ、メールでも送った。「自分に送信」の機能を利用して、自分自身に送るのだ。古いノートパソコンだからいつ壊れるか分からないし、前回、すべてのファイルを削除したことで得た、悔やんでも悔やみきれない後悔と教訓があるからだ。僕は時間さえあれば「小説」と呼ぶには恥ずかしいけれど、「小説」に似たようなものになってほしい何かに精魂を込めた。人に見せる原稿だと思うと、適当には書けなかったし、まず僕自身が気に入らなければならなかった。最初の段落が解決すると、あとは割と順調に進んだ。文章のリズムに乗って言葉に反復と違いを与えたら、ずっとなめらかな文章になった。その過程で僕は思いがけず、自分があの子と両親のためだけでなく、自分自身のために文章を書いていることに気づいた。

7

ソハへ

うちの母と父は、山のなかで初めて出会ったそうだ。
十七歳、つまり僕と同じ年齢のときに。
当時、父は学校を停学処分になって家でゴロゴロしてたみたいだけれど
（幸い夏休み中だったから）
心がもやもやするときは、近所の川で泳いでいたそうだ。
父だけが知っている秘密の場所のようなところがあったらしいんだけど
（今は水に沈んで消えてしまったそうだ）、
二人が初めて出会った場所はそこなんだ。
そこに母が現れたとき
（どのように登場したのかはまだ秘密！）
父は、空から天女が降りてきたかと思ったんだって。
そして僕は父のそんな大げさなところが嫌いではない。
僕が二人の愛のなかで生まれるのもいいけれど、
若干の嘘のなかで生まれる気分も結構いいものだから。

この物語のなかで二人は、
うまく出会えるような予感がする。
だから、もう少し待ってくれない？

大人になる時間というのは、
結局は失望に慣れていく過程を言うのだろうけれど、
文章というものが、必ずしもそれらを抱きしめてくれるものではないとしても
よりよく失望できるようにする、何かではあるかもしれない。
いつか僕も君の作品が読みたい。
それでは、また。

スンチャンおじさんから電話があったのは、ちょうどその頃だった。介護人のおばあさんが病室の冷蔵庫の上にある共用電話に出て、僕に代わってくれた。幸い母は病室にいなかった。僕は原稿を手直ししているところだった。おじさんは僕に短く安否を尋ねると、

本題に入った。

「アルム、今でも連絡しているのかい？　あのメールのやりとりをしていると言ってた子と」

「はい」

「もしかして電話番号を知っているかな？」

「いいえ」

「じゃ、その子のメールアドレスを教えてくれることはできる？」

「どうしてですか？」

「ちょっと聞きたいことがあるんだ」

僕は不安な気持ちを抑えて聞き返した。

「何をですか？」

スンチャンおじさんがすごくやさしい声で言った。

「テレビ局で会議をしたんだけど、アルムとその子、二人の話を紹介したらどうだろう、という意見があってな」

「………」

「アルム」

「………」

「もしもし」

瞬間、おじさんのプロ精神に怒りが込み上げてきた。しかし、必死に心をなだめて、失礼にならないように言った。

「たぶん、その話は受けないと思います。前、僕に言ってたんです。人から関心を寄せられることが嫌いだと。だから、連絡しない方がいいと思います」

そしてこれからは、スンチャンおじさんには絶対に秘密など打ち明けないと心に決めた。

「もちろん、その子が嫌だといえば、おじさんもやらない。しかし、尋ねてみるくらいはいいんじゃないかな。アルムもその子のことが知りたいだろう？」

「………」

「もしかしたら、二人で会うことだってできるかもしれない。アルムも番組に出たから分かるだろうけれど、いい点だってたくさんあるじゃないか。その子にも役に立つことがあるかもしれないし」

他の言葉はよく聞こえなかった。だが、「会うことだってできるかも……」の一言が耳元でぐるぐる回った。僕はしばらく何も言わなかった。そして結局は、自分の気持ちを遠回しに伝えた。

「だけど……僕がメールアドレスを教えたって、ソハが怒ったらどうします？」

受話器の向こうで、おじさんがそれとなく安堵しているのが感じられた。

「おじさんがちゃんと説明するから、心配しなくていい」

その夜、あの子から思いがけないメールが届いた。ふだんより返信が遅かったので、少し気になっていたが、その日のメールはいつもとは様子が違っていた。

アルムへ
今日は、いつもとはちょっと違う話をしてみようと思う。
わたしたち、お互い気になっていることを

一つずつ尋ねてみるっていうのはどうかしら？
チャンスは一回、そしてぜったい怒らないこと。
あなたから先に始めて。

メールの内容からして、まだテレビ局からの連絡はないようだ。しかし、なぜかいつものあの子らしくなかった。僕は急に段階を飛び越えて近づいてくるソハのことが嬉しくもあり、不安でもあった。やっぱり女の子とは予想のつかない、捉えようのない存在に違いなかった。しかし、あの子が本当に望むのなら、僕も聞きたいことがあった。もしかしたら、あの子もそれを望んでいたのかもしれない。僕は一行の返事を送った。

ソハへ
君はどこが悪いの？

返事はいつもより遅かった。

アルムへ
それが気になってたんだね。
わざと隠していたわけではないけれど、アルムから聞くことになってごめんなさい。
わたしは今、パパと二人で暮らしていて、幼い頃にママを亡くしたの。
ずっと前のことだけど、
今でもわたしはママが言ってきたつまらない冗談や
ママの好きだった柔軟剤の匂い、
それに、少し変わった洗濯物のたたみ方なんかを思い出すの。
そしてわたしは、そんなことから永遠に逃れられない気がする。
なかでも特に思い出すのは、
一緒にご飯を食べながらテレビを見ていた、日常的な風景なの。
あのとき、わたしたちは「隣人に希望を」という番組を見ていた。
ママはスプーンを持つ手を止めて、突然こんなことを言ったの。

あの人たちがああなったのには、何の理由もないんじゃないかって。
わたしは状況がわからないままうなずいた。
だったら、わたしたち家族にも何の理由もなく、また根拠もなしに
あんなことが起こりうるかもしれないって。
ママはそれがすごく怖いと。

あの頃、ママはたぶん幸せだったんだと思う。
怖いという思いがよぎったということは。
そう。それで、朝、仕事に出かけるパパを見送りながらも、
胸がドキッとすることがあると言ってた。
あの人に突然、何かが起きたらどうしよう、
わけもなく胸が張り裂けそうだともね。
もちろんわたしに対しても同じだった。

ママの骨髄から癌細胞が見つかったのは、その数ヶ月後だった。
ママもそのとき初めて知ったのよ。
もちろん最後に知ったのはわたしだけど。

うちのママはちょっと潔癖症なところがあって、
ふつうは年に一度しか掃除しないようなタンスの上の埃も毎日拭いていた。
ママは息をひきとる前、何度もパパに体を洗ってほしいと頼んだの。
自分の体から嫌な臭いがしないか、聞いたりしたわ。
時には気でも狂ったかのように、強迫観念にとらわれていた。
ある日、耐えられなくなったパパが、ママをののしるように大声で言ったの。
臭いがする。しかも、ひどい悪臭がすると。
そしてその場にへたり込んで、
わかってる、わかってるから、僕のそばで悪臭を漂わせながら、
ずっと生きていてくれ……と言って、泣き崩れたの。

アルム、わたしはどこが悪いかって?
わたしはママと同じ病気なの。

僕は時間をかけ、心を込めて返事を書いた。

ソハへ
今日は土砂降りの雨だね。
これからもっと寒くなるみたいだ。
あちこちから地面の冷える音が聞こえる。
一つ季節が過ぎれば、僕たちはさらに大人になっているだろう。
君が十八歳になったら、僕が祝ってあげる。

僕は鏡をあまり見ないが、
見ないようにしても、

他の子の顔を通して自分の顔を見る。

その顔をなんて説明すればいいのか分からないけれど、
僕の持っている単語カードからは、突然こんな言葉が飛び出てくる。

「病院で年を取った顔……」

だけど、僕が十八歳になったら、自分で自分を祝ってやるよ。


幼い頃は、僕も自分に何が起きているのか分からなかった。

分かったとしてもどうしようもなかっただろうけど。

いつも聖書を持ち歩いている近所のおばさんが、僕に言ったんだ。

すべての苦痛には意味があると。

しかし、それはなんの慰めにもならなかった。

僕に必要なのは、意味ではなかったから。

僕が必要なのは、ただ自分の年齢だけだ。

そして実は、今でもそれがほしい。

以前、君が僕を利用しようとしているんじゃないか、と疑ったことがある。
だれかには神様が必要で
だれかには嘘が必要で
だれかには鎮痛剤が必要なように
君には、君よりもっと重い病気の人が必要だったんじゃないかと。
君の挨拶に返事さえしようとしなかった。
しかし、今はそんなふうには思わない。
もし君にそれが必要なら
僕はそれを与えてあげたい。
なぜなら、僕は君が好きで、持っているものがあまりないから。
以前は、自分でもよく耐えていると信じてきた。
男らしくて、いい息子になろうと努力した。

だけど、違ってたみたいだ。
心をだましたら、すぐに体が気づくんだ。
その次は君も知ってるよな？
ふと気がついたら、僕が変なことをやっていたり、見知らぬ場所に行っていることを。

このことを話すのは初めてなんだけど、
何年か前に、僕は病室を飛び出したことがある。
衝動的に、まったく何も考えないで。
そうでもしないと気が狂ってしまいそうだった。
着替えもしないで入院着のまま、とりあえず通りに出た。
朝早い時間だったから、幸い、通りにはだれもいなかった。
あのときは、郊外にある新設の病院にいたんだけど、
朝の空気は肌寒くて、あたりは殺風景だった。
スリッパをはいたまま、お金も持たずに

ここではないどこかへ行きたいと、周辺をさまよっていた。
それなのに、どこへ行けばいいのか分からない迷子のような顔をして。
しばらくすると、突然、向こうから人の群れが僕の方へどやどやとなだれ込んで来た。
まるで満ち潮のように、一気に。
僕は驚いて後ずさりした。その群れに踏みつけられそうで。
その人たちはみな、似たような格好をしていた。
ノースリーブのTシャツに短パン、スニーカー……
そう、あの朝、マラソン大会があったんだ。
目眩がするほどたくさんの人が、僕を通り過ぎた。
黒人、白人、東洋人……がっしりした体格と筋肉を自負する
多様な人種が、本当にあっというまに通り過ぎて行った。
そしてふたたび、空っぽの通り。
僕一人だった。
たぶん、あのときが初めてだったと思う。

地べたに座り込んで、あんなに長いこと泣いたのは。

ソハ
治療を受けるのは辛いよな。
今までどんなに辛かっただろう。
それが僕の知っている痛みとは違うものなら、どんなにいいだろう。
ソハは女の子だから、僕より大変な部分もたくさんあるかもしれない。
僕は自分の顔をあまりにも早く失ったから、
かつてそれを持っていたことがあったのかさえ忘れてしまったけれど、
君は病気になる前の自分の顔を憶えているだろうから。
持っていたことを懐かしく思う人と
持つことができなかったものを想像する人
どちらがより不幸なのか分からない。
しかし、あえて一つを選ぶとしたら、僕は前者だと思う。

君にどんな話をすればいいのか、よく分からない。
ただ一つ
ソハ、僕は君がいてくれて嬉しい。

二日後、あの子から返事が届いた。前回のお母さんの話のときより、少しは落ち着いているような感じがした。しかし、その淡々とした雰囲気に、僕は少し不安を覚えた。

アルムへ
「ソハ」と書かれた文字をしばらく見つめていた。
知ってる?
あなたがそんなふうにわたしの名前を呼んでくれたのは、これが初めてだってこと。
話しにくいことだったと思うけれど、心を開いてくれてありがとう。

わたしたち、お互い一つずつ質問することにしたこと、忘れてないよね？
前回はあなたの質問にわたしが答えたから、今回はわたしの番ね。
気を悪くしないでほしい。
わたしはいつも、あなたの言葉を自分の言葉のように聞いているから。

それでも、もし気が進まなかったら、無理に答えなくていい。
本当にさみしくなんて思わないから。
アルム
あなたは……どんなときに、生きていたいと思う？

ソハへ
正直、ちょっと驚いた。
もし他の人から聞かれたら、きっと断っただろうけど、
君が気になっていることだから答えるよ。

それに僕、怒ってなんかないよ。

うーん、まずは思い出すままに書いてみるね。
僕の家には黄土でできた甕《かめ》の米びつがある。
早朝、母がご飯を炊くときにそこから米を取り出すんだけど、
僕は台所からかすかに聞こえてくる、甕にふたをする音が好きなんだ。
その音を聞くと、生きていたくなる。
ベタなラブストーリー映画の予告編、そんなものを見ても生きていたいと思う。
そう！　おもしろいバラエティー番組で好きな芸能人が
気の利いたアドリブを言うとき、そんなときも僕は生きていたいと思う。
僕の町内に、無愛想な商店のおじさんがいるんだけど、
そのおじさんがドラマを見て泣いているのを目撃したときも、生きたいと思った。
それから、何があるかな。
いろんな色が混ざり合った夕方の雲、それを見ると生きていたくなる。

初めて出会うかわいい単語、そんなものを見ても僕は生きていたくなるんだ。

次は思い浮かぶことを並べてみるね。

学校のグラウンドに残されたサッカーシューズの跡、アンダーラインがたくさん引かれたよれよれの教科書、試合に負けて泣くサッカー選手たち、バスのなかでうるさくおしゃべりしている女の子たち、母のクシに挟まった髪の毛、僕の枕元で父が足の爪を切る音、真夜中に上の階の家族がトイレの水を流す音、毎年繰り返される変わりばえのない新年の挨拶、午後二時のラジオ番組に電話をかけて、くだらないものまねをする中年のおじさん、僕の想像をはるかに超えるスピードで溢れ出る新しい電子機器、真昼の物理療法室のラジオから流れてくるかったるいゴスペルソング、家に積もった領収書……

わあ……すごく多いな、だろう？　たぶん夜を明かしても足りないと思う。

残りは今度教えてあげるよ。

とにかく僕を取り囲むすべてのことが、僕をドキドキさせる。

あ、もう一つ。

君のメール。
それじゃ。
おやすみ。

そして、それで終わりだった。あの子はある日、何も言わずに連絡を絶ってしまった。何度もメールを送り安否を尋ねたが、まったく返事がなかった。僕はひょっとしてあの子がスンチャンおじさんの連絡を受けて、完全に僕から離れてしまったのではないかと心配になった。あるいはあの子に、絶対にあってはならないことが起きたのではないかと不安になった。その間、僕の心がどれくらい黒く焼けたのか、僕がどれほど深い悲しみに陥ったのか、そんなことについては話さないようにする。ひょっとしたら「どんなときに、生きていたいと思う？」みたいな、おかしな質問をしてきたとき、僕は気づくべきだったのかもしれない。あるいは僕に手の写真を送ってくれたとき、あるいはそれよりもっと前に、気づくチャンスはいくらでもあったのかもしれない。それを僕が見逃したのか、まるで気づけなかったのかは分からない。あの子が僕をどう思っていたのか、僕の心はどこに流れたのか、そんなこともよく分からない。けれども、しばらくして、一つ明らかになったことがある。僕と唯一秘密を分かち合ったあの子、生まれて初めて僕をときめかせてくれたあの子、僕の本当の夏、僕の緑、僕の初恋、あるいは最後の恋だったあの子が、実は十七歳の少女ではなく男だったこと、それも三十六歳にもなったおじさんだったことだ。

*1　ビューフォート風力階級での分類。

第四章

1

あの子にメールを送った。たった一行だけ。

――どなたですか？

返事はなかった。説明も、謝罪も、否定もなかった。その後、僕はネット上で「イ・ソハ」と名乗る人を捜し出そうと躍起になった。「調べたら？　そのあとは？」と聞かれたら返す言葉がないが、まずは捜すことが重要だった。しかし、前回と同じように、僕は何も見つけられなかった。あの子は現実の世界においても、オンラインの世界においても姿を現すことはなかった。何日か経って、僕はすべてのことに関心をなくしてしまった。そしてノートパソコンには手もつけなくなった。単語カードを触ったり、音楽を聴いたりすることもなくなった。その代わり、すべての関心を別のところに注いだ。

ある日、母が尋ねた。

「アルム、何してるの？」

「母さん！　この子はリビッツって言うんだけど、このボタンを押すと前に進むし、このの、このボタンを押すとジャンプするんだ。意外とおもしろいよ。僕、なぜ今までこれをやろうとしなかったんだろう」

母が上体をかがめ、僕の方を覗き込んだ。

「スーパーマリオのようね」

「うん、似てる」

「初めてにしては上手じゃない」

「あ、これ？　簡単だもん。避《よ》けて、走って、ぶらさがるだけでいいんだよ」

「そうやって？」

「うん、このゲームでは特に物理エンジンが重要なんだけど、どこかにぶらさがっていなければならないの」

またある日、看護師のお姉さんが言った。

「ハン・アルム君、これ、飲んでからやってください」

耳元でかさかさと薬袋の音がした。僕は看護師とは目も合わさずにゲームに没頭した。

「そこに置いていてください」


また別の日、父が言った。

「アルム」

「………」

「こいつ、父さんが呼んでるんだから返事をしなきゃ」

「………」

「おい！　ハン・アルム！」

「ああ、ちょっと、話しかけないでよ。今すごく大事なとこなんだから」

あの子について知ったのは、スンチャンおじさんを通じてだった。僕がＰＳＰゲームに熱中するようになる半月前、つまりあの子からの連絡が突然途切れて、眠れない日々を送っていたときのことだ。僕は期待半分不安半分の目で、おじさんを見つめた。僕が持っていない何かを、おじさんは持っているかもしれない。しかし、おじさんの顔色を見た瞬間、それほどよい知らせではないことが分かった。それでも僕は、その「悪い知らせ」を早く聞きたくて仕方なかった。スンチャンおじさんは、僕に話があると言った。電話にしようかと思ったが、直接話した方がよさそうだから立ち寄ったとも。僕は不安な気持ちを隠して、平然と尋ねた。

「なんて言ってました?」

おじさんはしばらくためらっていた。

「嫌だって言ったんでしょう?……まあ、そうだと思ってた。だから、最初から連絡しないでって言ったのに」

ようやくスンチャンおじさんが口を開いた。

「アルム。おじさん、あの子に会ったんだけど、今、すごく容体が悪いんだ」

「……」

僕は呆然となったが、やっとのことで口を開いた。

「どれくらいですか？」

「集中治療室にいる。もう数日経ったそうだ」

「……」

「もしかしたら、もうアルムにメールができないかもしれない。今、自分との苦しい闘いの最中なんだ。あの子のお母さんが……家族みんなで祈っていると言ってた。そしてソハがこの危機を乗り越えたら、海外で治療を受けるつもりだと」

「……」

スンチャンおじさんが病室から出て行くと、僕は急いでベッドから抜け出した。おじさんが病院を出てしまう前に、確認しなければならないことがあった。「あの子のお母さん」という言葉を聞いた瞬間、おじさんが嘘をついていることが僕には分かった。しかし、母が病室に入ってきたので、話ができなかった。僕は、なぜおじさんが嘘をついたのか、理解できなかった。本当にあの子に会ったのか、会ったとしたらどんな話をしたのか、見当もつかなかった。あとで電話で聞いてみようかとも思ったが、おじさんが本当のことを言っているのかどうかを判断するためには、顔を見て直接聞かなければならない気がした。僕は病室から一番近いエレベーターホールに向かって早足で歩いた。とりあえず一階のロビーまで行ってみて、そこでも会えなかったら、電話をしてみるつもりだった。幸い向こうのエレベーターの前に立っているおじさんを見つけた。エレベーターを待っているのかと思ったが、よく見ると母と話をしていた。ところが……おじさんと話している母の表情があまりにも曇っていた。僕は直感的にスンチャンおじさんが約束を破って、あの子のことを母に打ち明けていることを察した。いや、もしかしたら母は最初からすべてを知っていたのかもしれない。いくらなんでも、男同士の約束なのに……裏切られたような気持ちになった。僕は近くにある食器返却コーナーの後ろに身を隠した。スンチャンおじさんの話を聞いてみたかったのだ。おじさんの口調はさっきまでとは全然違っていた。

「まったく、最近は本当にイカれた奴が多い」

僕はさっと母の表情を見た。母の顔は氷の塊のように固まっている。

「何をしている人なの？」

「分からない。自分ではシナリオを書いていると言ってたけど、まともなものはないようだった」

「シナリオ？」

「ああ、なんか映画の準備をしているとか。不治の病の少女と少年の愛を描いた……」

瞬間、母がブルブルと体を震わせた。

「それで？　どうしたの？　警察には連絡した？」

「いや」

「どうして！」

「………」

「なんでほっとくの？　詐欺罪で告発しなくちゃいけないんじゃない？　なんとかして！　お願い！」

いつもの母らしくない声だった。今にも泣きそうな顔をしている。

「ミラ」

スンチャンおじさんが母の腕をつかんで、申し訳なさと苦悩とが入り混じった声で言った。

「君の言う通りだ。嘘は悪い。だからといって、俺たちが世のすべての嘘を罰することはできない」

「リトルビッグプラネット」の世界は、美しくてぞっとするものだった。全八ステージから成るこのワールドは、それぞれ独特の世界観を持っていた。立体的なようで平面的で、具体的なようで抽象的な、薄い紙の上に分厚い画用紙のパーツを貼りつけたような印象の世界だった。バックミュージックも単調でかわいらしかった。ゲームのキャラクターは、残酷な童話の登場人物のようにコミカルで不気味な雰囲気を漂わせている。みんな機械のような動きで、表情の変化も一つか二つしかないので、いっそう奇怪な感じがした。リビッツはそのなかで最も不思議な印象のキャラクターだ。一見かわいらしくて無邪気なのだが、このひやりとした感じはどこからくるものだろう。リビッツは障害物を避け、課題をこなしながらいろいろな国を歩き回る。中国ではサリオ皇帝に会い、ランプを盗んだ猿を探しにインドに行き、アフリカやエジプトへも走って行く。それも武器一つ持たずに……彼にできることはひたすら走って、避けて、ジャンプすることだけだ。僕はそれが気に入った。

ゲームの操作は簡単で単純だった。ひたすら前に進むこと。リトルビッグプラネットでは失敗しても、何度も再開することができた。リトルビッグプラネットの世界には、死ぬ存在がほとんどなかった。リビッツはしょっちゅう火の穴に落ち、歯車に轢《ひ》かれ、ドラゴンに追いかけられた。しかし、いつのときも僕が「続ける」を押せば、問題にならなかった。僕は一日のほとんどをリビッツとともに過ごした。ミッションに成功すればステッカーがもらえた。僕はそれでリビッツに髪の毛を買ってやり、メガネをかけてやり、新しい皮膚をプレゼントした。

医者は僕にゲームをしないように、と言った。最近は左側の視力だけでなく免疫力の数値もずいぶん下がってしまったので、これからは治療と休息だけに専念するようにとも言った。当然のことだが、両親は僕からゲーム機を取りあげようとした。最初は僕が元気を取り戻したように見えて喜んでいたが、度が過ぎるほどゲームに没頭する姿に怖くなったのだ。しかし僕が五歳の子どものように駄々をこねて食事もしないとなると、結局お手上げになった。見るに見かねて妥協案を提示したのは父だった。生まれて初めて僕に手を上げようとまでした父は、僕に一日だけ時間をやると言った。それ以上は絶対ダメだと。選択はおまえがしろ。一日やってからやめるか、今すぐやめるか。もちろん僕がその一日をすべてゲームに注ぐとは、予想だにしていなかったようだった。

冒険は第八ステージで終わる。僕はすでに第五ステージまで来ていた。難易度が上がるにつれて、ステージをクリアするのに時間がかかった。このゲームは特に繊細な手さばきを要するが、僕は手に力が入らないばかりか動きも鈍かった。幸いリビッツは、僕の指示に従ってよく動いてくれた。R1ボタンを押すと物をつかんで、×ボタンを押せばジャンプした。天井にぶらさがって鍵を獲得し、長い振り子の反動を利用して絶壁を渡り、牛の群れがくれば一生懸命ジャンプをした。落とし穴はどこにでもあった。リビッツは画鋲《がびょう》がぎっしりと敷きつめられた穴に落ちたり、石に当たったり、火に焼かれて死んだりした。しかしそのたびに僕は「続ける」を押しまくった。頭で考えるより先に手が動いた。そしていったんゲームを始めたら、やめることができなかった。

半日以上ゲームに熱中していたら、集中力が急激に落ちた。肩が重く、目の奥もズキズキ痛んで、しばらく横になりたかった。しかしこれで最後だと思うと、眠ることなど考えられなかった。巨大な車輪が出てくる第七ステージでは、何度も倒されて諦めたくなった。けれども僕は「続ける」を押しつづけた。そして夕方が訪れた頃、ついに第八ステージに進むことができた。第八ステージは、第七ステージほどミッションが難しくはなかった。僕は最後の相手になるはずのとてつもない怪物を想像しながら、慎重に前へと進んだ。

ところが、あらゆる苦労の末に最終的に出会った相手は、くだらなくてみすぼらしかった。ドラゴンでもライオンでも巨人でもない、毛むくじゃらの普通のおじさんだったのだ。僕の父よりも弱そうで、ファッションセンスもめちゃくちゃだった。

「待ってたよ、ワハハ！　しかし、だれも俺の要塞を壊すことはできない」

僕はこれまでに習得したコツとテクニックを駆使して、いとも簡単に奴の城を撃破してしまった。まもなく画面に毛糸玉でできた地球がふわりと浮かんできて、花とともにパンパンと氷の花火が上がった。リビッツの丸い顔の下から「クリア」という文字が浮かんできた。そして終わり。本当に終わってしまった。瞬間、思わず僕の口から変な呻き声が漏れ出た。僕は自分の口から出た音に驚いた。それは喉から出る音ではなかった。僕のなかの深い深い世界がクリアされたのと同時に、扉が閉ざされた感じ。すべてが解決し、明らかになったのに、なんにも変わっていないような、そんな気分。呻き声は、その暗い洞窟のなかで道に迷った風のように溢れ出たのだ。だれかを切なく呼んでいるのでもなく、何を望んでいるのかも分からない声だった。そばで粘り強く小言を言っているうちに、うっかり眠ってしまった父がびっくりして起きてしまった。

「アルム、どうした？」

僕は顔を紅潮させ、ぜいぜい息をした。

「どうしたんだ？　うん？　何があったんだ？」

父が大きな手で僕の顔と頭を撫でながら、もう一度尋ねた。喉元が熱くて、目眩がした。

「ううん、父さん、そんなことじゃない」

「うん？　言ってみろ、アルム」

僕は呼吸困難の患者のように喉をヒイヒイさせて、ついにこれまで我慢してきた涙を流し、大声で泣いた。

「すごく嬉しくてだよ」

鼻水と涙がとめどなく溢れ出た。病室にいる人たちが僕を怪訝《けげん》そうに見ているのが分かったが、涙はなかなか止まってくれなかった。

2

初雪が降った。そして僕は一人になった。母の助けを借りながら病院内の橋を渡っているると、顔に冷たいものが降りてきた。それは頬にふわりと落ちてきて、すぐにすっと溶けてしまった。それで僕は、それが雪だと分かった。

「母さん、雪が降ってるの?」

母が車椅子を止めた。

「そうよ」

僕は習慣的に空を仰いだ。

「どれくらい?」

母がしばらくあたりを見渡している気配が感じられる。

「とてもたくさん」

「どんな雪?」

「そうね、普通の雪よ」

「ううん、違うと思うよ、母さん。雪の名前ってものすごくたくさんあるんだよ。もう少し詳しく言ってみて。どんな雪なのか」

母は少し悩んで、自分の持っている語彙を最大限に駆使し、つっかえつっかえ言葉を繋いだ。

「そうね……けっこう大きな雪で……ふわふわしてる。それからとても静かに降ってるわ」

僕はそれが見えるかのようにかすかに笑った。

「ああ、ぼたん雪だ。以前、父さんが持ってきてくれた小学校の教科書で読んだことがある。あられ、万年雪、綿雪、粉雪……。あ、そして泥棒雪[*1]という名前の雪もあるんだって」

「ええ、母さんも知っているわ」

「じゃ、顕微鏡の雪の結晶も見たことある？」

「もちろん」

「僕はすごく不思議だったんだけど」

「何が？」

「何のためにそんなに美しい形をしているのか」

「………」

「目には見えないし、どうせ地面に降りたらすぐ消えてしまうのに」

母は何も言わずにいたが、やがて車椅子に力を込めた。車輪の下から軽い振動が感じられた。

「母さん寒いわ、もう戻ろうか？」

僕は首を縦に振ってから、また正面を見つめた。

「母さん、僕、初めて分かった」

「何が？」

「雪にも匂いがあるってこと」


ただ繰り返すだけの毎日が過ぎた。何をすればいいのか、何をしてはいけないのか分からない日々だった。母はできるだけ僕に新聞や本を読んでくれようとした。しかし僕は大丈夫だと言った。僕にはもう、知りたいことがなかった。病室には周期的に新しい患者が入ってきた。荷物を解いて片づける気配、初めて聞く声、初めてかぐ匂いでそれを知った。以前の僕なら、あれやこれやと尋ねて冗談を言ったりもしただろうが、すぐに別れる人とは気持ちを分かち合わない方がよかった。そして、僕も彼らに何も聞かれたくはなかった。病室にはいつものように、保険会社の職員やヨーグルト配達のおばさん、清掃のおばさんと礼拝時間を知らせる教会の信者たちが行き来した。患者の保護者は、共同の洗面台で簡単な食器やタオルを洗った。僕は水蒸気の匂いで、それがお湯なのかぬるま湯なのかを判別できた。僕のベッドのすぐ横には共用の冷蔵庫があり、だれもが一日に何度も開け閉めした。そしてそのたびにキムチをはじめとするあらゆる食べ物の匂いを吐き出した。僕たちがふだん食べていて、また食べなければならないものにしては、けっこうむかむかする匂いだった。一日で最も静かな時間は、午後二時から三時頃だった。介護人をはじめ多くの患者が、昼寝をしたり散歩に出かけたりする時間帯だ。それほど見たくもないテレビの騒音に耐えねばならなかったり、共同生活によるさまざまな気兼ねに疲れていた僕は、半地下部屋に差し込む日差しのように、一日のうち、ほんのひととき訪れるその静寂を大切に思っていた。そして音楽を聴くように静寂に集中した。静寂の構成、静寂の和音、静寂のリズムのようなものに思いを馳せて、一息入れた。そして目の前の闇を見つめながらいろいろと考えているうちに、いつしか寝入ったりした。

病室が人でいっぱいのときはラジオを聴いた。体を縮こませてイヤホンをしてだ。ラジオからは平凡な人々のおしゃべり、悩み、そして冗談が休むことなく流れた。庭先に日差しが溢れるように、外から言葉が溢れ出てきた。それはいつのときも休むことなく、元気いっぱいだった。僕はラジオを楽しむことも、だからといって遠ざけることもしなかった。僕はそれらの音が自分の耳のなかにそのまま流れ込むようにした。人々は悲しい話、おもしろい話、心温まる話を書いてはラジオ局に送った。それは電波に乗って、地上のあちこちにばらまかれた。リクエスト曲のなかには僕が知っているものもあった。以前、あの子とやりとりした手紙に入っていた歌だった。僕はあの子がもはやあの子ではないことを知っていながらも、胸が震えた。

ときおりうなされて、目が覚めることがあった。これまで悪夢にうなされたことがなかったわけではないが、今は目が覚めても、相変わらず闇のなかであることが違う。すでに目が覚めているというのに、もっと目を覚ましたい欲求に駆られる。目を覚まして、僕が真っ先にやることは、枕元にあるサングラスを探すことだった。それをかけようがかけまいが何の違いもなかったが、他の人に裸眼を向けるのは失礼な気がするのだ。僕は闇から解放されても新たな闇に閉じ込められ、それをまた別の闇で覆った。そして深さを知らない底へと沈んでいった。それでも以前は、本という窓を通じて世界と繋がっている気がしていたのに、ある瞬間、だれかが雨戸をバタンと閉ざしてブラインドを下ろしてしまったようだった。僕は自分がその部屋から永遠に抜け出せないことを知っている。そしてふたたび日常……また日常だった。昨年と同じで、一昨年とも同じ日々が続いた。起床、食事、診察、食事、治療、就寝。起床、診察……

あるときは繰り返し同じ夢を見た。以前からときどき見ていたトランポリンの夢だ。にわか雨がひとしきり降ったあとの初夏の昼。空は息が詰まるほど青くて、野原には露をまとった芝生が果てしなく広がっている。僕はその緑の真ん中で軽く揺らめいていた。よく弾むトランポリンに上がってゆらゆら、ジャンプを予告するリズムに乗って……鼻腔の嗅覚細胞がやわらかく波打ちながら、緑の風を肺のなかに送り込んだ。僕の肺はこの世のすべての風景をまるごと吸い込むかのように、大きく膨らんではしぼんだ。しばらくして心を決めた僕は、精いっぱい空へ向かって跳ね上がった。目を閉じて空に抱かれ、そのまましばらく止まっていた。何度もジャンプを繰り返した。僕はポーン！と跳ね上がってはさわやかに笑って、ふたたびポーン！と跳ね上がってバンザイした。だれかが止めなければ、いつまでもそうしていそうだった。ところがいつのまにか、トランポリンの周りに一人、二人と老人たちが集まってきた。彼らはトランポリンをぐるっと取り囲んで、口を開けたまま僕を見上げた。しかし、彼らには歯がなくて、瞳も白かった。僕は銃に撃たれた鳥のように落下した。瞬間、トランポリンの黒い布がぶすっとへこんで、地面の下の世界へと容赦なく引き込まれていった。ようやく意識を取り戻したとき、僕は生まれて初めて見る場所にいた。四方をレンガで囲まれた深い井戸のなかだった。僕ははるか遠くの空に向かって、両手をメガホンのようにして叫んだ。頭のなかには助けを求める言葉が浮かんでいるのに、口から飛び出たのは意外な言葉だった。

「ガールフレンドをください！」

あたりには何の気配もなかった。僕はもう一度大声で叫んだ。

「ガールフレンドをください、お願いします！」

すると空からポトンという音とともに何かが落ちてきた。僕はバランスを失って水中でよろめいた。そしてやっとのことでバランスをとり、音がした方向に向かって尋ねた。

「どなたですか？」

あたりは暗くて、何も識別できなかった。やがて向こうの方から、限りなく低く重い声が聞こえてきた。

「私はだれでもない」

「………」

「だから、君もだれでもない……」

3

廊下から食事の匂いがした。病院食特有の虚しく無表情な匂いだ。保護者や介護人が機械的に席を立ち、トレイを取りに行く気配がする。料理に対する期待やときめきなど、まったく感じられない足取りだ。母が僕の前に座って、慣れた手つきで食事の世話をしてくれた。何口か食べさせてもらっては、僕は首を横に振った。

「もう食べないの？　あなたの好きなものなのに」

「うん、食欲がない」

「どうしたの？　またお腹の調子が悪いの？」

「ううん、食欲がないだけだよ」

母が促した。

「アルム、どこか具合が悪いならちゃんと言わなくちゃ。言ってくれないと、母さんには分からない。そしてお医者さんにも……」

僕はつい大声を出した。

「母さん、違うってば。それに僕に具合がよかったときってある？」

そして布団をかぶって横になってしまった。しばらくして、浅いため息とプラスチックの食器がぶつかる音が聞こえた。僕は何度もためらってから、起き上がってサイドテーブルの前に座り直した。

「大声を出してごめん。だけど、トンカツがサクサクしてなくて、べちゃっとしているんだもの……」


食事が終わると薬を飲む。種類も大きさもさまざまだった。他の患者たちはすでにトイレに行ったり、散歩に出かけたりしたようだ。僕はラジオを聴くために、枕元のＭＰ３プレーヤーを探した。しかし、いつもの場所に置いてあるはずのものが手に触れなかった。母に頼もうかとも思ったが、余計な面倒をかけるようで、ロッカーの方に腕を伸ばしてみた。瞬間、ひんやりとした物が手に触れたかと思うと、床に落ちて、ガシャンと音を立てて割れてしまった。母が歯磨きなどに使っているマグカップのようだった。母が慌てて僕の方に来て、大丈夫かと聞いた。僕は返事もせずに固く口を閉ざした。おかしなことに、ごめんと謝りたくはなかった。大丈夫だとも言いたくなかった。母はベッドの横にしゃがみ込んで、コップの破片を片づけはじめた。僕は横になって身じろぎもせず、ぼんやりと天井を眺めた。母が「あら、どうなさったんですか？」とだれかに声をかけた。母の生ぬるい声からすると、それほど嬉しい来客ではないようだった。

「ああ、近くに用事があったんで、アルムの顔でも見て帰ろうかと」

「あっ！」

僕はすぐに声がする方に顔を向けた。

「何もこんなものを……」

母がビニール袋を受けとって、中身を冷蔵庫のなかに入れる動きが感じられた。やがて声の主人公が僕のそばに来た。その人からは新鮮で生臭い外の匂いがした。

「いやぁ、おまえ、映画俳優のようだな」

チャン爺さんだった。僕は片手でサングラスを持ち上げながら偉そうに言った。

「すでにテレビにも出てますから」

僕たちはヒソヒソと話をした。いつものように気楽でくだらない話だった。僕は自分がチャン爺さんの見舞いを心から喜んでいることに少し驚いた。おじいさんのことが好きではあったけれど、これほどだったとは……どんな話でもためらうことなく打ち明けられる相手に会うと、改めて涙が出るほど嬉しかった。しかしそんな気持ちとは裏腹に、僕はいいかげんな冗談ばかり言っている。そしてそれはチャン爺さんも同じだった。そばに母がいることを二人とも意識していたのかもしれない。そうした僕の気持ちを知ってかどうか、しばらくしてチャン爺さんが言いにくそうに母に言った。

「アルムのお母さん、一つお願いしていいかな」

「はい？　何を？」

「ちょっとだけ、アルムと外の空気を吸わせてくれないかね……」

「おじいさん……」

「少しでいい。ちょっとだけだから」

「おじいさん、お気持ちはよく分かりますが、今、アルムの状態が……」

「母さん」

僕は急いで母の言葉を遮った。

「そうさせて」

「………」

「僕、そうしたい。実は最近、やりたいことが一つもなかったのに、今それができたんだよ。母さん、お願い」


冬の風景には無駄がなかった。見ることも触ることもできないが、北風が運んでくれた痩せた匂いから、僕にはこの冬がいつもと同じ冬であることが分かる。裸になった木々は、深呼吸をしながら冬の日差しを深く吸い込んでいた。その音を聞くと、僕の体の毛穴までがいっせいに開くような気がした。木々が食べるものを僕も食べたいと欲するかのように。細胞が一つ一つ気持ちよく目覚めた。僕は久しぶりに空に向かってハアと息を吐き出した。ぼやっと現れては消えてしまう白い息のことを思い出すと、もう一度それが見たくなった。チャン爺さんは車椅子を押して庭の周辺を回り、少しひっそりとしたところに場所を定めた。そして僕をパッと抱きあげてベンチに移した。おじいさんの腕に抱かれて、僕は自分の体が紙のように軽くなっていることを実感した。耳元から「椅子だからって、同じ椅子ではないだろう」と呟く声が聞こえた。「縄の百束《ペクパル》は使い道が多いが、人の白髪《ペクパル》は使い道がない」という歌声も……チャン爺さんが僕の膝に毛布をかけてくれた。そして自分のマフラーを外して僕の首にぐるぐる巻いた。真冬の清潔な空気が脳天に降りてきた。遠くから子どもたちの遊ぶ声、車の音、鳥の鳴き声と風の音が聞こえてくる。それらはまるで別世界から聞こえてくるもののようだった。僕たちはしばらくそれらの音に耳を傾けた。やがて、チャン爺さんが口を開いた。

「まったく、世の中は……生きているものだらけだな。だろう？」

僕たちはぽつりぽつりと話し合った。入院の前日、別れの挨拶をしたときと同じように、主に僕が尋ね、おじいさんが答えた。

「おじいさん」

「ああ」

「また質問してもいいですか？」

「ああ」

「一生病気だけど長生きする子どもと、元気だけど若くして死ぬ子どものうち、どちらか一人を選ぶとしたら、おじいさんはどっちにします？」

おじいさんが呆れたように「はあっ？」と返した。目には見えないけれど、まったくとんでもないことを聞くもんだ、という顔をしているのが分かる。

「ニュースにもときどき出てくる安楽死のようなものってあるでしょう？　患者が苦しくてもそのままにしておいた方がいいのか、苦しみから解放してあげた方がいいのか、うんと勉強をした大人たちが出てきて議論したり。状況はちょっと違うけど、それがもし自分の子どもだったらどうすべきかと考えたことがあります。神様にもし〝おまえに子どもを与えよう。ただ、どちらか一人を選択しなければならない。まずは病気だが長生きする子。そして短いけれど、元気いっぱいの人生を享受する子〟と言われたらどうするんだろうって、けっこう悩んだことがあるんですよ。おじいさんならどうします？」

チャン爺さんは深いため息をついた。怒っているのか悲しんでいるのか分からないため息だった。

「アルム」

「はい」

「そんなことを選択できる親はいない」

「……」

「おまえは口癖のように自分は老いたと言うが、しかし、そんなことが選択できると思うこと、それがまさにおまえなんだ。質問自体を間違えてしまう年齢。わしは何も選ばないよ。世の中にそんなことができる親はいない……」

「おじいさん」

「次はなんだ、こいつ」

「人はいつ大人になるんですか?」

「は?」

「住民登録証をもらうときですか、徴兵から戻ったとき? それとも結婚したあと?」

「それは……もちろん、子どもが生まれてからだろう」

僕はしばらく考えて、急におじいさんをからかいたくなって、子どものように聞いた。

「あっ！　じゃ、おじいさんもまだ子どもなんだ」

期待とは違い、チャン爺さんからは反応がなかった。ひょっとして僕は、悪いことを聞いてしまったのではないかとハラハラした。

「いたんだ……わしにも」

「………」

「大きくなってたら、ちょうどおまえの父さんぐらいの年だろう。だけど、おまえの父さんよりも立派に育ってくれたと思うな。それだけははっきり言える」

僕は自分が失言したことに気づいた。それでおじいさんが父の悪口を言っているのも忘れて、失敗を挽回するために頭を回転させた。けれども先に話を繋いでくれたのはチャン爺さんだった。

「いや、わしも人がいつになったら大人になるのか分からん。大人になれなかった人はどうしているのか、そんなことも知らないよ」

「………」

「しかし、四十になったときに、はっきり分かったことがあるんだ。これからわしの体は悪くなる一方だってことさ。体が丈夫だったから、これまでは体があることさえ気づかずに生きてきたんだ。しかしこの先は何かを失うことだけが残っている、とな」

「ふぅん」

「それでもあのときは、ただの推測だったよ。年というのはな、きちんと取ってこそ分かる何かがあるようだ。この年まで生きてみると……ああ、歳月がわしの体から脂《あぶら》を絞りとって、ようやく一握り、ほんのこれっぽっちの悟りというものを与えるんだが、それがまたたいしたことじゃないんだよ。よく見てみると、すでに一度は聞いたことだったり、よく知っていることだったりなんだよ、全部が」

「それじゃ、僕も今知っていることを、あとになってもう一度知ることになるんですか？」

「そうとも」

「だけど、それが違う意味を持つんですか？」

「当然だろう」

「なぜですか？」

「知りたいか？」

「はい」

「本当に知りたい？」

「ええ、そうですってば」

「じゃ、まずはその年まで生きてみることだな。そうすれば分かるよ」

それから何がおもしろいのか、クックックと小さく笑った。

「まあ、別の話なんだが、このじじいも十代のときはな、髪の毛がふさふさだったんだ。だから、毛が抜ける心配などまったくしたことがなかったし、人の頭の毛がどうなってるのかなんて、まったく興味がなかったよ。要するに、世の中にハゲが存在することすら知らなかった。目に入らないから。それにわしの親父ときたら、今でもふさふさじゃないか。わしの方が父親だと勘違いされることもあるんだ、まったく！」

「あっ？　僕もときどきそんなことを考えたりするんです。うちの父さんが年を取ったら、僕のようになるんだろうなって。未来の父の顔が気になれば、今の僕の顔を見ればいいんだと」

「違うことだってあるだろう」

「どうしてですか？」

「年は体だけで取るものではないから」


僕は少しためらってから聞いた。

「おじいさん」

「ああ」

「おじいさんのお父さんはお元気ですか？」

「……いつもと同じだ」

「おじいさん」

「なんだ？」

「おじいさんはなぜ大爺さんの前では、あんなふうに子どもみたいにふるまうんですか？　僕はおじいさんってすごく頭がいいと思うんだけど。もっと立派な息子になりたくはないんですか？」

「別に」

「えっ、どうして？」

「そうするのを親父が喜ぶからだよ」

今度はチャン爺さんが僕の名前を呼んだ。

「アルム」

「はい」

「ご両親は元気かい？」

「ええ、さっき会ったでしょう？」

「そうだな」

それから改めて温かく尋ねた。

「おまえも変わりはなく？」

「もちろんです」

「あのとき言ってたお嬢さんとはうまくいってるかい？　おまえに手紙を送ってくれた

と言ってた子だよ……」

僕はドキッとしたが、なんともないように答えた。

「はい、いい友人です」

「ハハハ、言っただろう。地図は女たちが作るものだって。わしらはただついて行けばいいんだよ」

僕はおじいさんに向かって短く微笑んだ。しばらく沈黙が流れた。

「アルム」

「はい」

「実は、昨日、おまえの母さんを見たんだよ。うちで預かっていた宅配便を渡そうとしたんだが……お母さんが玄関の前に座って泣いていた。家にも入らないで」

「……」

「それで、そのままわしは家に戻ったんだ。何も言えなくてな。すると、急におまえに会いたくなってさ、大人げないな」

僕は微動だにしないでおじいさんの話を聞いた。そしてこんなときには何と言えばいいのか分からなくて、僕が一番よく話すことを言った。

「おじいさん」

「ああ」

「僕、大丈夫です」

「だろう?」

「ええ」

「そう、そうだと思ってた」


しばらくしてチャン爺さんが変な音を出した。ナイロンがこすれるような、バサバサした音だ。ジャンパーのポケットに手をつっこんで、何かを探しているようだった。しばらくすると、おじいさんが僕の手を握った。使い捨てカイロを握るように、僕の右手を丸く包み込んだ。僕の手はおじいさんの手にすっぽりと包まれた。手の平に何かが握られている。

「わし、こんなことをやっていいのかどうか……」

僕は手にした物を触ってから、耳元に持っていって振ってみた。くにゃくにゃした箱からちゃぷんと液体の音がした。

「アルム、焼酎だ」

僕の動きが止まった。おじいさんに何か気の利いた冗談を言いたかったが、適当な言葉が見つからなかった。

「ゆっくり飲むんだよ、いいな?」

わけの分からない感情に体が震えた。変に涙が出そうにもなった。チャン爺さんは焼酎のパックにストローを挿して僕に渡した。もしかしたら周りの目を気にして、きょろきょろとあたりを見回しているのかもしれない。年齢のせいなのか寒さのせいなのか、ぷるぷると体が震えているのが伝わってきた。僕はそれを両手で包み込んで、ゆっくり口元に持っていった。そして慎重に一口吸った。

「苦いだろう?」

僕が顔をしかめると、チャン爺さんは子どもを扱うみたいにやさしく聞いた。

「はい」

「そうだろう、だから少しだけ飲め」

風が冷たかった。僕はどこから吹いてどこへ行くのか分からないその風を全身に受けながら、少しずつ焼酎を飲んだ。チャン爺さんは何も言わずにどこかを見つめていた。僕は前が見えないから、おじいさんがどこを見つめているのか分からなかった。しかし、こうやってベンチに並んで座って、冷たい風に当たっていると、なぜか僕たちが同じところを見ている気がした。

4

ラジオからは、水道管が凍って破裂した話や凍死した鳥のニュースが流れている。都会近郊では積雪のためにビニールハウスが崩れ落ち、養殖場の魚が凍ってしまったと。雪に覆われた街は静かだった。病室では一日じゅう加湿器がついていた。しかし、ヒーターも休まず稼動していたので、病室の空気は息が詰まりそうだった。

僕は日に日に痩せていった。海風に長く干した魚のように、かろうじて形だけを残して、内側へ内側へと小さくなっていった。どれぐらい小さくなったら、歌のように軽くなれるのかは分からない。僕が減らした体積が、果たして外側の体積を広げたのかどうかも分からない。それで僕はただ自分にできることをやった。生きていること。けれどもそれが正しいことなのか、ときには混乱することもあった。心肺蘇生術禁止の覚書を提出したのは、ずいぶん前のことだった。両親とともに悩んだ末に決めた。暗くて長い日々が続いた。僕は黙々と病院での日常に耐えていた。起床、食事、診察、食事、治療、就寝。起床、診察……僕は、自分を待っているものが何かを知っている。

一日のほとんどをベッドで過ごした。僕の体は急速に弱っていった。手足を動かすのにも、まぶたを動かすのにも疲れを感じた。ときどき自分がどんな姿になっているのか気になったが、だれかに説明を求めたりはしなかった。目を閉じると、僕のなかに無造作に捨てられた単語たちが飛び散っていた。長い間放置された庭のように荒れ果てた、殺風景な光景だった。僕は転がってる単語カードを一枚拾って、じっと見つめた。そして、結局は僕が知らないままになるだろう言葉について考えた。もし知ったとしたら、それはどんな形をしているのだろうと、この期に及んで胸が痛くなるほど気になる、単語の数々だった。幼い頃から、僕はいつも自分が持っている辞書を書き直したかった。そのときそのとき、年齢と経験に応じて。できることなら、何冊もの辞書を持ちたかった。しかし今では、知っている単語を動かすだけでも手に余る。ときにはとても簡単な単語さえ思い出すことができず、それを説明するためにくるくる遠回りしなければならなかった。母さん、それってあるでしょ、白くて四角いやつ……言葉が僕から離れていくことが、僕には分かった。

母はときおり病室を留守にした。家に洗濯物を持ち帰ったり、おかずを取りに行ったりするためだ。母がいないときは、隣の介護人のおばあさんや看護師が僕の面倒を見てくれた。しかし僕は他人に迷惑をかけたくなくて、母の不在時にはできるだけ昼寝をするようにした。今日もそんな日だった。昼食を終えると、薬のせいでいつのまにか寝てしまっていた。それが一時間だったのか、二時間だったのか分からない。僕は「ふうっ」と声を出して、目を覚ました。また悪い夢を見たのだ。息が苦しく、冷や汗が出た。口もカラカラに乾いていて、だれかに体をぎゅっと絞られたみたいだった。僕は窓際に置いてあるストローボトルを求めて手を伸ばした。そしてふと、ふだんとは違う空気を感じた。タバコと汗の匂い、そしてうっすらスキンローションの香りが混ざった妙な気配。だれかが僕のすぐそばにいることが分かった。そして、その人が気づかれたくないと思っていることも。一体いつからそうしていたのだろう。理由は分からないが、ゾクッとした。僕はあえて不安な気持ちを隠して、相手に向かって言った。

「母さん？」

何の音もしない。ふだんなら他の患者や介護人が代わりに返事をしてくれただろうけれど、この部屋にはその人と僕しかいないようだ。焦った僕は、もう一度尋ねた。

「母さんなの？」

息を殺して、相手の反応に集中した。その人からは依然として返答がない。しかし緊張しているのか、ある瞬間、ごくりと唾をのみ込む音がした。僕はだれかが自分の横にいるのを確信し、勇気を出して聞いてみた。

「どなたですか？」

「………」

今回も返事がない。そして、かすかに荒い息づかいが聞こえた。僕はその音を身じろぎもせずに聞いた。すると、少し怖くなってきた。看護師のお姉さんを呼んだ方がいいかな。いや、もう少し様子を見てみようか。考えているうちに、彼が長い沈黙を破って口を開いた。

「申し訳ない……」

僕は自分の耳を疑った。

――ん?……何が?

一度も聞いたことのない声だった。限りなく深く低い響きだった。瞬間、そんなわけがないと思いつつも、そうかもしれないという強い予感が脳裏をかすめた。そう思うと、胸がひどく痛んできた。僕は声のする方に向かって大きな声で聞いた。

「ソハ?」

「………」

「ソハなの?」

「………」

突然、胸の動悸が激しくなった。驚きなのか怒りなのか、嬉しいのか悲しいのか分からない震えだった。僕はその感情が何であるかを知るより先に、あの子が去ってしまうのではないかと怖かった。もしかしたら、これがあの子と向き合う最後のチャンスかもしれない。僕はどんな言葉を使ってでも、あの子を引き留めたかった。そしてできることなら、あの子の話も聞いてみたかった。しかしいざ口を開こうとすると、何を話せばいいのか分からない。あんなに長い間考えてきたのに。聞いてはまた聞いて、僕一人で返した返事もたくさんあったのに。何度聞いてみても、とうとう知り得ることのなかった話もたくさんあったのに。まったく分からない。しかしこの瞬間、何かを伝えなければならないとしたら、あの子が、あるいはこの人が去る前に言っておきたいことがあった。僕は自分の前にいるだれかに向かって、暗いステージに立った舞台俳優のように独り言を言いはじめた。

「そうなんだ。そうだと思ってた」

「………」

「ずっと話したいことがあったから、こうやって会えて、本当によかった」

「………」

「君が何を考えているのか分からない。なぜここまで訪ねて来たのかも知らない。君は、僕がすごく腹を立ててると思ってるんだろう。そう、そうだよ。恨んだり憎んだり呪ったりしたこともある。そしてこれからもずっとそうかもしれない」

「………」

「それでも君に伝えたいことがあった。僕たちは一度も会ったことがないよな？　声を聞いたこともないし、顔を見たこともない。もしかしたら、これから永遠に会えないかもしれない。しかし君とやりとりした手紙のなかで、君が送った言葉と僕が送った話のなかで、僕は君に会えた」

「………」

「僕が君に会えるように、そこにいてくれて、ありがとう」

「………」

向こうからもう一度唾をのみ込む音がした。もう少し話を続けたら、あの子が勇気を出してくれるかもしれない。僕はさらに伝えるべき言葉を探すために胸のなかを探った。ちょうど僕が次の言葉を言おうとしたとき――しかし、だれかが僕たちの沈黙を破って入ってきた。

「どなたですか？」

母が用事を済ませて帰ってきたのだ。僕はその声を聞いて、失望と同時に安堵を覚えた。もう少しあの子と話せるチャンスが消えてしまった寂しさと、少なくとも僕は幻を相手にしていたわけではなかったんだ、という確信とで。僕はこの状況を母にどう説明すればいいか頭を悩ませた。ところが、これまで一言もしゃべらなかったその人が、突然口を開いた。

「申し訳ありません。病室を間違えたようです」

落ち着いた礼儀正しい口調だった。それほど慌てた素振りでもなかった。そして彼はそのまま消えてしまった。あっというまの出来事だった。僕はあっけない気持ちで病室の入口の方を見つめた。もしかしたらまったく関係のない人なのに、僕の話を切ることができなくて、ずっと立っていたのかもしれない。僕はカバンを整理している母に尋ねた。

「母さん」

「うん?」

「だれなの?」

「何が?」

「たった今出て行った人……だれだった?」

「ああ、気にしないで。部屋を間違えたって」

「どんな感じの人だった？」

母が手を止めて僕の方を見た。声の大きさと方向が僕にそうだと教えてくれる。

「なぜ？　知ってる人？」

僕は宙を見つめながらしばらく目をしばたたかせて、静かに答えた。

「分からない」

その日の夜、僕は久しぶりに夢を見た。いつもとは違って、色彩豊かで鮮やかな、瞳が洗われるような夢だった。それも胸がいっぱいになるほど見事な橙色が、カスミソウのように咲きみだれている。僕は野原に立っていた。以前、来たことがあるような、そうでもないような町だった。空は高く空気は澄んでいる。人によっては野暮ったいとまで言われるような青。しかし地平線に向かって高くそびえている柿の木には、これ以上ないほどふさわしい青だった。僕は精いっぱい体を反らし、柿の木を見上げた。胴体はすらりとしていて、その痩せた枝に葉は一枚もないが、たくさんの実がなっている古木だった。僕はつま先立ちで、血管のように空に向かって伸びた枝の曲線は、よどみなく美しかった。僕はつま先立ちで、柿の実に手を伸ばした。しかし、いくら頑張っても届かなかった。何回かジャンプしてみたが、同じだった。ところがある瞬間、足元が軽くなったように感じた。だれかに持ち上げられたかのように、体がふわっと浮かび上がったのだ。僕はおいしそうな色をした熟柿をもいで、その場でぱくりと一口かじった。口のなかでぱぁっと、夕焼けが弾けるようだった。僕は舌の先で、その橙色の味をしばらく吟味した。そして舌でなめながら、思わず呟いた。

「変だな……夢がこんなにリアルだなんて」

そして目が覚めたとき、僕は集中治療室にいた。

5

面会は一日に二回、家族に限り三十分間許された。僕は一日じゅうベッドに横たわってその時間を待った。その時間だけが、唯一僕が僕であることを教えてくれ、それ以外にはやることがなかった。ときどき周りに警報が鳴り響いた。すると、たくさんの人が緊迫した様子で動き、ついには知りたくもないことが起こった。それも僕のすぐ横、あるいは後ろで。僕は自分には見えないそれらが怖かった。

どれほど時間が経ったのかは分からない。十日あるいは半月ぐらいになるだろうか。僕は何度も昏睡状態に陥り、両親の肝を冷やした。半分ぐらい意識を失った状態のままで突然、「父さん、手紙届いてる？　手紙」と尋ねて、両親を戸惑わせたこともあった。あとで看護師のお姉さんから聞いた話だ。両親はあの子については知っていたが、僕があの子の正体を知っているということまでは知らない。あのとき僕がゲームに没頭していたのは、ソハの病状が悪化したせいだと両親は考えていた。あの子が集中治療室にいると聞いて、どうすることもできず、ゲームに逃げているのだと。僕は二人が誤解したままにしておいた。だから無意識のうちに「手紙」などと口走ってしまったことが、とても恥ずかしかった。しかし、もうそんなことは何の意味もない。僕は時間があまり残されていないことを知っていた。

ある日、短い面会時間を利用して父に言った。

「父さん、お願いがあるんだけど」

「ああ、言ってごらん」

父の体からはかすかに消毒薬の匂いがした。

「今度来るとき、僕のパソコンにあるファイルを一つだけプリントアウトして、持ってきてくれる?」

「何のファイルだ?」

「僕のメールボックスに入ると、〝自分に送った受信箱〟というのがあるんだ。そこの一番上にあるものを開けばいいの。前に教えたパスワードを覚えてる？　ただ、プリントアウトしたものは、絶対に読まないと約束して」

「どんな内容だ？」

「あとで必ず話すから。僕にはすごく大事なものなんだ」

「そうか。約束する」

父は真剣に答えた。しかし、それだけでは安心できなかった。以前、スンチャンおじさんに裏切られた経験があるからだ。ふと、もし僕が父の立場ならどうするか、という疑問が湧いた。するとすぐに「読んでみる」の方に気持ちが傾いた。

「父さん」

「………」

「本当に読まないよね？」

「もちろんだよ」

「じゃ、これから僕に続いて言ってみて」

「なにを？」

「もし俺がそのファイルを先に読むと、アルムが早く死ぬ」

「なんだって！」

「早く言って。もし俺がそのファイルを……」

「嫌だよ、こいつ。そんなことを、そんなことは冗談でも言うもんじゃない」

暗闇のなか、父の声は頼もしく、そしてやさしかった。

「じゃ、どうすればいい？　父さんを信じられないんだけど」

僕は力なく小さく微笑んだ。口から苦い味がした。

「だとしても、おまえを賭けて俺はどんな賭けもしない」

「じゃ、何を賭ける？」

「何か賭けなければならないのか？」

「そうだよ。できれば、父さんが最も恐れることのなかから」

父はしばらく考えていたが、やがて口を開いた。

「じゃ、こうしよう」

「どう？」

「これから父さんが誓うから、よく聞くんだよ。もしアルムの頼んだファイルを読んだら、俺は死ぬまで自分の家を持てない」

「……」

「どうだ、気に入らないか？」

その日の夕方、父は約束通り僕が頼んだ原稿を持ってきてくれた。僕があまりにも頑なに言うから、プリントアウトをして、そのまま封筒に入れてテープを貼った、と得意げに言った。

「触ってみな」

父が僕の手をとって封筒の上に載せた。手の平に久しぶりに紙の質感が伝わってきた。僕の好きな感触だ。

「父さん、ありがとう」

「あ、それから、これ」

父がジャンパーのポケットから何かを取り出す気配がした。

「プリントアウトしようかと思ったが、短かったからメモしてきたんだ」

「何を？」

「手紙」

「手紙？」

そんなものを送る人などいないことは分かっているので、僕は首を傾げた。

「だれから？」

父はためらってから口を開いた。

「イ・ソハって書いてあった」

瞬間、苦笑いをして、「世の中にそんな人はいないんだよ……」と言うところだった。

「読んでやろうか？」

そんなはずはないと思いながらも、僕は好奇心から「うん」と答えた。父が喉の調子を整えた。

「アルムへ。元気にしてる？　わたしはイ・ソハ。変わりはない？……」

僕は目をしばたたかせながら、今、自分に起きていることを理解しようとした。父の朗読は続いた。

「返事が遅くなって、ごめんなさい。その間、体調を崩していたの。君がわたしの症状のことを聞いて苦しんでいるという話を聞いた。でも、もうそんな心配はないわ。今は集中治療室から出て元気にしているから。だから、君もすぐよくなると思う。健康は本当に大切よね。手術の後、やっとそれに気づいた。だから、わたしたち、元気でいようね。それでこそ、手紙も書けるし、立派な人になってまた会えるでしょう。それではお元気で。さようなら」

父がそっと僕の様子をうかがった。そして、まったく似合わない口調で言った。

「この子だったんだ。母さんに聞いて、俺も気になってたけど」

「………」

「もう一度読んでやろうか？」

僕はようやく寂しく、しかしその悲しみがとても嬉しいかのように明るく笑った。

「うん」

数日後、あの子に返事を書いた。代筆者はもちろん父だった。

「準備できた？」

「ああ」

「それじゃ、始めるよ。早かったらそう言って」

「ああ、分かった」

僕はゆっくり口を開いた。一回で、休まずに言うために、集中治療室でずっと推敲しつづけた言葉だった。ずっと考えつづけて、まるごと覚えてしまった言葉。

「ソハへ」

「ソハ……へ……」

さらさらと紙の上に鉛筆が走る音がした。

「元気にしている？」

「……にしている？」

「手術がうまくいったようで嬉しい」

「……続けて」

父は僕たちに許された三十分間、僕の言葉を最後までゆっくり真剣に書きとめた。

「……幼い頃、僕は〝いないいない、ばあ!〟をして遊ぶのが好きだった。父がドアの後ろから〝ばあ!〟と顔を出すと、きゃっきゃっと笑い、すぐに父の姿が消えて、また〝ばあ!〟と現れると、さらに大きく笑ったそうだ。ところが、ある本で読んだけれど、それは目に見えない物事も消えてはいないということを子どもに記憶させるためだそうだ。そんなことを学習によって知るとは。そんな小さいバカたちが、どうやって、のちにエンジニアになったり、学者になったりするのか不思議に思う。僕は最初から自分が自分であると思ってたのに、僕が僕であるために、いったいどれだけ人手を煩わせたのだろう。僕が寝ている間に両親がやってきたことを考えると、ときどき驚いてしまう。

……今日は君にぜひ話しておきたいことがある。もしかしたら、もう君にメールを送ることができないかもしれない。数日前に僕も集中治療室に入ったから。しかし、またここを出て行くときに備えて、君に書く手紙について考えておくよ。そしてここを出たら、一番先に君に連絡する。だから当分、僕が見えなくても、〝ばあ!〟と言ったまま意地悪そうに消えたとしても、幼い頃に僕たちが一生懸命覚えたことを忘れないでいてくれる?

その間、僕は君に聞かせてあげる話をずっと溜めておくから。そしていつも君の幸運を祈っている。それではまた会おうね。さようなら」

父は僕の言葉を書きとる間、ほとんど何も言わなかった。しかし僕は、ある瞬間から父が泣いていることが分かった。

同じ日の、おそらく明け方頃だったろうか。面会時間でもないのに、両親がスタッフの連絡を受けて僕のもとに走って来た。今まで何度も繰り返してきたことだが、今回は本当に最後かもしれないという気がした。もしかしたら両親も同じことを考えているのかもしれない。一人で医療スタッフに囲まれていたときは、怖くて寂しかった。そして、切実に両親に会いたかった。人が人をこんなにも恋しく思うことがあるなんて信じられないほど、巨大な恋しさだった。だから病室に着いた両親の声を聞いたときは、ものすごい安堵を覚えた。僕は片手で枕の下を示した。それから、腫れた唇を小さく動かした。母と父に贈るプレゼントだと。実は、もう一つ書いたものがあったけど、バカみたいに消してしまったのだと。母さんと父さんが憎くてやったことだけど、今はそうではないと。これでは足りないけれど、二人がこれを喜んでくれたら嬉しいと、もっと書きたいことがあったけれど、できなかったと、ぽつりぽつり、ゆっくり言葉を繋いだ。それからよければ、原稿を今、僕の前で読んでほしいと。

「父さん」

「ああ、アルム」

「僕、目が見えなくなって、自分が父さんの顔を見るのがどれほど好きだったかが分かった」

父の手が僕の頭を撫でおろした。僕は父の大きな手の平に、僕の額がすっぽり抱かれるこの感じが好きだった。

「父さん」

僕は息が切れて、しばらく次の言葉を接《つ》ぐことができなかった。父が僕の手を握った。

「ああ、アルム」

「僕、ちょっと怖い」

「………」

父が上体をかがめて、僕を抱きしめた。
「そんなことしてはいけません」
父は看護師が引き止めるのもかまわずに僕を力いっぱい抱きしめた。それから羽のように軽い子どもの前で、よろめいた。世の中で病気にかかった子どもほど、重い存在はないかのように、ブルブルと手を震わせた。しばらくして僕の胸に、父の弾む心拍が伝わってきた。

ド……シン……ド……シン……

弱くてかすかだけれど、確かにそこにある音だった。僕たちは何も言わず、互いの波動のなかに留まった。その磁場の端、一番最後に描かれる同心円が、土星の周りの輪のように僕たちを丸く包んだ。ずっと昔、母のお腹で出会ったそんなリズムを、だれかと完全に重なり合う感触を、もう二度と経験できないと思っていたのに、それに似た感じを得られる方法がやっと分かった気分だった。それはだれかを力いっぱい抱きしめて、互いの拍動が感じられるほどに心臓を重ねることだった。瞬間、涙が出そうになったが、僕は父を抱きしめた腕に力を込めた。そしてふたたびベッドに横たわり、母を呼んだ。

「母さん」

「うん」

「一つ聞いてもいい？」

「うん、なんでも聞いて」

「僕が怖くなかった？」

母の声がかすかに震えた。

「アルム、何を言っているの」

「ときどき、気になってたんだ。母さんと父さん……僕が病気になったことが怖いんじゃなくて、そんな僕を愛することができないかもしれない、それが怖かったんじゃないかと」

母は何も言わなかった。泣きだしそうになるのを何とかこらえているのかもしれない。

「母さん」

母がしゃがれた声で答えた。

「うん」

「お腹、触ってみていい？」

母は慌てた。

「どうして？」

「ただなんとなく」

「知って……いたの？」

母の声がブルブルと震えた。

「うん、ずっと前から。母さんが飲んでいた薬、葉酸だったでしょう？　心配になって調べた」

「……わざと隠してたんじゃないのよ」

「うん、分かってる。だから母さん、あとでこの子が生まれたら、自分の頭の上に兄貴の手が載ってたって、話してね」

なぜ今なのか、もう少しだけ待っていられなかったのか、そんなことは言わなかった。

ずっと昔、こっそり恨んだり寂しく思ったりしたときの記憶もあえて出さなかった。もうそんなことは重要ではなかった。重要なはずがない。母は返事の代わりに僕の手をしっかりと握った。僕は睡魔に襲われたようにゆっくりと、鈍く口を開いた。

「父さん」

「ああ」

「そして母さん」

「うん」

それから残っている力をふりしぼって、やっとのことで続けた。

「会いたくなると思う」

エピローグ

両親の姿が見える。二人は僕の枕元に座って額をくっつけて、自分たちの物語を読んでいる。母と父の反応を何一つ見逃したくなくて、僕は二人の息づかいと気配に集中している。そしてこんなとき、二人の表情を見ることができたらな……と思う。そう考えている僕を、また僕が見ている。僕は自分が書いた最初の文章とその次の文章を思い出す。そして今、母と父が読んでいる箇所がどのあたりか、追いかけようとする。目が霞んできて、息が苦しい。どうやら僕は、二人がなんて言うのか聞いていくつもりのようだ。風が吹いているのは、木々が一番よく知っている。ここはもう読んだんだろうな。風が吹いている日に交尾をしなければならないことは、父が一番よく知っている。このあたりだろうな。「僕とやって、僕とやって」はどうだろう。「僕もできる、僕も上手だよ」は？　もしや恥ずかしく思わないだろうか。いろいろと心配になりながらも、胸がドキドキするのをどうすることもできない。僕は耳をピンとそばだてて、二人の息づかいに耳を傾ける。ときどき聞こえてくるすすり泣きの合い間から、やがて「クッ」という声がした。僕はそれを聞き逃さず、嬉しくてパッと病床から起き上がる勢いで尋ねる。

「父さん」

「ああ？」

「どこ？」

「何が？」

「たった今……」

父が何か言っているが、よく聞こえない。すべてが徐々にぼやけていく。まぶたの上に溜まった眠気が、雪崩《なだれ》のように崩れ落ちる。そしてどこからかいっせいに、耳が張り裂けそうなセミの鳴き声が聞こえてくる。僕は風よりも背の高い昆虫網を持って、闇のなかをぐるぐる飛び回る文章を捕まえようとする。しかしそれらは、とてもすばしっこくて、簡単には引っかからない。やがてそれらの言葉は自ら歌いはじめる。父さん、僕が父さんを産んであげる。母さん、僕が母さんを身ごもってあげる。僕のために失われた青春を取り返してあげるよ。父さん、僕が。母さん、僕が。やがてそれらは、水蛇のように体をくねらせて、するりとどこかへ逃げていく。これから僕はどうなるんだろう。そしてどこに行くのだろう。そんなことは分からない。ただ、少し前に僕が言った一言、どこ？　もしかしたらその一言が、僕が地上に残す最後の言葉となるかもしれない。だから、それ。父さん。ああ？　どこ？　何が？　たった今、……どこで笑ったの？

どきどき 僕の人生

ハン・アルム

風が吹いている。風が吹いているのは、木々が一番よく知っている。真っ先に気づいて枝が手を振れば、安心して季節が後を追ってくる。春になりたい春。夏をやりたい夏。秋、あるいは冬も同じだ。風が「春」になると決めたら、あとは木々に任せればいい。自然は毎年同じ問題用紙を受けとって、正解を知らないまま正解を書く。季節がその季節であるようにするのは、風の最もよい習性の一つだ。

風が吹いている。風が吹いている日に交尾をしなければならないのは、父が一番よく知っている。骨と肉を育《はぐく》む熱気をどうすることもできず、そんなときはいつもバシャーン！と水中に体を放り投げていた少年時代から、父が切に願っていたことはただ一つ、女の子を抱くことだった。ときは十七歳、父は一度も抱いたことのない人の肌が恋しくて、気が狂いそうだった。父はすでに大人の男と言ってもよかった。しかし、まだ完全な男ではなかった。父は男になりたい男、夏になりたい夏だった。まさに七月、父は緑に取り囲まれていた。夏の食べっぷり、夏の精力に抑えられていた。四方の草木は大きくなり、伸びていくことにすべての力を注ぎながら官能的に絡まっている。セミたちもそれを真似て、ありったけの声を上げて鳴いた。田舎育ちの父は、それがみんな雄であることを知っている。交尾する相手を探して、競って求愛しているのだ。奴らは自分の存在を知らせるため、最善を尽くして歌っている。毎晩、浅い息を吐いていた父の耳に、それらは全部「僕とやって」「僕とやって」という哀願のように聞こえた。父の体はしばしば熱くなった。そのたびに父はあたふたと川に飛び込んだ。父の浮ついた体が水に浸かると、真夏でもジッと音がした。セミは休まずに鳴いた。夏をぎっしりと満たしながら、夏をピンと張りながら。僕とやって、僕とやって、と。僕もできる、僕も上手だよ、と。高い声で、高い声で。その鳴き声の真ん中で、遠くを見つめていた父が、思わず涙ぐんで呟いた。

「まったく他人事《ひとごと》じゃないよ……」

風が吹いている。風が吹いている日に家出をしなければならないのは、母が一番よく知っている。行っても行っても行き着けない世の中が気になって、いつも空想に耽っていた幼い頃から、母が切に望んでいたことはただ一つ、この町から出て行くことだった。ときは十七歳、母は一度も歌ったことのない歌が恋しくて、病気になりそうだった。その日、母は川辺に座って成績表を破っていた。自分が上手くやれることは他にあるのに、なぜこんなことに力を注がなければならないのか分からない。同じ時間、父とは山を一つおいて離れていたことになる。母も父も気づいてはいなかったが、二人はすでに繋がっていた。父が体を冷やした渓谷の水が、母が足をつけている小川まで流れてきたのだ。空は高く澄んでいて、風は穏やかだった。水面の上を数十匹のトンボが飛び回っていた。川面に沸く光と空中に漂う光がぶつかって、キラキラにぎやかだった。母は幾重にも重なっている山の麓《ふもと》で、ぶすっとして座っていた。芸術高校への進学を断たれてから、ずっとその顔だ。母は自分になりたい自分、夏を干渉する夏だった。しかし、だれもそんなことには気づかなかった。気づいたとしても、気づかないふりをしたり、距離を置いたに違いない。母はため息をつきながら遠くの山を眺めた。ふと山が膨らんだような気がしたが、それが父のため息のせいだとは知らなかった。だから谷間にわんわんと響くチョンガー[*1]の悲鳴――「父さん！　今度生まれてくるときは、獣に生まれ変わらせてください！」という泣き言が聞こえなかったのも当然のことだった。四方の草木が生き生きと波打った。しかし母はそんなことには関心がなかった。母は緑に無関心だった。緑にうんざりしていた。そんな気持ちもやはり緑の影響で生まれることも知らないで。どこかからトンボが一匹飛んできて、岩にとまった。尻尾《しっぽ》を上げて熱を冷ましているかと思ったら、ひらりと飛び立ち、母の周りを執拗に飛びまわった。両親の反対のせいで夢を諦めるしかなかった母の目に、トンボの羽ばたきはなぜか「わたしと行こう」「わたしと行こう」という信号のように映った。「行ってみれば分かるよ」「行ってみれば分かるよ」と催促しているようでもあった。子どもの頃から知ったかぶりの兄たちの話を聞いてきた母は、トンボが地球上で初めて空を飛んだ生物であることを知っていた。水のなかで生きていた昆虫が、ある日、飛んでみようと心に決めて、実際にそうなったのだ。「飛ぶ」という概念自体がなかった時代に、どうしてそんなことを思いついたのか、驚きだった。そのような力はどこから出るもので、どんなふうに湧くものなのか知りたかった。そしてできれば、自分にもそんな力がほしかった。トンボは休むことなく飛びまわった。わたしと行こう、わたしと行こう、と。行ってみれば分かるよ、行ってみれば分かるよ、と。夏を巻き散らしながら、夏を乱れさせながら。薄い羽で、薄い羽で。しかしそんなこととは無関係に、水草の上にとまって交尾に没頭するトンボたちも目に入った。相手の生殖器を自分の頭の方へ向けさせ、丸く輪になって……。二つの尻尾が作り出すいびつなハートを、母はしばらくぼんやりと眺めた。そして激しく首を横に振って、腹立たしげに呟いた。

「この町の男とはしない、絶対にしない……」

＊

父が探し当てたのは深い渓谷だった。そのあたりの山勢《さんせい》によほど詳しくなければ見つけられない渓谷。くねくねと血管のように広がる川の支流の一つが、もう一度いくつもの流れに分かれていく途中、山の中腹あたりで一息つける平地に出会い、「よっこいしょ！」と座り込んでできたような小さな池だった。水は回りにまわって溜まったので、常に新しい水だった。水は回りにまわって戻ってくるので、常に昔の水だった。それも年齢を推し量ることなどできないくらい古い水。風が吹くたびに、顔の上に無数のシワを作る、きれいで老いた水だった。

村には昔からその山の水を汲んで飲むと、いい夢を見るという言い伝えがあった。それが本当かどうかは分からないが、水面に浮かんで空を見上げるたびに、父は山が見る夢を敷いて横たわっているような錯覚に陥った。真夜中、闇のなかで目をしばたたかせると、外からかすかに水の音が聞こえた。細い血管のように広がった川に沿って、夢が村の隅々にまで放流される音だった。夢は休むことなく流出していった。眠りについた人々の、狭く暗い耳の穴を通って眠りのなかへと流れ込んだ。父はその音を聞いて、すくすく育った。そしていつしか、自分の足で、直接その夢のなかへと入っていった。それからは、よく自分が何の夢を見たのか忘れてしまった。

水面に父の真っ黒な陰毛が水草のようになびいている。水の底では川魚たちがまぬけな目で、いぶかしそうに父を見上げていた。素っ裸の未成年の肉体が日差しの下でなめらかに光った。頭上には、ちょうど池ほどの大きさの空が丸く開いていた。背の高い木々に囲まれて、風が吹くたびに少しずつ形を変える、遠くて狭い空だった。ザァーッと風が吹くと、木々が髪を揺らしながら緑を巻き散らした。それとともに父の心もヒリヒリしてきた。父は混乱していた。今まで生きてきたなかで、最も大きな問いを自分に投げかけていたのだ。

――どう生きていけばいいのか。

父は苦悩していた。そして、さまざまな雑念に苦しんでいる自分に嫌気がさし、ぶつぶつ呟いた。

「時間がありすぎるんだよ。時間が……」

あの頃、父には悩みごとが多かった。母と同じく、進路が狂ってから時間があり余っていた。父は、自分は何が得意で何が好きなのか、確信が持てなかった。この時期に、そんなことを分かっている若者は多くない。言うまでもなく、父はテコンドーの特待生として道内でも有名な体育高校に進学していた。しかし、とある大会で不当な判定をした審判に抗議して、二段横蹴りを喰らわせる騒ぎを起こし、停学処分中だったのだ。父は夏休みであることを口実に、寮から実家に戻っていた。父の両親は詳しい事情を知らなかった。父は学校に戻りたくなかった。先輩たちによる相次ぐ殴打と体罰も嫌だったが、それが自分の進みたい道かどうかも分からなかったのだ。その年の夏は、父に与えられた猶予期間だった。秋が来て冬になる前までに、何かを決めなければならなかった。重要なのは復学するかどうかではなかった。父を不安にさせたのは、自分が何になるか分からないことだった。しかし、一つを選択した瞬間、すべてがそのまま終わってしまいそうで、何もしたくなかった。何もしないことは最も難しいことの一つでもあるから、イライラして息が詰まりそうだった。何もやることがなく、けれども何でもいいからやらなきゃ、という思いに駆られて、自慰に耽ったのも一度や二度ではなかった。一度は、一日にそれが何回できるのかを調べている最中、自分の性器を握ったまま気絶しているところを発見されたこともあった。祖母が救急車を呼ぼうとしたが、祖父がそれを引き止め、バケツいっぱいの冷水をかけて、ようやく父の目を覚まさせたのだ。朦朧とした状態で、父は二つの事実に気づいた。ああ、性欲には冷たい水がいいんだ、ということ。そして、ああ、人間は一日に五回もやれば死ぬことだってあるんだ、ということだった。自分の将来があまりにも寒々しくて息が詰まりそうになるたびに、人の肌が恋しくて息苦しくなるたびに、父がドブン、ドブンと水の中に飛び込むのには、それなりの理由があったのだ。

――どう生きるか。

単純だが、難しい問いだった。しかし、いつかは答えを出さなければならない問題でもあった。父は単純な言葉ほど、いつも恐ろしく思えた。好きだという言葉、痛いという言葉、老いるという言葉、やりたいという言葉のように、平べったい質感のものであればあるほど。いずれにしてもやりたいだなんて、思いついたからにはやってしまおうかと悩んだ父は、そんな自分が嫌になってしまった。以前は体が飢えているときだけやったのに、今は難しい問題にぶつかったり、頭がこんがらがったりするたびにズボンを脱ごうとしている。

父はため息をつきながら呟いた。

「いったい何になるつもりだよ……」

正直、その答えは僕が知っている。父は父親になろうとそうしているのだ。

空は青く、風は涼しかった。ある少年を除けば、すべてが順調そうだった。自分の将来のことで頭が割れそうなほど悩んでいた父は、突然、バシャン！と水中にもぐった。背泳ぎの体勢からそのまま体を丸めてもぐり込んだのだ。驚いた魚たちは慌てて逃げた。そしてその上からは、父が姿を消した水面を、父より十倍以上も生きてきた木々が長丞《チャンスン》*2のように見下ろしていた。そこには昔々から女性たちに祭られてきたという、大きいおとなの木もあった。近い将来、父が「お願いします、父親にならないようにしてください。うわぁあ」と泣きながら祈ることになる古木でもあった。あの頃、知らないことが多い父ではあったが、祈りとは、こんなふうに口のないものの前でするものだ、ということぐらいは知っていた。それに人の何倍も年を重ねた木なら、信じてもいいということも。どこから流れて来てどこへ流れるとも知れぬ綿雲が、川面に薄い影を落としていた。セミが鳴き、鳥も鳴いている。足跡だけを残して身を隠している、山の生き物たちもどこかで低く唸っていた。青春。そして夏を成している、すべてのものの美しさ。自ら美しくて、それが美しさだとは気づいていない少年が、そうやって、しびれるほど冷たい水に頭を突っ込んでいる、夏——夏だった。

＊

母は祖父のおつかいに行くところだった。数日後に伯母の家族の婚礼があるからだ。母は伯母にお祝いの言葉を伝えて、お金の入った封筒を手渡す役回りだった。親戚の行事があるたびに、兄たちが順々にやってきたことだ。しかし家を出たときから、母はすでに心を決めていた。手に大金を握った瞬間、チャンスだと思ったのだ。

母は舗装されてない道路が続く丘にさしかかっていた。山は静かにはためいて風を作り出していた。丁寧なようで執拗に、やわらかく怪しげに波打っていた。一つの緑のなかにはさまざまな緑が混ざっていた。浅い緑、濃い緑、さらに濃厚な緑が、一つのようで数千に広がっていた。夏は色が多くて、いい季節だった。夏は通じるためにある季節だった。家々であらゆる門をパッと開けておくのには、母が制服のスカートのウエストを二回も折ってはき、どこでも足を広げて座るのには、みなそれなりの理由があったのだ。幼い頃から山を見て育った母は、山が起伏に富んでいることを知っていた。季節ごとに山の大きさが変わることも、日によって遠ざかったり近づいたりすることもよく知っていた。

母は山のなかに足を踏み入れながら、去年のことを思い出していた。伯父たちが高校進学を控えていた頃、祖父は彼らを部屋に呼び入れた。それから一種の談判、あるいは取り引きが行われた。伯父たちはほぼ自分の望み通りの選択をしたし、結果にさほど不満がなかった。高校進学を控えていた母は当然、自分も祖父に呼ばれるものと思っていた。「お父さん、わたしは歌を学びたいです」という返事もちゃんと用意して。というのも、たまたま学校の声楽部に入っていただけの母だったが、ソウルから来ていた教育実習生にその才能をベタ褒めされたのだ。しかし一日が過ぎ、また一日が過ぎても、祖父は母を呼ぼうとしなかった。むしろ母の視線を避け、逃げつづけた。そしてある日、両手を広げて門の前に立ちはだかった母に言い切った。

「うちに芸術などいらん！」

数ヶ月前の冬のことだった。そして母の胸のなかには相変わらずそのことが燻《くすぶ》っていた。

あの頃、母は何かになろうとしていた。しかし自分ではそれが何なのか分からなかった。もうちょっと歌えば分かる気がするけれど、あるいは自ら歌そのものになってもよさそうだったけれど、母を認めてくれる人はだれもいなかった。母は市内のバス停留所で、バイオリンや画具を持って登校する学生を盗み見したりした。原始トンボが地上に落とす、美しい網模様の影を最初に目撃した昆虫の気持ちで、顔を上げてぼんやりと眺めたりした。心は絶えずささやいた。手遅れになる前に、手遅れになる前に動けと。君も君の人生を生きるんだ、と。だから大金を手にした母の胸が、追われているかのようにドキドキしたのは当然のことだった。

――ソウルに行って部屋を借りるの。そしてアルバイトをしながら音楽教室に通う。そうすればお父さんも仕方なく転校させてくれるんじゃないかな。

母は足を止めた。そして振り返って、自分が歩いてきた道をしばし見下ろした。しばらく悩んだ末に、伯母のところに行くのをやめて、バスの停留所に繋がっている脇道へと引き返した。ずっと前、一度だけ通ったことがある、なじみのない近道だった。

＊

大きいおとなの木は渓谷から少し離れたところに立っていた。胴体は太く丸々としていて、数十もの枝は空を奉《たてまつ》り、風を崇《あが》めている。その根元は巨大で、自分の体の二倍、三倍の長さの根を地面に張っていた。岩の下をどうやってくぐったのか、そのうちの何本かは、直接触手を伸ばして渓谷の薬水を吸い上げている。木にそっと耳を当てると、血が循環する音が聞こえてくるぐらいの、老いてこそ生きることの恍惚が分かる、古木の精力だった。空の上で青く波打つ葉。渓谷の水が回りまわって辿り着いたその葉が語りかける。私たちは生きていくところだと。私たちは死んでいくところだと。絶えず、毎日毎日、生きて、死んでいくところだと。顔にシワが寄っている水面に自分の姿を映して、自分も老いていることを知った木が、ザァーッと揺れる真昼だった。

セミが大きい声でミンミンミンミンと鳴いていた。この季節が終われば、まもなく死ぬことを知っているかのように。父の目には世の中のすべての成虫は、自分以外はみんな繁殖中のように見えた。カマキリも、コガネムシも、カミキリムシもやっていて、あろうことかカゲロウでさえも生涯最後の日、交尾のために狂ったように飛びまわっていた。たった六日しか生きていないくせに。十七年も生きている自分は一度もやったことがないのに。父は相変わらず渓谷の水に浮かんでいた。そして今この瞬間、昔話のように空からバサッと天女が降りて来てくれたら、どんなに嬉しいだろうと思った。この前など、自転車に乗っていたとき、かわいい女の子に目を奪われて車にはねられるところだった。

——だけど、うちはすごく貧しいし。それに僕にはまだ夢もない……。

ふと、大きいおとなの木が父の目に入った。父はゆっくりカエル泳ぎで木に近づいた。信心を起こしたというより、あまりにも退屈で試してみたくなったのだ。父は一糸まとわぬ体を晒して古木の前に立った。そして、パッとその前にひれ伏した。一度では物足りず、さらに二度ひれ伏した。腰を曲げるたびに真っ黒なお尻の割れ目からだらんだらんと性器が揺れるのを、鳥たちが見ていることも知らずに。父は、大きいおとなの木に向かってむずかるように大声を上げた。

「ガールフレンドをください、お願いです。ガールフレンドを。お願いします」

それから何が起こるか、黙って待ってみた。しかしいくら待っても何も起こらなかった。

父は「だと思ったよ」とふたたび水のなかに這い進んだ。「霊力がなくなったんだよ。だからだれも訪ねて来ないんだろう……」と文句を言って。ところがしばらくすると、途方もない水しぶきとともに、ドブン！という音が鳴り響いた。嘘みたいに、空から本当に大きな何かが落ちてきたのだ。

*

山ってこんなに複雑だったっけ。母は顔をしかめながら雑木林をかき分けて行った。方向音痴なわけでもないのに、行っても行ってもその道が同じ道のようで、あの道がこの道のようだった。だれかがおかしな魔法をかけて山を動かしているかのように。母はむやみに慣れない場所へと足を踏み入れた自分を責めた。その一方で、ここを抜け出したらすぐに新しい人生が拓《ひら》けるだろうという期待も捨てられなかった。太陽が中天にさしかかっているのを見ると、三時間以上は歩いたようだ。空腹と疲労、苛立ちが一気に押し寄せてきた。それにもうこれ以上は尿意に耐えられなかった。母はひっそりとした茂みに入って、スカートをたくし上げてうずくまった。瞬間、自分を見ている何かと目が合ってしまった。

どこから現れたのか、鳥肌が立つほど美しい水蛇が母を睨んでいたのだ。クソ姫と呼ばれている母だったが、心臓が凍りつきそうになった。母はゆっくりと後ずさりした。そして一定の距離が確保できると、パッと立ち上がって、狂ったように逃げ出した。水蛇が追いかけてくるような気がして、走って、また走った。そして、あげくに腐った根っこに引っかかって転び、その木のなかにあった蜂の巣が揺れ、興奮した蜂の群れが母に襲いかかり、母はまた走るしかなく、走りすぎて吐きそうになり、クソッ！　もう家出なんてやめてしまいたかったし、片方の靴はどこかに行っちゃったし、ちょうど前方に渓谷が見えたから……とうとう、しなやかなフォームで素早くドブン！と水中に飛び込んだのだ。

母が落下した瞬間、渓谷にはものすごい音が響いた。途方もない水しぶきとともに鳥たちがパアッと飛び立ち、一人寂しく背泳ぎを楽しんでいた父は、驚きのあまり体勢を崩し、水を飲んであっぷあっぷもがいた。母もあっぷあっぷしてから、立ち上がった。そして水のなかに落ちたハツカネズミのように、憔悴しきった目で父を見つめた。水深がそれほどないことを思い出した父も、ようやく息を整えて母を見つめた。二人は三秒間、何も言えずにそうやって立っていた。「かわいい」と父は思ったし、「いったい何？」と母は警戒した。まもなく父は、自分が何も身につけていなかったことに気づき、慌てて両手で下半身を隠した。それだけでは不十分だったのか、中途半端な姿勢で水のなかにうずくまった。先ほど大きいおとなの木に祈ったばかりの父は、これが夢か現《うつつ》か分からなくて、木と、母と、また木を何度もかわるがわる見つめた。そして水面からちょこんと顔だけを出して、やっとのことで口を開いた。

「どなたですか？」

*

風は至るところに色をつけながら季節を完成させていった。その色に一番先に染まるのは女たちだった。そして、その色が最後まで落ちないのは男たちだった。夏は色が多くて、いい季節だった。夏は色鮮やかで力強い季節だった。そしてその色はそっくりそのまま川に注がれた。いつからか父はぼんやりと山を眺めることが多くなった。そして、無意識のうちに小学生のときに習った単純な歌を口ずさんでいた。

「あなたはどなたですか。わたしはハン・テス。美しい名前ですね。あなたはどなたですか。わたしはチェ・ミラ。美しい名前ですね」

その夏、父は歌った。一日じゅう、心ここにあらずで。いったん始めたら、歌い手がやめたくなるまで続くしかない長い長い輪唱を。どなたですか、どなたですか、と。美しい名前ですね、美しい名前ですね、と。下腹を震わせながら、声高らかに、声高らかに……そして胸のなかにいる相手に、何度もだれかと尋ねた。それでこそ、次に自分の名前が言えるから。君の名前のこだまが僕の名前であることを知っている、僕の名前のどこかに君が生きていることも知っている、ずっと。

＊

風邪、そして発熱の日々が過ぎた。何回かの大雨と眠れない日々、一日の気温の変動を表すグラフの美しい曲線と埃の運動、昼と夜、光のマーブル模様、そんなものが通り過ぎていった。その間に、季節の変わり目をわずらうのは、父だけではなかった。季節が変わるたびに、だれもがみな少しずつわずらった。免疫をつけるために、そして年齢を重ねるために。分別《チョル》がつくということは、季節《チョル》を体験したことでもあるから。季節に相当染まったことがあるという意味でもあるから。まだ秋は訪れていないのに、まだ緑が生き生きしているのに、父は一人で季節の変わり目をわずらっていた。だから熱のあった父が、療養中にときおり恍惚を経験したことは不思議なことでもなんでもなかった。何度も母に振られ、そのツンと澄ました態度にやきもきした。その頃、父は夢のなかで母に会い、不思議な会話を交わした。一人は裸で渓谷の池に浮かんでいて、もう一人は空から相手を見下ろしている。見下ろす側の顔は、渓谷から見える空を覆うほど大きい。一人がもう一人の神様であるかのように。父は手足の力を抜いて、遠くを眺めていた。すると、父に向かってその巨大な顔を近づけながら、母が尋ねた。

「あなたはなぜ、あなたをあなたのお父さんと呼ぶの？」

母の声は山の向こうへわんわんと響き渡った。大きいおとなの木をはじめ、渓谷そのものがスピーカーになったようだった。やがて父が淡々と答えた。

「なぜなら俺は、俺の父さんだから……」

父の声は幾重もの円を描きながら森の向こうへと広がっていった。「俺は、俺は――」と、「父さんだから、父さんだから――」と。一番最後に描かれた同心円の外側で、鳥の群れがパタパタと飛び立った。その音はこだまとなって、元の場所へと戻ってきた。それはまるで父でなく、山の言葉のように聞こえた。しばらくすると、二人の位置は入れ替わっていた。今度は母が池に浮かんでいて、父が母を見下ろしていた。やがて、父が遠い空から大きな顔を近づけながら尋ねた。

「君はなぜ、君を君の母さんと呼ぶんだ?」

すると母は、浮かれているようで落ちついていて、悲しいようで嬉しそうな声で言った。

「なぜならわたしは、わたしのお母さんだから……」

要するにわずらい、そして季節の変わり目の日々だった。

二人が出会った日、母と父は岩の上に並んで座って体を乾かした。すでにぎこちない挨拶を交わしたあとだった。母が持っていた紙幣も一枚一枚、小石を載せて乾かした。父は片方の靴を失くした母を村の入口まで背負っていった。あの日、二人が交わした話は多くなかった。しかし父の背中に伝わった母のぬくもり、母の胸に伝わった父の呼吸が、妙に二人を揺さぶった。あの日、長い山道を下りながら、母は家出をもう少し留保することにした。ハン・テスがどんな人なのかを知ってからでも遅くないと思えたのだ。もちろん絶対に表には出せなかったが。

＊

あの夏、二人は多くのことを話し合った。まずはそれが自然な成り行きだったし、他にやることもなかったからだ。もちろんそうなるまでには途方もない神経戦と駆け引きを要したが、二人が心を開くまでにそれほど時間はかからなかった。「私たちは友人」というきちんとした線を引いて、父を苦しませたり辛い思いをさせてきた母が、自分は今よりマシな人間になりたいと言ったのもその頃だった。

「マシな人間？」

「うん、マシな人間」

「歌で？」

「うん、歌で」

「そんなことが可能なの？」

「もしかしたら」

だれかに自分の本音を打ち明けたということだけで、自分が価値ある存在のように思える時期だった。秘密と嘘、誘惑とおとぼけ、本音あるいは笑い話がしばらく続いた時期。小さく笑い、共感し、耳を傾けていた日々。しかし恋人たちが整える対話のテーブルには、必ずしも密談だけが載っていたわけではない。むしろそこには、二人だけの蜜語を守るための、無数の他の話とおとぼけが必要だった。取るに足りない話でもいいし、どうでもいい話題でもかまわなかった。重要なのは、それらの言葉を通して、二人が何かを築いていくことだった。父は足りない話題を主に漫画喫茶から得ていた。

「猿はもともと泳がなかったんだって」

「本当に？」

「うん」

「人は泳ぐのにね」

「そう、理由はまだ明かされてないんだってさ」

父が得意げに言った。そして、母が「本当に？」と聞くときの、言葉のかかとがひらりと持ち上がる、その軽くてやさしいイントネーションがとても好きだ、と思った。

「しかし俺は泳ぐ。理由は明かされてないけど」

父が調子に乗って、母の前で泳ぎを披露した。フォームを変えながらさまざまな泳ぎ方をして見せた。見て！　これはクロール！　これは背泳ぎ！　そしてこれはバタフライ！　そして最後は平泳ぎ！　浮かれた父は得意げに泳ぎまわった。

「あはは、それおかしい！」

「なにが？」

「今、やったそれ」

「平泳ぎ？」

「そう、カエルみたいだよ。ぜんぜん格好よくない。それ、人前ではやらない方がいいよ」

すると父は、のちに自分の人生の基となるかもしれない、暗示めいた重要な言葉を口にした。

「おい、これっておかしく見えるかもしれないけど、一番水中に長くいられる泳ぎだよ」

父が母の前でそんなお粗末な知識を並べたてるのには、体育高生のコンプレックスもあった。父はもっともらしく見える情報をしっかり覚えておいて、それをひけらかすチャンスを狙っていた。男として、一人の女性にこの世の秩序を説いているという自負も一役買った。もちろんその引用がいつも適切だったわけではない。文脈から外れることも、無理矢理こじつけたようなときも少なくなかった。母は無邪気な顔をして猫をかぶり、父の話に耳を傾けた。そんなとき、父は母の顔を見つめながら思った。

——やばい！　あの瞳ときたら……。

挑発を知らない挑発。あるいは挑発を若干知っている挑発。パッと開かれた母の瞳の奥には、明らかにそんなものがあった。少しは母が意図したことだといってもよい。父は続けて、おもしろい話題を集めた科学雑誌で拾い読みした話で母の歓心を買おうとした。

「一本の木で、二人が一日に必要な量の酸素を作り出すんだそうだよ」

それから遠い空を眺めるふりをした。もちろん、もの憂げで叙情的な眼差しを演出することも忘れなかった。ついさきほど、渓谷の池から上がったばかりの父の体はまだ濡れていた。寒気のせいでそっと逆立った父の産毛には、細かな水滴がついていた。

「本当に？」

「うん、本当に」

父は得意げに付けくわえた。

「僕らが他人の息を吸って生きているのって、不思議だよな」

母がしばらく考えてから言った。

「木も私たちの息を吸っているじゃない」

大きいおとなの木の枝が小さく揺れながら、母の話を肯定した。父は「そうだったた……！」と頭をかいた。そこまでは考えなかったのだ。しばらくして、父が真剣な声で母を呼んだ。

「ミラ」

「うん？」

父がもう一度、母の名を呼んだ。

「チェ・ミラ」

「なに？」

父が言った。

「歌ってみて」

「ええ？」

「だって、少し声楽の勉強をやったって言ったろう？　ちょっと歌ってみてよ」

母が顔を赤らめた。

「嫌だ」

「なんで？」

「できないよ」

「そんなこと言わないで、やってみなよ」

「実はそんなに上手じゃないの。ちゃんと習ったわけでもないし」

「大丈夫。僕は上手な歌が聴きたいんじゃなくて、君の歌が聴きたいんだ」

「いやだ」

「一度だけ、お願い」

「………」

二人の駆け引きが続いた。父の説得とお世辞、母のお澄ましとおとぼけが綱引きをした。母がなかなか歌ってくれないとなると、父は背を向けて拗《す》ねたふりをしてみせた。男たちの前では絶対にできない姿——こんなことをしているのがバレたら、この場に十五人ほどの同級生が駆けつけて、父にいっせいに二段横蹴りを喰らわせそうなほどの愛嬌だった。

やがて、母が仕方ないというふりをして、それとなく言った。

「聴きたい?」

「うん」

「本当に?」

「ああ、そうだってば」

母がためらいがちに告白した。

「だけど、わたし、知ってる曲があまりないの」

「あまり？」

「うん」

「なのに、それが夢なの？　声楽家が？」

母が父を睨みつけた。

「もういい、やらない！」

父が慌てて母をなだめた。

「ごめん。やって、やってよ。ぜひ！　お願いだからやってみて。早く、ね？」

……そして母は歌いはじめた。中学生のときを除けば、人前で歌ったことのない歌だった。母が立ち上がった。それから父から離れて、少し高いところにある、広めの平たい岩の上に立った。母はヘソの下でおとなしく両手を重ねた。その表情は珍しく厳《おごそ》かな印象さえあった。そして母が心のなかでカウントする、一、二、三……

山向こうの南村にはだれが住んでいて　毎年春風が南へ吹いてくるのだろう
花咲く四月にはつつじの香り　麦実る五月には麦の香り
どれだって運んで来ないだろう　南村で南風が吹く頃がわたしは好きよ

しばらくして母が聞いた。

「どうだった?」

しばらくして父が答えた。

「よすぎて、やばかったよ」


しばらくして母が尋ねた。

「そして?」

しばらくして父が言った。

「なんか悲しい……」

二人はふたたび木陰に並んで座った。そしておかしなことに、もうそれ以上話すことが見つからなかった。いつもはあんなに休むことなくしゃべり続けるのに、変だった。母の歌声はすでに散って消えたあとだった。しかし儚くて清らかな余韻が、渓谷のなかにそのまま残っていた。世界は静かで、木々は豊かに波打っていた。母と父はその不思議で暗示めいた沈黙にじっと耐えていた。揺れるべきものは揺れるように、起こるべきことは起こるように、そのまま放っておいた。そしてその静寂のなかに――、一日で二人分の酸素を作り出す一本の木と少年、そして少女がいた。文字通り完璧な三角形だった。やがて地面を見つめていた二人が同時に目を合わせた。お互いから目を離すことなく、そのままじっと見つめ合った。母が父から目を離さずに、突然、冷ややかに言い放った。

「この町の男とはしない」

もじゃもじゃ頭の父が呆然とした顔で聞き返した。

「なんだって?」

母が繰り返した。

「この町の男とはしない。絶対にしない……」

そしてどちらからともなく、激しく口づけをした。

……

霊験あらたかな古木、礼儀正しくて温厚な大きいおとなの木の下でのことだった。咳払いするかのようにゆらゆらと揺れていた一枚の葉が、母の手の甲にそっと落ちてきた。山にあって青かったものが肌の上に止まると、いっそう鮮やかだった。母も父も気づいてなかったが、それは本当に美しい緑だった。

そしてその瞬間、どこかから、
風が吹いてきた。
木に——母に——父に——
風はためらいながら長らく彼らのそばにいて、いつしか消え去った。遠い日、その場にふたたび戻ってくることを知っているかのように。ざぁーっと大きな風が吹くと、水面にさざ波が起きた。それは無数の小ジワを作り、寂しげに微笑むだれかの顔のようだった。

やがて口づけしていた母が顔を上げ、遠くを見つめた。

「どうした?」

父が心配そうに尋ねた。母は首を傾げて、わけの分からない不吉な考えを払いのけるかのようにやさしく答えた。

「なんでもない」

そしてまた父と唇を重ねた。風はなんでもないはずのない彼らの物語を推し測り、夏の到来を感じながら、すでに通り過ぎた場所に戻って二人の頭をそっと撫でた。二人は互いの息づかいに気をとられていて、まったく気づかなかったが……風はそれでもかまわないと思った。そして季節がその季節であるために、他の場所へと発つ仕度をした。空は高く、セミのなめらかな瞳の表面には、刻々と模様を変える綿雲が流れている。山が見る夢のなかで、セミたちは声をひそめて歌った。あのとき私たちはそれを望んだの。あのとき私たちはそれが必要だった。あのとき私たちはそれをやらざるを得なかった。あのとき私たちはそれをしたの。私たちはもう一度それをした。あのとき私たちはそれをずっとし続けた。そして私たちはそれがとても、

——よかったんだよ。

今まさに、本当の夏が始まろうとするところだった。

＊1【チョンガー】未婚の男もしくは童貞の男性。

＊2【長丞】人面を彫った神木。

著者のことば

「あなたの名前のこだまが、私の名前であることを知っている。
私の名前のどこかに、あなたが生きていることを知っている……」

初めて日本の皆さんにごあいさつをするにあたり、
なぜかこのフレーズをずっと思い出していました。
『どきどき　僕の人生』の後半に出てくる文章です。
私にはこのあいさつの言葉が、
韓国から発して日本に届き、ふたたび韓国へ戻ってきたこだまを
自分が書きとっているように思われます。
ただ、だれかの名前を一生懸命に呼んだだけなのに、
旅から戻ってきたその名前が、私に安否を尋ねるので、驚かされます。
ですから、その反響や波動が、私が一度も会ったことのない

だれかの心に届くのなら、それはまたどんなに驚くべきことでしょう。
物理的な距離と言葉の違いを越えて
そのこだまが一番遠くに届いたところが分かれば、
その同心円の一番外側の円にだれかが立っているのを見ることができるなら、
アルムもとても喜ぶことでしょう。
その幾重もの円を作ってくださった皆さんに感謝します。

アルムの言葉が新しい言語と出会い、
なじみのない模様と震えを作り出す間に、
四方《まわり》はこんなにも緑に染まって、
今まさに、本当の夏が始まろうとするようです。

二〇一三年六月　金《キム》　愛《エ》　爛《ラン》

訳者のことば

『どきどき 僕の人生』は、キム・エランがデビュー十年目に発表した初の長編である。彼女のデビューは、その年の「文壇最大の収穫の一つ」と評されるほど、インパクトのあるものだった。これまで三冊の短編集と一冊の長編を出しているが、すでに国内の主な文学賞を総なめしている。そんな「文壇のアイドル」の初の長編に対する読者の期待と関心は大変熱いもので、発売一ヶ月で七万部を突破した。その一方、早老症を患っている十七歳の少年と、十七歳でその少年を産んだ両親の物語は、あまりにも小説的な設定だという警戒や、辛くて重い素材だと憂慮する声も少なくなかった。しかし、キム・エラン特有のリズム感のある文章とウィットに富んだ会話、省察させる言葉の数々と感動的なエピソードに溢れる作品として読者を引きつけている。

「最も幼い親と最も老いた子どもの物語」であるこの作品は、親の元を離れることになる少年アルムを話者にして、素朴で平凡な日常が綴られる。不幸な立場にいる当事者が、自分の不幸を見つめながら、ユーモアを交えて語りかける。読者は主人公と共に笑っては泣き、二つの感情がせめぎあって生まれる感動を覚える。キム・エラン作品の長所の一つであるユーモアは、自分を他者化する距離感によって生まれる。その距離感は自分自身と他者との関係を健全に保つようにし、そのユーモアによって互いがいたわり合える。

主人公が患っている「早老症」を、後期資本主義の状況で未来に希望を失くした今の若い世代の象徴として読む論者もいる。そして、キム・エランの作品でよく見られる、どこか大人になっていない親と、親よりも親のような子どもは、親に代表される頼れる大人がいないだけでなく、その大人を心配しなければならない社会の未熟さとも読める。著者はこの「早老」について、「家族と老い」という普遍的な問題、人の身体の中を通過していく時間と、その時間の受け入れ方について省察してみたかったと述べている。珍しい素材である「早老」には、こうした普遍性と社会性が秘められているのだ。

作品の最後には、アルムが親に残した物語が付録のように付いていて、この作品が物語に対する物語であることを示唆する。アルムが書いた物語は、なぜ自分という存在が生まれたのかを納得するためのものであり、自分のために苦しくて悲しい時間を過ごした両親の、美しい青春をとり戻してあげるためのものでもある。残された両親には、子どもへの理解と生きる力になるであろう物語。物語に対する信頼と支持、そして作家としての願いが込められている。

邦訳で読めるキム・エランの作品はまだ少ない。それでも『いまは静かな時——韓国現代文学選集』（トランスビュー、二〇一〇年）に収録されている「だれが海辺で気ままに花火を上げるのか」と、日・中・韓の文芸三誌が合同で行った企画「文學アジア3×2×4」の第一回に掲載された「水の中のゴライアス」（『新潮』二〇一〇年六月号に収録）では、キム・エランの作品世界とその魅力に触れることができる。

「だれが海辺で気ままに花火を上げるのか」には、妻に死なれて男手一つで子どもを育てる父親とその息子の一日が描かれている。キム・エランが描く作中人物は、それぞれ貧しかったり、両親のどちらかがいなかったりと、何かに欠けていることが多い。しかし、その欠落を奇抜な想像で埋めることによって、置かれた状況を憎んだり自分を哀れんだりせずに過ごすことができる。傷になりそうな境遇を傷にならないよう変換するこの発想こそ、キム・エラン作品のもう一つの長所である。「水の中のゴライアス」は、再開発地域に母と二人きりで取り残された主人公が洪水に流されるという、黙示録のような作品だ。この圧倒的な災難の想像力は、著者の問題意識が社会や世代だけでなく、より根本的な生態系のレベルにまで至っていることを物語る。二〇一三年の初め、キム・エランは韓国で最も権威があり関心の高い文学賞の一つである「李箱《イサン》文学賞」を受賞した。受賞作「沈黙の未来」にも、そうした彼女の幅広く普遍的な問題意識が十分に発揮されている。ある仮想の国にある少数言語博物館。息を引き取ったばかりの、地上最後の語り手から離脱した、言語の霊を話者としている。言語の誕生から消滅までの過程を人間自らの運命と照らし合わせた、文明批判の観念的で寓話的な作品と評されている。

悲しみから喜びの宝石を見いだすその才能と、社会の底辺の人々に注がれた温かい眼差し、そして様々なテーマと問題意識をもって作品の地平を広げていく著者の姿はたくましい。韓国のある評論家はそんな彼女に、「キム・エランを愛さずにいるのは可能なのか」という言葉を贈っている。彼女の大きくて深い瞳の前で、はにかみながら話しかけてくる冗談の前で、つつましい仕草の前で、何よりその魅力的な作品の前で、私も思ってしまう。彼女を愛さずにいるのは可能なのか、と。

きむ ふな

キム・エラン（金愛爛）

1980年、仁川生まれ。韓国芸術総合学校演劇院劇作科に在学中だった2002年、短篇「ノックしない家」で第1回大山大学文学賞を受賞、デビューする。若い同世代の社会文化的な貧しさを透明な感性とウィットあふれる文体、清新な想像力の作品で文壇の高い評価と多くの読者を持つ。李箱文学賞と韓国日報文学賞を最年少で受賞するなど、韓国の主な文学賞を総なめしている。短編集『走れ、父さん』『唾がたまる』『飛行雲』などがある。

きむ ふな

韓国生まれ。韓国の誠信女子大学、同大学院を卒業し、専修大学日本文学科で博士号を取得。日韓の文学作品の紹介と翻訳に携わっている。翻訳書に、ハン・ガン『菜食主義者』、津島佑子・申京淑の往復書簡『山のある家、井戸のある家』、孔枝泳『愛のあとにくるもの』、『いまは静かな時――韓国現代文学選集』（共訳）など、著書に『在日朝鮮人女性文学論』がある。韓国語訳書の津島佑子『笑いオオカミ』にて板雨翻訳賞を受賞。

どきどき 僕の人生　新しい韓国の文学 07
2013 年 7 月 5 日　初版第 1 刷発行

〔著者〕キム・エラン（金愛爛）
〔訳者〕きむ ふな

〔編集〕中川美津帆
〔ブックデザイン〕文平銀座＋鈴木千佳子
〔カバーイラストレーション〕鈴木千佳子
〔DTP〕廣田稔明

〔発行人〕金承福
〔発行所〕株式会社クオン
〒 104-0052
東京都中央区月島 2-5-9
電話　03-3532-3896
FAX　03-5548-6026
URL　www.cuon.jp

ISBN 978-4-904855-17-1 C0097